ドラゴンクエストノベルズ

小説
ドラゴンクエスト

DRAGONQUEST

高屋敷英夫

ENIX

イラスト／椎名咲月

CONTENTS
DRAGON QUEST

目次

キャラクター紹介

ローラ姫

ラルス十六世の娘。
王の年、竜の月、四十日、
ラダトーム生まれ。
十五歳。

ガルチラ

大鷲と共に旅をする若者。
生まれは不詳。

DRAGON QUEST

Character profile

登場キャラクター紹介

アレフ

ロトの血をひく勇者。
王の年、王の月、王の日、
ドムドーラ生まれ。
十五歳。

序章

アレフガルドの王都ラダトームの南方海上に、不気味な島が浮《う》かんでいる。この島は、年中濃《こ》い霧《きり》と雲におおわれていて、その雲はたえず鋭《するど》い稲光《いなびかり》を発している。島のまわりは潮《しお》の流れが激しく、無数の大渦《おおうず》と荒々《あらあら》しい波が、近づく者をこばんでいる。

島はまるで巨大《きょだい》な蜃気楼《しんきろう》のように、遠くに見えたり、あるときは近くに見えたり、またあるときは視界《しかい》から姿《すがた》を消したりする。そして、島から風が吹《ふ》いてくると、いつも生臭《なまぐさ》い血の匂《にお》いがするという。

この島へは、けっして普通《ふつう》の人間はわたれない。悪魔《あくま》に魂《たましい》を売ったものだけがわたれる。アレフガルドを支配している、悪の権化《ごんげ》・竜王《りゅうおう》の島だ。

だが、もともと竜王の島だったわけではない。かつては、アレフガルドを創造《そうぞう》したといわれる精《せい》霊《れい》ルビスが祀《まつ》られ、アレフガルドの聖地《せいち》として栄えていた。そして、アレフガルドもまた、平和と栄華《えいが》を謳歌《おうか》していた。竜王が出現する一三四八年までは——。

アレフガルド暦《れき》一三四八年。竜《ドラゴン》の年、竜《ドラゴン》の月。

各地から選《え》りすぐられた賢者《けんじゃ》、高僧《こうそう》、予言者《よげんしゃ》たち約三〇〇名がラダトーム城《じょう》に集まり、ラルス八世の前でおごそかに恒例《こうれい》の「占《うらない》の儀《ぎ》」がとり行われていた。毎年この日に、あくる年の吉凶《きっきょう》を占うのである。

だが、もはや予言者や占いなどは無意味だった。誰《だれ》も知らないところで、すでに恐《おそ》ろしい災いの手が伸《の》びていた。

凶々《まがまが》しいまっ赤《か》な三日月がラダトーム城の尖塔《せんとう》にかかったときだった。魔物の軍団がラダトーム城を襲撃《しゅうげき》し、宝物殿《ほうもつでん》から国の至宝《しほう》である光の玉を奪《うば》い去ったのだ。その昔《むかし》、アレフガルドが大魔《だいま》王《おう》に支配されたとき、勇者ロトが神から授《さず》かった光の玉で大魔王を倒し、このアレフガルドに平和をもたらしたというその光の玉を――！

城内は騒然《そうぜん》となった。だが、その直後だった。想像《そうぞう》を絶《ぜっ》する大地震《だいじしん》がアレフガルド全土を襲《おそ》ったのは。

すさまじい地鳴りとともに大地は恐ろしい口を開けて裂《さ》け、人々は逃げる間もなく瓦礫《がれき》の下敷《したじき》になった。そして、いくつもの火山が轟音《ごうおん》をたてて噴火《ふんか》し、山間の町や村はその溶岩《ようがん》にのみ込《こ》まれた。地鳴りは遠く海を隔《へだ》てた西国の地まで響《ひび》きわたり、上空を覆《おお》った噴煙《ふんえん》ははるか南海の村からも見えたという。

特に震源地《しんげんち》である精霊ルビスの神殿《しんでん》のあるイシュタル島はひどかった。大理石の巨大な白亜《はくあ》の神殿が瞬時《しゅんじ》にして崩《くず》れ落ち、押《お》し寄《よ》せた大津波《おおつなみ》は港や町をのみ込んで海底に連れ去った。また、島とリムルダール西端《せいたん》の岬を結ぶ大橋も無惨《むざん》に崩壊《ほうかい》し、激しい潮の流れに消えた。

三日続いた地震がやっと収まったとき、島は大きく姿を変え、神殿は跡形《あとかた》もなく消滅《しょうめつ》し、かわりにそこに建っていたのはそら恐ろしい異形《いぎょう》の城《しろ》だった。

突如《とつじょ》出現した暗黒の城を、対岸の人々は呆然《ぼうぜん》と眺《なが》め、なす術《すべ》を知らなかった。

そして、人々の耳に、不気味な声が響きわたった。声の主は、自らを竜王と名乗り、こう宣言《せんげん》した。

「我《われ》こそはこのアレフガルドの正当なる支配者、光の玉の真の持ち主なり！　聞け！　愚《おろ》かなる人間どもよ！　今このときより、この地はわが領土となった！」

城の上空には暗雲が立ち込め、異様《いよう》な魔物が飛び交《か》っていた。

ラルス八世は、ただちに討伐軍《とうばつぐん》を編成し、反撃《はんげき》に出た。ラダトームの南の港には幾《いく》百幾千もの軍船が集結し、リムルダールやメルキド、さらには他国からも援軍《えんぐん》が派遣《はけん》され、幾十万もの騎士《きし》や兵士が海岸線を埋《う》めた。

だが、戦いは二カ月ともたなかった。島へ向かった幾百幾千もの軍船は、上空からのキメラ軍団の攻撃《こうげき》と竜王の城の尖塔から放たれた幾重《いくえ》もの電光に直撃《ちょくげき》されて炎上《えんじょう》した。

断末魔《だんまつま》の悲鳴《ひめい》は荒《あ》れ狂《くる》う海を越《こ》えてラダトームの城下まで轟《とどろ》き、燃えあがる炎《ほのお》はアレフガルドの空を焦《こ》がした。

また、各地に散《ち》った魔物の戦闘《せんとう》軍団は、巨大化し狂暴化《きょうぼうか》した怪獣《かいじゅう》たちを巻《ま》き込みながら、次々に町や村を襲《おそ》い、破壊《はかい》と殺戮《さつりく》を繰《く》り返した。

こうして討伐軍は全滅《ぜんめつ》し、多くの町や村が消滅《しょうめつ》した。かろうじて町を守ることができたのは、ラダトームのほかにドムドーラ、リムルダール、ガライ、メルキドのわずか四都市。そして、無数に存在《そんざい》した村のなかで、生き残ったのはマイラの村ひとつだけだった。

この戦いで、アレフガルドは総人口の三分の二を失ったという。

緑豊かな田園は一面の荒野《こうや》と化し、草原は砂漠《さばく》となり、豊かな水量を誇《ほこ》った大河は猛毒《もうどく》とヘドロに汚染《おせん》され、森林は魔物たちの叫《さけ》びに満ちた。

かつて、詩人たちが競ってその美しさを歌ったというアレフガルドの大地は、またたく間にその姿を暗黒の世界へと変え、アレフガルドは長くてつらい冬を迎《むか》えたのだ。

そして、時が流れた——。

島の北端《ほくたん》にそびえる不気味な竜王の城。

その奥《おく》にある竜王の間の玉座《ぎょくざ》の前で、魔将《ましょう》のひとりである大魔道《だいまどう》のザルトータンが、燃え盛《さか》る炎に青い水晶球《すいしょうきゅう》を高くかざしながら、一心不乱《ふらん》に呪文《じゅもん》を唱《とな》えていた。

一三四八年の戦いで、多くを失ったのは人間の側ばかりではなかった。竜王もまた、人間たちの必死の抵抗《ていこう》に多くの手勢《てぜい》を失っていた。さらに、強大な力を秘《ひ》めていた光の玉も往年の輝《かがや》きを失い、竜王の魔力もそれにともなって弱くなっていた。だが、魔界の大魔神は、

「ひとたび輝きを失った光の玉が、再び力を貯《たくわ》え輝きを復活させるまで、ちょうど二〇〇年の歳《さい》

月《げつ》を要するであろう」

と、竜王に告げたのだ。アレフガルドのみならずこの地上界を、そして天上界をも支配しようともくろむ竜王にとって、光の玉の復活のときこそ、新たなる侵略《しんりゃく》開始の記念すべき日となるのだ。竜王は大魔神の言葉を信じ、そのときが来るのをじっと待った。そして、その二〇〇年目まであと十七年を数えるだけだった。

大魔道ザルトータンがかざしていた水晶球が、ピカーッとまばゆい光を放ったかと思うと、ピシッピシッ——と、いきなりその表面にいくつものひびが走った。はっとザルトータンの顔色が変わった。

「ゼイゼイ……」

不気味に喉《のど》を鳴らしながら竜王は、恐ろしい眼をさらに凝《こ》らして、ザルトータンを見た。

ザルトータンは、おもむろに進み出ると、竜王の前に平伏《ひれふ》して告げた。

「申しあげます。ロトの血をひく者が誕生《たんじょう》いたしました」

「な、なにっ、ロトの!?」

さすがの竜王も驚《おどろ》いたようだ。いきおいよく玉座から立ちあがると、ザルトータンの前に行って水晶球を覗《のぞ》き込んだ。

ひびが走った水晶球のその奥に、小さな赤児《あかご》の像《ぞう》が白く浮かびあがっている。

「この地より南西の方角にあるドムドーラという町でございます。それに陛下《へいか》、その者が王女の愛を得るとき、陛下を倒すほどの力を持つと……」

「王女だと!?」

「七日前、ラルス十六世に女の世継《よつ》ぎが誕生し、ラダトームは喜びで沸《わ》き返っているいると聞いております」

「ならばザルトータンよ!」

竜王は大声で命じた。

「ただちに手の者を向けい! ロトの血をひく者とドムドーラの者どもを皆殺《みなごろ》しにして血祭りにあげるのだ! そして、ラルス十六世の娘《むすめ》をもな!」


ちょうどその日、ドムドーラに住む若夫婦《わかふうふ》に玉のような男の子が誕生した。

その夜、この若夫婦を三人の旅人が訪《たず》ねてきた。一人は年老いた魔道士《まどうし》だった。魔道士は、羊皮紙《ようひし》に描《えが》かれた一枚《まい》の古地図を男の子のかたわらに置くと、いずこともなく去っていった。二人目は僧侶《そうりょ》だった。僧侶も、青く輝く神秘《しんぴ》的な命の石を男の子の紅葉《もみじ》のような小さな手に握らせて、静かに立ち去っていった。そして、三人目の派手《はで》な衣装《いしょう》をまとった道化師《どうけし》も、美しい虹色《にじいろ》のキメラの翼《つばさ》を男の子に託《たく》して、町から姿を消した。

若夫婦は、王《キング》の年の王《キング》の月、しかも王《キング》の日の正午に生まれた男の子の穏《おだ》やかな寝顔《ねがお》と、三人の旅人が置いていった古地図と命の石とキメラの翼を見て、怪訝《けげん》そうに顔を見合わせるばかりだった。

かつてこのアレフガルドには、王の年の王の月、王の日に生まれた男の子は、精霊ルビスのもとより送られた勇者であるという言い伝えがあった。だが、長い歴史のなかで、いつのころからか人々の記憶《きおく》から忘《わす》れ去られていたのだ。

数時間後、深い眠りに落ちていたドムドーラの町を、竜王のドラゴン部隊が急襲した。

魔物の襲撃《しゅうげき》に備えていた兵士や自警団《じけいだん》は、必死に応戦したが、ドラゴン部隊は次々と火を放ち、おりからの強風にあおられて、町は一瞬のうちに火の海と化した。着の身着のまま家から飛び出してきた人たちに、ドラゴン部隊は容赦《ようしゃ》なく襲《おそ》いかかった。

すさまじい轟音《ごうおん》をたてて燃えあがる炎は、真冬の夜空を焦《こ》がした。

翌朝——。焦土《しょうど》と化したこの町を、音もなく冷たい雨が濡《ぬ》らしていた。

顔をちぎりとられた幼い少女の屍《しかばね》が、喉を引き裂かれた兵士の屍が、胴《どう》をまっ二つに斬り裂かれた老婆《ろうば》の屍が、少年の屍が、子をかばうようにして倒れている母親の屍が、無数の屍が、足の踏み場もないほどいたるところに転がっていた。

それらの屍を、アレフガルド中から集まってきたのではないかと思われるほどの禿鷹《はげたか》の群れが、わき目もふらず無心についばんでいた。

雨はいつの間にか雪に変わった——。

第一章　勇者ロトの血をひく者

アレフガルドの中北部に、年中雪におおわれた険《けわ》しい山脈が東西に連なっている。アレフガルド連峰《れんぽう》だ。この連峰は今では活動を休止しているが、一三四八年の大地震《だいじしん》のときに突如噴火《とつじょふんか》した火山群のひとつで、今でもこの地方の人々から火魔《かま》の棲《す》む山として恐《おそ》れられている。

このアレフガルド連峰の南方に、荒涼《こうりょう》とした広大な丘陵《きゅうりょう》地帯が広がっている。ラダトーム平野だ。この平野の海寄《うみよ》りのところに、ラルス王家の居城《きじょう》であるラダトーム城と、その城下であるラダトームの町がある。

かつてこの地は、アレフガルドの政治、文化、交易の中心地として栄華《えいが》を極《きわ》めた。

だが、一三四八年の竜王《りゅうおう》との戦いで、様相は一変した。竜王の繰《く》り出す軍団が次々にこの地を攻《せ》め、町は戦場と化したのだ。「王都死守」を掲《かか》げ、陣頭指揮《じんとうしき》にあたったラルス八世は、他国からの援軍《えんぐん》をこの地に集結し、激《はげ》しい戦いの末、かろうじて城《しろ》と町を守り抜《ぬ》いたが、この戦いを境《さかい》にラダトームからかつての面影《おもかげ》が消え、栄光は過去の幻影《げんえい》となり、栄華は伝説となった。

そして、今——。このラダトームの町で代々続いてきた鍛冶職人《かじしょくにん》の家に、ひとりの息子《むすこ》がいた。

明るくて元気で、親思いの正義感の強い少年だった。

少年の名を、アレフといった――。

1 十五歳《さい》の誕生日《たんじょうび》

手製の樫《かし》の木の剣《けん》を思いっきり振《ふ》りおろした。

「覚悟《かくご》ーっ！」

アレフは大きく宙《ちゅう》に跳《と》ぶと、

「竜王ーっ！」

ビュン――！

夜明け前のまっ暗な空に、小気味《こきみ》よい音が響いた。

真冬のラダトーム平野の寒さは厳《きび》しい。夜明け前はなおさらだ。アレフガルド連峰から吹《ふ》きつける凍《い》てつくような寒風が、地鳴りのような音をたてて、容赦《ようしゃ》なく襲《おそ》ってくる。吐《は》く息はまっ白で、剣を握《にぎ》る指先の感覚もほとんどない。

だが、今朝《けさ》のアレフはいちだんと張りきっていた。というのは、今日で十五回目の誕生日を迎《むか》えたからだ。またひとつ大人《おとな》に近づいた。そう思うと、心が弾《はず》むのだ。

「大人《おとな》になったら竜王を倒《たお》すんだ！　勇者ロトのように……」というのが子供《こども》のころからのアレフ

の口癖《くちぐせ》だった。

無理もなかった。アレフガルドの子供たちは、幼《おさな》いころから子守歌がわりに『勇者ロトの伝説』を聞かされて育つからだ。かつて、神より光の玉を授かった勇者ロトが、大魔王《だいまおう》を倒してこのアレフガルドに平和をもたらした——と、いい伝えられている伝説を。

だが、友達《ともだち》は誰《だれ》もばかにして相手にしてくれなかった。伝説は、あくまで伝説なのだ。

九歳のとき、父のガウルにもいったことがある。だが、ガウルは、「ばかなことをいうんじゃない！」と、いきなり小さなアレフを壁《かべ》まで殴《なぐ》り飛ばした。

以来、アレフは人前でそのことを口にするのはやめた。しかし、年を重ねるたびにその思いは強くなり、三年前から、町の中央にそびえているこの大聖堂《だいせいどう》の塔《とう》の上で剣の稽古《けいこ》をするのが日課になった。

塔の上は、腰《こし》の高さほどの頑丈《がんじょう》な塀《へい》に囲まれていて安全だし、そのうえ誰にも気づかれる心配がないからだ。

竜王との闘《たたか》いに思いをはせながら、雨の日も、風の日も、雪の日も、一日たりとも休むことなく、稽古を続けてきた。

最初のころは、手製の樫の木の剣が重くて振りまわすのさえやっとだったが、今では自己流《じこりゅう》とはいえ腕《うで》もあがり、片手で軽々と剣を振りまわすことができる。

「ターッ！」

アレフは渾身《こんしん》の力を込《こ》めて、空を斬《き》り裂《さ》いた。

全身汗《あせ》でびっしょりだ。体中からまっ白な湯気が立ちのぼっている。額《ひたい》から流れ落ちる汗が心《ここ》地《ち》よかった。半時《はんとき》ばかり動きまわったというのに、呼吸《こきゅう》ひとつ乱れていなかった。東の空がうっすらと明るくなりかけてきた。

いつものように塀の隅《すみ》の隠《かく》し場所に剣をしまうと、アレフは塔の階段《かいだん》をすばやく駆《か》けおり、大聖堂の裏口《うらぐち》から横の路地に飛び出した。そのとき、塔の鐘《かね》が鳴り響いた。朝一番の鐘だ。

家に帰ってこっそり裏口から台所に入ると、すでに父のガウルは朝食を終え、お城へ出かける支《し》度《たく》をしていた。

鍛冶職人のガウルは、定期的にお城に出向いて、剣や槍《やり》などの武器を修理することになっている。その日は、いつも朝が早い。だが、それが今日《きょう》だということを、アレフはうっかり忘れていた。

「お、おはよう。散歩に行ってたんだよ。早く目が覚めたから」

アレフは一瞬《いっしゅん》うろたえ、聞かれもしないのにいい訳《わけ》をすると、

「早く食べて支度をしろ」

ガウルは食卓《しょくたく》のかごに盛《も》られている黒パンを顎《あご》でさした。

「支度っ⁉」

アレフは驚《おどろ》いて聞き返した。

「ぼくを連れてってくれるの⁉」

「今日でおまえも十五でしょ」

あたためた山羊《やぎ》の乳《ちち》を持ってきた母のジェシカが、アレフのコップになみなみと注《そそ》ぎながらそういうと、

「いずれおまえもお城の世話になる。どうせ紹介《しょうかい》するなら早いほうがいい。そう思ったんでしょ」

ガウルを見ていたずらっぽく微笑《ほほえ》んだ。

「やったーっ！」

アレフは思わず叫《さけ》んだ。

思いもよらないことだった。子供のころからアレフは、早く町の外に出てみたいと思っていた。というのも、今までアレフは、いやラダトームの子供は誰でもそうなのだが、高い城壁《じょうへき》に囲まれたこの町から一歩も外に出たことがなかった。外には魔物がひそんでいるので、十八歳になるまでは親の許可《きょか》なしに勝手に町の外に出てはならないと法で決められているからだ。

それがやっと出られるのだ。城までは、子供の足でも十分とはかからない距離《きょり》だ。それでも外は外だ。アレフは、十五歳の誕生日に感謝した。

だが、さらに思いもかけないことが、アレフの行く手に待ち受けていた。

十五歳の誕生日――それは、アレフの運命を大きく変えた日でもあった。

2 謎《なぞ》の光

城から派遣《はけん》されている兵士たちが、厚くて重い町の城壁の門を開くと、とたんに寒風が吹き込んできて、

「うわっ」

アレフの縁《ふち》の広いフェルトの帽子《ぼうし》があわや飛ばされそうになった。

アレフは慌《あわ》てて帽子を押さえると、深々とかぶり直してキッと前方を見た。

門の外には、リボンのような一本の細い道が延《の》びていて、小高い丘《おか》の上のラダトーム城に続いている。

アレフはゆっくりと感触《かんしょく》を確かめるように、城門の外の大地を踏《ふ》んだ。そして、深呼吸すると、力強くガウルのあとを歩きだした。

深い堀と二重の城壁に囲《かこ》まれたラダトーム城は、大聖堂の塔から見て想像していたよりもはるかに巨大《きょだい》だった。

城壁の東西南北には四つの円塔があり、中央のやや左側には、さらにそれより数倍もある巨大な円塔がラダトーム平野を見おろすようにそびえている。兵士たちはここから日夜竜王の襲撃《しゅうげき》に備えて四方に目を光らせているのだ。その右にある赤い屋根の荘厳《そうごん》な建物がラルス十六世の宮殿《きゅうでん》だ。

要塞《ようさい》のような城門の前に到着《とうちゃく》すると、おもむろに跳《は》ね橋がさがり、ガウルと顔なじみの兵士たちがなかに迎え入れた。この城門を抜け、石畳《いしだたみ》の坂道をのぼると、階段の上に中門がそびえていた。

そのなかで、髭面《ひげづら》の伍長《ごちょう》が待っていた。見あげるような大男だった。ガウルがアレフを紹介すると伍長は、

「これでガウルも安心だな。きっと立派《りっぱ》な跡取《あとと》りになる」

黄色い頑丈そうな歯を見せて笑った。

「作業の前にガウルと段取《だんど》りの打ち合わせをしなければならん。それまで城のなかを見物してきてもよいぞ」

「ほんとですかっ!?」

アレフは思わず目を輝《かがや》かせた。

「この先の兵器倉の奥《おく》に鍛冶場《かじば》がある。そこで待っている」

伍長が右手の建物を指さしたとき、すでにアレフは元気に駆《か》け出していた。そして、

「くれぐれも失礼のないようにな」

慌てでガウルが叫んだときには、アレフの姿《すがた》は兵舎《へいしゃ》の角に消えようとしていた。

「しょうがないやつだ。元気だけがとりえでしてね」

ガウルは、伍長を見て苦笑した。

兵舎の間を抜けると、アレフは広い中庭に出た。中央に水の涸《か》れた噴水《ふんすい》があり、汚れた雨水が溜《た》

まっている水槽《すいそう》には、大量の枯《か》れ葉《は》が沈んでいる。庭を取り囲むように植えられた糸杉《いとすぎ》の木が枯れかけて、葉を落としたまま風に震《ふる》えていた。そして、正面の階段の上には宮殿の門があり、その奥に赤い屋根の宮殿が見えた。

宮殿に見惚《みと》れながらアレフが噴水の前まで行ったときだった。ひときわ強い風が吹いて、アレフの帽子が吹き飛ばされてしまった。

帽子は風に乗って糸杉の上を越《こ》えて、城壁のすぐそばにある崩《くず》れかけた古井戸の蓋《ふた》の上に落ちた。

古井戸には、つるべやつるべをあげさげする滑車《かっしゃ》もなく、古い板の蓋がしてあるだけだった。アレフがいきおいよく古井戸の縁に飛び乗り、蓋の上に片膝《かたひざ》をつき帽子に手を伸ばしたとき、膝をついた部分がいきなりメリメリッ——と音をたてて割《わ》れた。長年風雨にさらされたまま放置されていたので、腐《くさ》っていたのだ。

「あ——っ！」

アレフは、悲鳴《ひめい》をあげながら割れた蓋とともにまっ逆《さか》さまに落下した。

古井戸の底には、積もった腐葉土《ふようど》の上に苔《こけ》が密生していた。その苔の上にアレフは背中から落ちた。全身に衝撃《しょうげき》が走り、一瞬息ができないほどだった。

だが、さいわいなことにかすり傷《きず》ひとつなかった。腐葉土と苔が衝撃をやわらげてくれたのだ。

「あいた……」

顔をしかめながら拾った帽子をかぶると、アレフは古井戸の内壁《ないへき》に飛びついてのぼり始めた。

古井戸の内壁は、人間の頭ほどの大きさの石を幾重《いくえ》にも積み重ねて作られていた。アレフは石と石の継《つ》ぎ目《め》に指をかけ、全身に力を込めながら、一歩一歩のぼった。

古井戸の深さは、ゆうに普通《ふつう》の民家の屋根の倍はありそうだ。

だが、やっと三分の一ほどのぼったところで、ズルッと爪先《つまさき》が滑《すべ》って、

「うわっ！」

また背中から苔の上に落ちてしまった。

「ちっきしょーっ！」

悔《くや》しそうに内壁を見あげたときだった。キラッ——と、アレフの目の端《はし》をひと筋《すじ》の光がかすめた。

「ん？」

見ると、足元の壁のわずかな隙間《すきま》から白い光がもれていた。

いぶかりながらアレフはその隙間を覗《のぞ》こうとして壁に手をかけ、

「うわっ⁉」

驚いて飛び退《の》いた。

なんとひとりでに壁が奥に崩れ落ちて、人ひとりがやっともぐれるくらいの穴《あな》がぽっかりと口を開けた。奥の暗闇《くらやみ》で、小さな玉のような光が、まるでアレフを誘《いざな》うかのように、きらきら輝いていた。

「な、なんだ、ありゃ……？」

呆然《ぼうぜん》としてアレフは不思議な光に見惚《みと》れた。そして、はっとわれに返ったときには穴のなかに顔を入れていた。すると、アレフが来るのを待っていたかのように、光はゆっくりと奥へ向かってまるで生き物のように動き出した。

蜘蛛《くも》の巣《す》を払《はら》いながら狭《せま》い穴のなかを這《は》って、アレフは魅入《みい》られたようにあとをついていった。

いつの時代のものか判断《はんだん》できないが、どうやら緊急時《きんきゅうじ》に備えて作られた逃亡《とうぼう》用の秘密《ひみつ》の抜け穴のようだ。きっと宮殿の下に続いているにちがいない——そう思いながらしばらく行くと、穴は二つに分かれていてアレフは一瞬光を見失った。だが、右穴の奥で光はアレフを待っていた。アレフが進むと、光もまた奥へと進んだ。

行けば行くほど、穴は複雑に入り組んでいた。ほかの穴と十字に交わっているところもあれば、Tの字のところもある。水たまりのところもあれば、陥没《かんぼつ》しているところもある。

やがて壊《こわ》れかけた階段にぶつかった。身をかがめながら、足を踏みはずさないように慎重《しんちょう》に階段をのぼりきると、奥は行き止まりの壁になっていた。

と、光は壁のなかにすーっと消えた。アレフはうろたえながら光が消えた壁を両手で押してみた。壁はおもむろに向こう側に開いて、なんなく抜け穴の外に出た。

そこはある一室の大きな柱の陰《かげ》だった。壁は、秘密の隠し扉《とびら》になっていたのだ。光はアレフが出てくるのを待っていた。光のあとを追い、蜘蛛の巣や泥《どろ》や土で汚《よご》れた顔を手で拭《ふ》きながら柱の陰から出たアレフは、

「あっ!?」

思わず目を見張った。

「すげえっ！」

純金《じゅんきん》や銀でできた置きもの、光り輝く高価な宝石類《ほうせき》、宝石をふんだんにちりばめた首輪や腕輪や耳飾《みみかざ》り、名画や彫刻《ちょうこく》、陶器《とうき》などの美術品、幾重《いくえ》もの絹の織物、代々王家に伝わる鎧《よろい》や兜《かぶと》、盾《たて》、剣《けん》、槍《やり》などの秘宝が、所狭しと陳列《ちんれつ》されていた。宮殿の地下にある宝物殿《ほうもつでん》だった。

だが、それらのものよりもっとアレフが目を見張ったものがあった。目のくらむような美しい光を放つ赤い石だった。両手にすっぽりと入るほどの大きさだが、宝物殿のなかでも、ひときわ美しく輝いていた。

「こ、これは……!?」

魅入られたまま赤い石の前から動けずにいると、ここまで導《みちび》いてきた不思議な光が、美しい赤い石のなかに溶《と》けて消え、赤い石の光がいちだんと輝きを増した。

アレフは吸《す》い寄《よ》せられるように石に近づき、そっと両手を伸ばした。自分の意志や意識とは関係なく、何かにとりつかれたように勝手に体が動いたのだ。

十本の指が、美しい赤い石の表面にそっと触《ふ》れた。その瞬間《しゅんかん》、なんと美しい光が石のなかに吸《きゅう》収《しゅう》されて消えてしまった。

「うわーっ!?」

驚いて手を引いた拍子《ひょうし》に、アレフの手が横にあった兜に当たった。兜は音をたてて床《ゆか》に落ち、隣《となり》に陳列してある槍や盾などの武器を次々に倒し、騒々《そうぞう》しい金属音《きんぞくおん》が宝物殿に響きわたった。

「何者だーっ!?」

すかさず見張りの近衛兵《このへい》たちが入り口の方から駆《か》けつけると、

「曲者《くせもの》だーっ!」

「であえっ、であえーっ!」

口々に叫びながら、アレフの首に鋭《するど》い槍の先を突《つ》きつけた。

アレフはまっ青《さお》になって、ただうろたえていた。近衛兵に見つかったことより、赤い石の光が消えたことの方が衝撃だった。大変なことをしてしまった、という自責《じせき》の念《ねん》にかられていた。

近衛兵たちはすぐ赤い石の変化に気づき、一瞬声を失った。そこへ、

「何事だっ!?」

別の近衛兵を従《したが》えた近衛隊長が駆け込んできた。

「こ、こやつめが!」

槍を突きつけていた近衛兵のひとりが光の消えた赤い石をさすと、

「うっ!?」

隊長の顔色がさっと変わった。

「何もしてない! ぼくはただ触《さわ》っただけです!」

アレフは、隊長を睨《にら》みつけた。

「触っただと!?」

隊長は鋭い目で睨み返した。

「ちょっと触ったら光が消えたんです！」

「うぬぬぬっ、とらえろーっ!!」

すかさず隊長が大声で命じた。

3　太陽の石

「なにっ、あの光がっ!?」

近衛隊長から事件の報告を受けたラルス十六世は、弾《はじ》かれたように玉座《ぎょくざ》から立ちあがって叫んだ。

だが、あまりの驚きの大きさに次の言葉が出なかった。ラルス十六世は、全身を震わせながら、何度も何度も深呼吸すると、やっと、

「その者をここへっ！」

と、命じたのだ。

二人の近衛兵に連行されてアレフが宮殿の謁見《えっけん》の間に入ってくると、玉座についていたラルス十六世は熱い視線でアレフを追った。謁見の間には、ラルス十六世のほかに、近衛隊長以下三名の小

隊長が下座《しもざ》にひかえていた。

アレフが玉座の前に立ち、二人の近衛兵が隅にさがると、待ちかねたように、

「名は!? 名はなんと申す!?」

ラルス十六世は興奮《こうふん》を抑《おさ》え、アレフから目を離《はな》さずに尋《たず》ねた。

「城に出入りしている鍛冶屋の息子で、アレフと申します」

アレフは顔をあげ、まっすぐラルス十六世を見ながら、はっきりした声で答えた。どんな罰《ばつ》でも受ける覚悟《かくご》ができていたから、悪びれた様子もなく、堂々としていた。

「アレフとな?」

「はい」

ラルス十六世は、じっとアレフの顔を見つめた。

まだ幼《おさな》さが残るが、きりりとした顔立ち、聡明《そうめい》そうな目、真一文字に結んだ意志の強そうな口許《くちもと》——それに、受け答えといい態度といい、ラルス十六世が長年待ちわびていた男の像にふさわしいものだった。みるみるうちにラルス十六世の顔は上気し、大きな喜びでいっぱいになった。

「よくぞ現れてくれた!」

ラルス十六世は、目を輝かせながらいい、そして万感《ばんかん》を込めて叫んだ。

「勇者ロトの血をひく者よ!」

ラルス十六世が今までに何度も夢《ゆめ》にまで見た言葉だった。

「ロ、ロトの⁉」

アレフは、思いもよらぬ言葉に自分の耳を疑《うたが》った。

勇者ロトの――⁉　ぼ、ぼくがっ――⁉

「な、なにをいうんですか⁉」

アレフは、うろたえて隊長を見た。当然、異議《いぎ》を申し立ててくれると思ったからだ。

だが、隊長は背筋《せすじ》をピッと伸ばしたままアレフに熱い眼差《まなざ》しを向け、おもむろにうなずいた。すでにラルス十六世から聞いていたのだ。驚いたのはアレフだけだった。

「驚くのも無理はない。だが……」

ラルス十六世は、横の台座《だいざ》に置いてある白い絹の包みを手のひらに載《の》せ、アレフの前に行くと、

「太陽の石の光を消したのが、なによりの証拠《しょうこ》じゃ！」

ぱっと白い絹をはいだ。なかから、宝物殿にあった美しい赤い石が現れた。

「太陽の石？」

「そうじゃ、太陽の石じゃ。もともとこの太陽の石は、勇者ロトのものなのじゃ。勇者ロトが、この地に平和をもたらしたあとのことじゃ。勇者ロトに仕《つか》えたひとりの賢者《けんじゃ》が城を訪《おとず》れたのじゃよ。そして、この太陽の石を献上《けんじょう》し、ロトの言葉を伝えたのじゃ。アレフガルドが再び危機《きき》に陥《おちい》ったとき、太陽の石の光を消す者が現れる。光を消した者が、アレフガルドを救うだろう。その者こそ勇者ロトの血をひく者だ……となっ」

アレフはラルス十六世の持っている太陽の石を見ながら、古井戸から宝物殿《ほうもつでん》の太陽の石まで導いてくれたあの光はいったい何だったのだろうか、と思った。太陽の石に込められた、勇者ロトの魂《たましい》の化身《けしん》なのだろうか——？ それとも神の——？

ラルス十六世は、さらに言葉を続けた。

「それから長い時が流れて、勇者ロトが危惧《きぐ》したとおりになってしまった。あの忌《い》まわしい一三四八年の竜王との戦いに敗れたあと、この話を伝え聞いた者たちが、アレフガルドじゅうから集まってきて、光を消そうと試みたのじゃ。だが、誰ひとりとして消せる者はいなかったそうじゃ。そして、いつの間にか人々から忘れ去られてしまい、今日に至《いた》ったのじゃよ」

アレフは、ラルス十六世の手から太陽の石を取って手のひらに載せた。

油のようななめらかな表面がひんやりと冷たい。だが、ぴたりと肌《はだ》に吸いつくような不思議な感《かん》触《しょく》がする。吸い込まれるようにして消えたあの美しく輝いていた光が、この太陽の石のなかに凝《ぎょう》縮《しゅく》されていて、そのエネルギーが引き寄せているのかもしれない。

「だが、アレフよ」

ラルス十六世は語気を強めた。

「わしはあきらめていなかった。いつの日か必ずや太陽の石の光を消す者が、勇者ロトの血をひく者が、現れると信じておったのじゃよ！ そして今、やっとそのときが来たのじゃよ！」

いつの間にかラルス十六世の目から大粒《おおつぶ》の涙《なみだ》が流れていた。

アレフガルドの過去二〇〇年の歴史は、屈辱《くつじょく》と忍耐《にんたい》と絶望《ぜつぼう》の歴史だ。だが、今、目の前にいる少年によって、少なくとも絶望からは解放されたのだ。そう思うと、ラルス十六世の胸《むね》の奥から熱いものが込みあげてきた。

「アレフよ！」

ラルス十六世はアレフの手をしっかりと握りしめると、

「おまえこそ、真の勇者ロトの血をひく者じゃ！　太陽の石は勇者ロトの血をひく者にこそふさわしい！　勇者ロトの血をひく者のみが竜王の島にわたる方法を見つけることができるのじゃ！　行って、竜王を倒してくれ！　そして、光の玉を奪《うば》い返してくれ！　このアレフガルドに再び平和を取り戻してくれ！　おまえのその手でな！　アレフ！」

指がつぶれてしまうのではないかと思うほど、さらに力を込めた。

「はい！」

アレフは、力強く握り返してうなずいた。

勇者ロトの血が流れているかどうか、アレフにはわからない。だが、すでにアレフの心は決まっていた。この太陽の石が、長い間自分が現れるのを待っていたのだ。勇者ロトに代わって待っていたのだ。勇者ロトはこの自分を選んだのだ。自分の運命とか宿命とか使命とか、そういうものがすべてこの太陽の石に凝縮されているのだ——そう思った。

そんなアレフを、異様《いよう》な目で見つめている者がいた。隅にひかえている近衛兵のひとりだ。その黒い眼球《がんきゅう》が怪《あや》しく光ったかと思うと、まっ赤な色に変わった。もちろん、気づく者は誰もいなかった。

「ところでアレフよ、いくつになるのじゃ！」

ラルス十六世は、頼《たの》もしそうにアレフを見ていった。

「十五です」

「十五……」

ラルス十六世は、はっと顔を曇らせた。

「今日でちょうど十五になりました」

「十五か……」

「それがどうかしたのですか？」

「いや、なんでもない。なんでもないいんじゃよ」

ラルス十六世は、寂《さび》しそうに笑った。

そのとき、さっきの近衛兵が突然《とつぜん》剣を抜いてアレフに斬《き》りかかった。

「うわぁっ!?」

アレフは、もんどり打ちながらかろうじて身をかわし、隊長たちは即座《そくざ》に玉座に駆け寄ってラルス十六世をかばった。だが、近衛兵は身をひるがえし、倒れているアレフに再び襲いかかった。

と、いちばん年少の小隊長が投げた短剣が、近衛兵の右足に突《つ》き刺《さ》さった。近衛兵は小さなうめき声をあげたかと思うとアレフの上におおいかぶさるように落ち、アレフは慌ててはね飛ばした。

「何をする！　気でも狂《くる》ったか！」

すかさず隊長以下三人の小隊長が近衛兵の首元に剣を突きつけると、

「ふふふふふっ」

近衛兵が不気味に笑い、みるみるうちに目がくぼみ、顔中が皺《しわ》だらけになった。

「あっ!?」

居合わせた者たちの顔からさっと血の気が失せた。明らかに動揺《どうよう》していた。竜王の手下が近衛兵にまぎれ込んでいたとは夢にも思わなかったからだ。

その一瞬の隙《すき》をついて近衛兵が隊長たちの剣を払いのけると、制服ごと全身の肉が千切《ちぎ》れ飛んで、骸骨《がいこつ》の死霊《しりょう》の騎士《きし》に変身し、アレフを攻撃《こうげき》しようとした。

だが死霊の騎士の動きをすばやく読んだアレフが、それより一瞬《いっしゅん》早くラルス十六世の剣を取って高々と宙に跳んでいた。

「たーっ！」

死霊の騎士の肩口から胴をめがけてアレフは思いっきり剣を振りおろした。

ガキーン――！　骨を斬るすさまじい音が謁見の間に響《ひび》いた。

「うっ！」

死霊の騎士はカッと眼を見開いてアレフを睨《にら》みつけ、最後の力を振り絞《しぼ》って剣をかざした。が、そこまでだった。剣を振りかざしたまま、全身が小刻《こきざ》みに震えたかと思うと、ガラガラガラガラッ

──と、乾《かわ》いた音をたてながらばらばらになって崩れ落ち、無数の骨のかけらが床に転げ散った。

竜王の魔力によって命を与《あた》えられ墓《はか》のなかから蘇《よみがえ》った魔物は、今また墓のなかにいたときと同じ姿に戻ったのだ──。

4　出生の秘密

「そ、そんなばかなっ!?」

お城でのいきさつを聞くなり、母のジェシカは絶句《ぜっく》した。そして、涙《なみだ》まじりにガウルに訴《うった》えた。

「アレフが、勇者ロトの血をひく者だなんて！　どうしてそんなことがありうるの!?　どうして!?」

だが、ガウルは怖《こわ》い顔をして、何もいわず黙《だま》りこくっているばかりだった。

ガウルが、アレフが太陽の石の光を消したことを知らされたのは、アレフが逮捕《たいほ》された直後だった。顔見知りの近衛兵が、血相変えて鍛冶場に飛んできたのだ。

「どうして、わたしたちの子が恐ろしい竜王と戦わなきゃならないの!?　アレフを死なせにやるようなものじゃないですか!?」

「大丈夫《だいじょうぶ》だよ、かあさん。死ぬもんか。きっと竜王を倒してみせるよ」

「アレフ！」

ジェシカは怖い目で睨みつけた。

「いやよ！　わたしは行かせない！　竜王になんか、かないっこないわ！　それに、一歩外に出れば、恐ろしい魔物たちが待ち受けているのよ！　どうして、どうしてそんな危険《きけん》なところにやれるの!?　どうして、死ぬとわかっているところに大事な子供をやれるの!?　そんな親なんてどこにもいないわっ！」

「だけど、ぼくがやらなきゃ、いつまでたっても竜王に支配されたままなんだ。それでいいの、かあさん？」

「しかたないでしょ！」

「いやだよ、ぼくは！　しかたがないなんて、そんなのはいやだ！」

「死ぬよりはましよ。死ぬよりは――」

ジェシカは、込みあげてくる涙をエプロンの裾《すそ》で拭《ぬぐ》った。

誕生日のお祝いにジェシカが長時間かけて料理したアレフの大好物の子羊《こひつじ》のシチューが、食卓の上ですっかり冷《さ》めきっている。その横で、燭台《しょくだい》の蠟燭《ろうそく》の炎《ほのお》が、ちりちりと音をたてて揺らめいている。その炎を見ながら、

「運命には逆《さか》らえないのかもしれないな……」

やっとガウルが重い口を開いた。

「あ、あなた!?」

ジェシカは驚いてガウルを見た。

「なあ、アレフ。おれは、いや、かあさんもだが、おまえにはいずれこの鍛冶屋を継《つ》いでほしいと思っていた。いや、当然そうなるものと思っていた。それが、おまえにとってもおれたちにとってもいちばん幸せなことなんだってな……。たしかあれは、おまえが九つのときだった。おまえは大人になったら竜王を倒しに行くんだといい張って、おれはおまえを殴ったことがあった。ついカッとなってな」

「ああ、覚えてるよ」

「いずれ大きくなればわかると思っていた。だが、それから三年ほどして、おまえは毎朝大聖堂の塔にのぼるようになった」

「えっ!?」

アレフは驚いた。

「知ってたの!?」

「おまえのことなら、なんでも知ってるさ。メルセルのとこに通っていることもな。父親なんだからな」

メルセルは八十歳になる老祈禱師《ろうきとうし》で、アレフは暇《ひま》を見ては両親に内緒《ないしょ》で呪文《じゅもん》を教わっていて、簡《かん》単《たん》な呪文なら、なんとかこなせるようになっていた。

「おまえが大聖堂に出かけていく音を聞くたびに、何度あの樫の木の剣を取りあげようと思ったことか。正直いってつらかった。やりきれなかった。やはり運命には逆らえないのか、そう思うとな。

実はな、アレフ……」

　意を決してアレフを見つめた。

「今まで秘密にしてきたが、おまえに話しておかなければならない大事なことがある」

「あなた！」

　ジェシカはガウルの腕を強くつかんだ。そして蒼《あお》ざめた顔で首を横に振った。

「いや、いつかはほんとうのことを打ち明けなければならないんだ。アレフのためにもな」

　ガウルは、腕をつかんでいるジェシカの手をやさしく握り返した。

「実はな、アレフ……。おまえはおれたちのほんとうの子供ではないのだ……」

「えっ!?」

　アレフは一瞬時間が止まったような奇妙《きみょう》な感覚とともに軽いめまいを覚えた。ガウルが何をいったのか即座に理解《りかい》できなかった。聞き間違えたと思ったのだ。だが、ガウルはまっすぐな視線《しせん》でアレフを見ている。

「うそだっ！」

　アレフは立ちあがって叫《さけ》んだ。

「そんなの、うそだっ！」

「いや、ほんとうなんだよ」

「かあさん……！」

アレフは助けを求めるようにジェシカを見た。嘘《うそ》だと強く否定してほしかった。ジェシカは、涙をいっぱいにしながらアレフを見つめていた。そして、黙ってうつむいた。

ガタガタガタッ——通りを吹き抜ける風に窓が鳴った。

呆然と立ちつくしたまま、アレフはゆらゆら揺れる蠟燭《ろうそく》の炎を見ていた。やがて、力なく椅子《いす》に腰をおろすと、いまにも泣きそうな声で尋《たず》ねた。

「じゃあ、ぼくのほんとうの両親は？　どこにいるの？」

ガウルは首を横に振った。

「ちょうど、十五年前の今日のことだ……」

南部の町メルキドでの仕事を終えたガウルは隊商《キャラバン》と一緒《いっしょ》に旅を続けながらラダトームに向かっていた。

隊商《キャラバン》は魔物の襲撃《しゅうげき》に備えて武装《ぶそう》している。だから、多くの旅人は隊商《キャラバン》と一緒に旅をするのだ。ひとり旅よりはるかに安全で心強いからだ。

そして、ラダトームまであと一日の道のりのところまで来たときだった。その夜、隊商《キャラバン》は岩山の窪地《くぼち》にキャンプを張った。空には星もなく、真冬の冷たい風が吹き荒れていた。見張りの数人を残して、隊員や旅人たちは深い眠《ねむ》りに落ちていた。

だが、ガウルはなかなか眠れなかった。明日はラダトームだ。そう思うと興奮して目がさえてきた。半年ぶりに帰るのだから無理もなかった。

　ふと、小さな動物の鳴き声を聞いたような気がして、ガウルは耳を澄《す》ました。風がうなりをあげて吹き抜けていった。と、またかすかに聞こえてきた。たしかに鳴き声だ。助けを求めるような鳴き声だ。ガウルはテントを出て、鳴き声の方角を確かめた。

　鳴き声は、ほんの一〇〇歩ほど行った岩場の、小さな洞穴《どうけつ》のなかからだった。そっと忍び寄ったガウルは、なかを覗《のぞ》いて、

「うっ!?」

　思わず手で口を押さえ、顔をそむけた。

　何かをかばうように背中を丸めた女が倒れていた。だが、それが死体であることはひと目でわかった。服装《ふくそう》は焼けただれ、背中と下半身にひどい火傷《やけど》のあとがあった。二十歳《はたち》過ぎのまだ若い女性のようだが、死後七日から十日は経《た》っていそうだ。そして、その胸のなかで、抱《だ》きかかえられるようにして、産着《うぶぎ》をまとった赤《あか》ん坊《ぼう》が泣いていた。生まれて間もない赤ん坊が——。

　ガウルはじっとアレフを見つめた。さもそれがおまえだ、といわんばかりに。

「じゃあその女の人が……？　その人がぼくのほんとうの……？」

「たぶん……そうかもしれない。だが、断言《だんげん》はできない……その女性には何も手がかりになるようなものはなかったからな。ところが……」

ガウルは隣の寝室《しんしつ》に行き、貴重品《きちょうひん》が入れてある引き出しの奥から布《ぬの》の袋《ふくろ》を持ってくると、

「赤ん坊の小さな手はこの石をぎっちりと握りしめていたんだ。そして、産着にはこれがはさんであった」

袋から小さな青い石と四つ折りにした一枚の羊皮紙《ようひし》の古地図を取り出して、おもむろにアレフの前に置いた。

「奇跡《きせき》としか思えなかった。七日、いや十日かもしれない。真冬の寒い岩山の、乳も水もないところで、たったひとりで生きのびていたんだからな。おれは、その生命力に驚いた。ひょっとしたら神が与えたものかもしれない。この赤ん坊はただの赤ん坊じゃない。何か、重大な使命《しめい》を持って生まれてきたのかもしれない。何か大変な運命のもとに生まれてきた赤ん坊なのかもしれない。そう思えてきたんだよ。旅の仲間《なかま》に偶然僧侶《ぐうぜんそうりょ》がいたんで、翌朝《よくちょう》彼に頼んで女性を手厚く葬《ほうむ》ると、おれは赤ん坊をおかあさんの待つラダトームの町に連れて帰った。そして、〝アレフ〟と名づけたんだよ。アレフガルド語でアレフという言葉は風とか大地を意味する。いつの日かこのアレフガルドに、清らかな風と豊かな大地が蘇《よみがえ》ってほしい……そう願ってな」

アレフは、小さな青い石に目を落とし、おもむろに手のひらに載《の》せた。美しい神秘《しんぴ》的な石だった。

「おかあさんは、大喜びだった。結婚《けっこん》して五年経っていたが、子供にめぐまれていなかったからな。そして、今日まで実の子以上におまえを大事に育ててきたんだ」

ジェシカはしきりにこぼれ落ちる涙をエプロンの裾で拭いていた。アレフを育てた十五年の長い

歳月《さいげつ》を思い返していたのかもしれない。

「今日お城で、おまえが勇者ロトの血をひく者だとわかったとき、たしかに驚いた。だが、やはりそういう運命のもとに生まれてきた子だったのかって、何となく納得《なっとく》したんだよ……」

「でも、でもアレフは、あたしたちの子よ。誰がなんといったって！」

ジェシカはぎゅっとエプロンの裾を握りしめた。その手が小刻みに震えていた。

「わかってるよ。おれたちの子だ」

ガウルはジェシカの震える手にやさしく手を添《そ》えた。

「おれたちの自慢《じまん》の息子さ」

「ええ……ええ……」

ジェシカはしきりにうなずいた。

アレフも胸の奥から熱いものが込みあげてきた。そして、その目から大きな涙がこぼれて頰《ほお》を伝った。

「なあ、アレフ」

ガウルはアレフを見つめた。そして、はじめて白い歯を見せて微笑《ほほえ》んだ。

「行って、竜王を倒してこい」

「えっ!?」

「竜王を倒して、アレフガルドに再び平和を取り戻すんだ。かつて勇者ロトが戦ったようにな。それがおまえの運命なんだ。おまえは、そのために生まれてきた子なんだ。選ばれたおまえの使命なんだ」

アレフはジェシカを見た。ジェシカはじっと涙を溜《た》め、アレフを見つめていた。

だが、最後にやっとうなずいた。アレフは、心から感謝した。

5 旅立ちの朝

二日後——。

うっすらと夜が明けたころ、すでにアレフの旅支度《たびじたく》は終わっていた。

旅行用の頑丈《がんじょう》な革《かわ》の長靴《ながぐつ》をはき、胴にはちょうどぴったりの革の鎧《よろい》をつけた。マントも用意した。革の兜《かぶと》もある。肩にかける大きな革袋《かわぶくろ》には、ジェシカにもらった薬草やお守りや、アレフが拾われたときに持っていたあの青い石、羊皮紙の古地図、そのほか旅に必要なさまざまなものが入っていた。

長い祈《いの》りを捧《ささ》げたあと、アレフとガウルとジェシカの三人は別れの朝食をとった。

アレフは、まずアレフガルドの北西にある予言者であり吟遊詩人《ぎんゆうしじん》だったガライが造《つく》ったと伝えられているガライの町に行くことに決めていた。

朝食が終わると、ラルス十六世の使いの近衛兵の小隊長が、ラルス十六世からの約束《やくそく》の賜《たわま》り物を持って現れた。王宮で死霊の騎士に襲われたとき、短剣を投げたあのいちばん年少の小隊長だった。

小隊長は、ラルス十六世秘宝《ひほう》の長剣《ちょうけん》とアレフガルド貨幣《かへい》の入った革袋を丁重《ていちょう》に差し出した。

剣の柄《つか》にはラルス家の紋章《もんしょう》である天翔《てんしょう》の獅子《しし》の像が彫《ほ》ってあり、その獅子の目には赤い宝石が埋《う》め込まれていた。鏡《かがみ》のような青々とした両刃《りょうば》は、いまにも油がしたたりそうな光沢《こうたく》を放っていた。

「くれぐれも気をつけるように……とのことだ」

小隊長がラルス十六世の言葉を告げると、

「実は、ひとつお願いがある。これは、陛下のお願いではなく、わたし個人のお願いだ」

思い詰《つ》めた顔で、意外なことをいった。

「できたら、ローラ姫《ひめ》のことも調べてほしい」

「ローラ姫？　でも、ローラ姫は……!?」

ラルス十六世の世継《よつ》ぎであるローラ姫が、誕生して間もなく、竜王の手下たちによって殺されたことは、アレフガルドの人なら誰でも知っている。

「ま、まさか!?　生きているんですか、ローラ姫が!?」

「いや……」

小隊長は暗い顔で首を横に振ると、

「だが、わたしには生きておられるような気がしてならないのだ。あの夜、城ではお七夜《しちや》の宴《うたげ》が催《もよお》されて、近衛隊に入隊したばかりのわたしは、宮殿の警備《けいび》についていた。そして、周知《しゅうち》のように竜王配下の影《かげ》の騎士《きし》の黒影《くろかげ》軍団が強襲《きょうしゅう》し、ローラ姫をかばったお后《きさき》さまは無残にも殺されてしまった」

「か、影の騎士!?」

「だが、乳母《うば》であったわたしの姉《あね》がローラ姫を連れて城外に逃《に》げ、竜王の手下はすかさず追跡《ついせき》した。むろん、わたしたちも必死にそのあとを追ってローラ姫の行方《ゆくえ》を捜《さが》した。だが、十日目の朝だった……」

小隊長は、悔《くや》しそうに唇《くちびる》を噛《か》んだ。

「断崖絶壁《だんがいぜっぺき》の海で姉の遺体《いたい》を発見した。だが、どこを捜してもローラ姫のお姿は……」

「でもそれだけじゃ!」

「たしかにそうだ。波にさらわれたのかもしれない。あるいは、別の魔物に……」

そういって、小隊長は一瞬いいよどんだ。食われたのかもしれない……といおうとしてやめたのだ。

「だが、竜王の手下がローラ姫を殺さずに連れ去った可能性《かのうせい》だってある。もし生きておられれば、おまえと同じでちょうど十五歳になられる」

「十五?」

とっさにアレフは、ラルス十六世の顔を思い浮《う》かべた。ラルス十六世がアレフの年を聞いて十五だと答えたときの、あの哀《かな》しそうな顔を——。あのとき、ラルス十六世はローラ姫のことを思い出したのだ。

「でも、王さまはぼくには何もそんなことを……」

「王はそういうお方だ。我《わ》がことより、国の平和と国民の幸せを優先《ゆうせん》してお考えになる。いつでも自分のことは二の次なんだ」

「じゃあ、王さまも、ローラ姫が生きていると？」

「わからん。だが、ときどきひとりになると涙を流しておられる。あのおやさしくてお美しかったお后《きさき》さまとあどけないローラ姫の笑顔《えがお》を思い出してな。今でも陛下の心のなかには、お后さまとローラ姫が生きておられるんだ」

そのときだった。

カーン、カーン、カーン――！

どんよりとした朝の空に、大聖堂の鐘が鳴り響いた。出発のときが来た――。

6　魔将《ましょう》たち

ロトの血をひく者が生きている――という報告をラダトーム城に潜伏《せんぷく》していた死霊の騎士から受けたとき、さすがの魔将たちも驚愕《きょうがく》した。晴天《せいてん》の霹靂《へきれき》だった。

そして今、竜王の居城にある大魔道ザルトータンの部屋に、影の騎士、悪魔《あくま》の騎士、死神の騎士、スターキメラの魔将たちが集まり、竜王に報告するかどうかを協議《きょうぎ》していた。

光の玉の二〇〇年ぶりの復活まであと二年たらずというときになって、急に降ってわいたこの問題に魔将たちは苛立《いらだ》ちを覚えていた。

「もし、この報《しら》せが事実だとしたら……。陛下《へいか》の前に差し出したあの赤児の死体はいったいなんであったのかのお」

ザルトータンにそういわれて、悪魔の騎士はきっと唇を噛んでうつむいた。

報告を受け、特にうろたえていたのは悪魔の騎士だった。

というのも、十五年前竜王の命を受けてドムドーラの町を襲撃し、ロトの血をひく者だといって、黒焦《くろこ》げの赤児を竜王の前に差し出したのは、ほかならぬこの悪魔の騎士だったからだ。もちろん自分では今でも竜王に差し出した赤児をロトの血をひく者だと固く信じているのだが——。

「それに……」

ザルトータンは今度は影の騎士を見た。

ザルトータンは死霊の騎士から報告を受けたとき、同時にもうひとつの不安を抱《いだ》いた。それはローラ姫のことだった。

「もし、殺したはずのラルス十六世の王女が、どこかで生きていたとしたら……」

「大魔道！　何を根拠《こんきょ》に！」

「しかし、あのとき、証拠《しょうこ》となる死体はなかったはず……」

「うっ！」

影の騎士は横を向いて舌打ちした。

竜王の命を受け、黒影軍団を率《ひき》いてラダトームを襲ったのはこの影の騎士だった。

ラダトーム城を襲撃した数日後、ローラ姫を殺害したと竜王に報告したが、その証拠となる死体はなかったのだ。悪魔の騎士がロトの血をひく者を殺害したあとだったから、そのときは竜王のおとがめはなかったが――。

「とにかく……陛下に報告するのはしばらく見合わせてほしい」

悪魔の騎士がそういってザルトータンと死神の騎士とスターキメラの顔を順に見つめた。言葉こそ対等だが、明らかにその眼は哀願《あいがん》していた。

「よかろう。陛下への報告は、すべてを確認《かくにん》してからでも遅《おそ》くはない。その少年が、真にロトの血をひく者なのか、まずそれを確認することが先決……」

ザルトータンが同意を求めるようにスターキメラを見た。

「しょうがないわね」

スターキメラはため息をつき、死神の騎士もうなずいた。

「かたじけない」

悪魔の騎士は頭をさげた。

「ま、ここはわしに任せなさい」

「ふっ。またあやつを使うのか」

影の騎士は忌《い》ま忌《い》ましそうにザルトータンに向かって吐き捨てた。

四人の魔将が退席《たいせき》すると、

「さてと……」

ザルトータンはおもむろに青い水晶球《すいしょうきゅう》に向かい、印《いん》を結《むす》んで呪文《じゅもん》を唱《とな》え始めた。

ザルトータンは、もともと竜王の配下であった四人の魔将たちと違い、かつてルビスの宮殿に仕える最高位の神官であった。だが、一三四八年の天変地異で死んだあと、竜王の魔力によって再び命を与えられ、六魔将のひとりとして、竜王に忠誠《ちゅうせい》を尽《つ》くしてきた。

そして、神殿《しんでん》に仕えていた者のなかで、竜王の魔力によって死の世界から蘇った者が、ザルトータンのほかにもうひとりいた。ザルトータンの息子《むすこ》であり弟子《でし》でもあった男だ。ザルトータンはその男を呼ぶことにしたのだ。

水晶球が、印を結んだザルトータンの指先から発した光を受け止めて、突然《とつぜん》光を放《はな》った。反応したのだ。ザルトータンは、腹の底から絞《しぼ》り出すような声でその男の名を呼んだ。

「魔界童子《どうじ》よーっ！」

第二章　生きていたガライ

かつて、アレフガルドにはたくさんの街道《かいどう》があり、人々は街道を通って物資や情報を運んだ。だが、一三四八年の天変地異《てんぺんちい》のあと、アレフガルドから街道という街道が消え、多くの隊商《キャラバン》や旅人で賑《にぎ》わった街道筋《すじ》の宿場も同時に消滅《しょうめつ》してしまった。

ラダトーム街道とガライ街道、メルキド街道の合流点として栄えたキエバの宿場も、同じ運命をたどった。このキエバから、東へ向かえばラダトーム、南へ向かえばドムドーラを経てメルキド、北へ向かえば北海を経てガライへ、途中を東へ向かえばアレフガルド街道となってアレフガルドの東方、さらには南東のリムルダールへと続いていた。

旧ラダトーム街道を西へ西へと向かったアレフは、キエバのあったあたりまで来ると、北に進路を変えた。そして、緑豊かな大地から砂漠《さばく》へと姿《すがた》を変えた旧ガライ街道の道なき道を、北へ向かって歩き続けていた。

空には飛び交《か》う鳥もいない。ただ、荒涼《こうりょう》とした烈風《れっぷう》の吹きすさぶ冬の砂漠が、えんえんと続いているだけだ。ラダトームを出発してから十日が過ぎていた——。

1 冬の砂漠

ゴォォォォッ——。

地鳴りのようなうなりをあげ、砂塵《さじん》を巻きあげながら、すさまじい烈風が襲《おそ》ってくる。

前かがみになり、しっかりと地面を踏《ふ》んでいなければ、紙切れのように吹き飛ばされてしまう。目を開けているのもやっとだ。

そのうえ、日中だというのに骨《ほね》の芯《しん》まで痛《いた》くなるような底冷えがする。ばらばらと音をたてて顔や手に砂《すな》や小石が当たる。皮膚《ひふ》の感覚はまったく麻痺《まひ》していた。

五日もこんな天候が続いている。最初の予定からすれば、もう北海に出ていてもいいころだが、予定はすっかり狂《くる》っていた。

アレフは我慢《がまん》できずに立ち止まり、後ろ向きになって背中《せなか》で烈風を受けた。そして、肩《かた》で大きく息をした。

ここに来るまでの間に、アレフはさまざまな魔物《まもの》に襲撃《しゅうげき》された。最初に襲いかかってきたのは、ブヨブヨの、足のない頭の先が鋭《するど》くとがった、まん丸い魔物だった。

昔《むかし》からアレフガルドに棲息《せいそく》しているスライムだ。アレフの腰《こし》ほどまでしかないが、見かけによらず獰猛《どうもう》だ。

「このタマネギ野郎《やろう》ーっ！」

一撃《いちげき》で倒せると思ったが、敵《てき》はすばしこかった。

「このクリの化《ば》け物《もの》めっ！」

何度も斬《き》りかかったが、スライムは「キッキッキッ」と奇声《きせい》をあげながら身軽に攻撃《こうげき》をかわし、鋭い頭の先を向けて跳《と》んでくる。

「しつこいラッキョー野郎だっ！」

アレフの剣がやっとスライムの胴《どう》を斬り裂《さ》くと、屍《しかばね》がみるみるうちに、どす黒い血の塊《かたまり》になった。あたり一面に飛び散った血の塊はどろどろに溶《と》け、やがて地面に消えた。

吸血《きゅうけつ》コウモリの魔物にも頭上から急襲《きゅうしゅう》された。スライム同様、昔からアレフガルドに棲息しているドラキーで、自在《じざい》に空中を飛びまわり、鋭い牙《きば》を剥《む》いて攻《せ》めてきた。

空中からの攻撃に剣で立ち向かうのは不利だ。アレフはすかさずギラの呪文《じゅもん》を唱《とな》え、指先から出た火炎《かえん》が敵を包んでいる間に、高々と宙《ちゅう》に跳んで一刀《いっとう》のもとに斬り倒《たお》した。魔物との戦いで呪文を使ったのは、このときがはじめてだった。

とにかく、魔物よりもいちばんの大敵は砂漠そのものだった。烈風と寒さ――自然の猛威《もうい》の恐《おそ》ろしさだった。ただ、雪でないのがせめてもの慰《なぐさ》めだった。吹雪《ふぶき》だったら、これどころではないのだ。

だが、あえて真冬の砂漠を越《こ》えてガライの町まで行くのには理由があった。

「アレフガルドには古くからのいい伝えがある。いつの日かアレフガルドに危機《きき》が訪《おとず》れたとき、勇者ロトの血をひく者によってガライの墓《はか》の封印《ふういん》が解けるであろう――といういい伝えがな」

お城《しろ》で死霊《しりょう》の騎士《きし》に襲われたあと、ラルス十六世にそういわれた。

アレフガルドをこよなく愛したガライは、今からおよそ三二〇年ほど前、アレフガルドの危機を予言しながら誰《だれ》にも聞き入れられずに旅の途中で死んだという伝説の人物だ。そのガライの墓が長い間封印されたままだった。

「その封印を解けば、竜王《りゅうおう》の島にわたる手がかりがつかめるかもしれん」

と――。

「くそっ！」

アレフは足を引きずりながら、また烈風に向かって歩き出した。両足の裏《うら》にできたまめは、とっくにつぶれている。

薬草を塗《ぬ》り、布の切れ端《はし》で結《ゆ》わえていたが、歩き続ける限り、効果はなかった。いや、さらに悪化するだけだ。ゆっくり休めばいいのだが、そんな余裕《ゆう》などなかった。

水筒《すいとう》の水は、お情《なさ》け程度《ていど》に底にほんの少ししか残っていない。干《ほ》し肉の塊も、もう一口分しかない。

「最悪だぜ！」

アレフは、後悔《こうかい》していた。最初あんまり張りきりすぎて、調子に乗ってどんどん速度をあげすぎたのだ。気がついたら、両足に大きなまめがいくつもできていた。もっと足と相談して、無理しないで歩けばよかった。それに、こんなことになるなら、水や食料をもっと大事にすりゃよかった――。

一時後《いっときご》、疲《つか》れきってがっくりと地面に膝《ひざ》をついたとき、アレフは前方に大きく横たわっている岩山を見つけた。

気を取り直して岩山に向かい、砂漠の端《はし》にある険《けわ》しい岩山の麓《ふもと》にやっとたどり着いたときには、すでにあたりが暗くなりかけていた。

アレフは、烈風を避《さ》けて、岩陰《いわかげ》に身を投げ出した。

よし、今夜はここで野宿だ——そう考えて、足のまめに塗る薬草を取り出そうとして革袋《かわぶくろ》に手を入れたときだった。頭上に殺気《さっき》を感じたのは。はっと顔をあげると、

「うわっ!?」

弾《はじ》かれたようにあとずさって、反射的《はんしゃ》に剣を抜《ぬ》いた。

アレフの倍はありそうな巨大《きょだい》な大さそりが岩陰から巨大なはさみをかざして襲いかかってきたのだ。アレフはすばやく後ろの岩に飛び逃げたが、大さそりの鋭いはさみにマントの裾《すそ》を切られてしまった。大さそりは、もともと通常の大きさの生物だったが、竜王の魔力《まりょく》によって巨大化し凶暴《きょうぼう》化《か》した魔物だ。魔物は呪文を唱える余裕《よゆう》を与えなかった。

「そりゃっ!」

敵の攻撃をかわすと、アレフは宙に跳んで剣を振りおろした。だが、強固な殻《から》にあっけなく弾き返されてしまった。アレフは必死に応戦した。

アレフの呼吸《こきゅう》が乱れて息遣《いきづか》いが荒《あら》くなった。アレフは、大きく肩で息をのみ込むと、

「くそっ！」

渾身の力を込めて斬りかかった。

と、ガチッ！　なんと、はさみに剣をはさまれてしまった。次の瞬間、アレフの体が大きく宙に舞《ま》った。

「うわわわわーっ！」

大さそりが剣をはさんだまま、アレフを振りまわし、力任せに投げたのだ。

アレフは背中《せなか》から岩に叩《たた》きつけられて地面に転がり落ちた。全身がしびれて動けない。

ところが、とどめを刺《さ》そうとした大さそりがぎょっと顔を強張《こわば》らせて頭上を見あげた。と、

「ターッ！」

かけ声とともに剣をかざした若者《わかもの》が、目にもとまらぬ速さで急降下《きゅうこうか》してきた。

鋭い閃光《せんこう》が空を斬り、大さそりの眉間《みけん》からいきおいよく鮮血《せんけつ》が飛び散った。若者は着地すると、返す剣で大さそりの腹《はら》をまっ二つにし、再び岩肌《いわはだ》に鮮血が散った。

一瞬《いっしゅん》の早業《はやわざ》だった。大さそりは、地響きをたてて崩《くず》れ落ちた。

いつの間にか、若者は岩の上に立っていた。

「あ、ありがとう」

アレフは、肩で大きく息をしながら、若者を見あげた。

若者は、ゆっくりと剣を背中の鞘《さや》に収めた。背中まである長い髪《かみ》の毛を、後ろで束《たば》ねていた。背

が高くてがっしりしている。歳《とし》のころは二十歳前後か。肩から、柄《つか》に引き金の装置《そうち》がついたひし弓をさげていた。

と、風が駆《か》け抜けた。髪がなびいて、前髪に隠《かく》れていた日焼けした黒い顔がはっきり見えた。鋭い目が、じっとアレフを見ていた。

2　旅の若者

「旅ははじめてか？」

「えっ!?」

「旅馴《な》れねえやつが、冬の砂漠をわたるなんて正気じゃねえ」

若者は岩から飛びおりると、マントをなびかせながらすたすたと歩き出した。

「ま、待ってー！」

アレフが慌《あわ》てて呼《よ》び止めると、若者は怖《こわ》い顔で振《ふ》り向いた。

「魔物に襲われて死にたいのか？」

「えっ……？」

アレフは意味を測《はか》りかねた。だが、ついてこい――といったのだと解釈《かいしゃく》して、散らばっている荷物をかき集め若者のあとを追った。

若者は、何もいわず自分の歩調ですたすたと歩いていく。

一時ほど歩き、人ひとりがやっと抜けられるほどの曲がりくねった岩場を抜けると、さっきまでの烈風の砂漠からは想像できない風景が広がっていた。風はなく、雲の切れ間には星が出ていた。

眼下《がんか》の谷底には、岩山に囲まれた森があり、せせらぎが流れている。

「み、水だっ！」

足の痛《いた》さも忘れ、アレフは転がるように岩山を駆けおり、せせらぎの水をすくって飲《の》もうとすると、いきなり若者がアレフの手を払《はら》った。

「何すんだよ!?」

「水白花《みずしろばな》だ」

若者はその場にしゃがみ込むと、せせらぎに咲《さ》いている小さな白い花を指さした。美しい可憐《かれん》な花が水中に群生《ぐんせい》していた。

「水を飲むときは、まずこの花が咲いているかどうか確かめろ。この花は、竜王の毒《どく》に汚《けが》された水には生息《せいそく》しない」

「そうか……」

もし竜王の毒に汚された水だったら――アレフはぞっとしながら水白花を見た。

「勉強になったよ」

アレフは礼を言うと、むしゃぶるように水をすくって飲んだ。

何度も何度も飲んだ。そして、空を見あげて大きく深呼吸した。やっと生き返った気持ちになった。と、空を見あげた顔が、

「あーっ⁉」

突然恐怖《きょうふ》に凍《い》てついた。

大きな翼《つばさ》を広げた大鷲《おおわし》が二人をめがけて急降下してきたのだ。

「あわわわわっ！　ひえーっ！」

アレフはすぐそばの岩陰に飛び込んだ。

だが、大鷲は急接近《きゅうせっきん》したかと思うと、翼を羽《は》ばたかせて急上昇《きゅうじょうしょう》し、岩山の向こうに優雅《ゆうが》に飛び去った。

アレフの何倍もあるような、巨大な大鷲だった。アレフは、ほっとして見送った。そして、若者を見てまた驚いた。若者の手には、いつの間にか死んだ野兎《のうさぎ》がぶらさがっていた。大鷲が獲物《えもの》を置いていったのだ。

「なんだ、あんたの仲間《なかま》だったのか」

だが、若者はアレフには見向きもせずにさっさと小刀で野兎をさばくと、せせらぎのそばの小さな洞窟《どうくつ》に火を焚《た》き、肉を焼き始めた。手慣《てな》れたものだった。

あぶり出された脂肪《しぼう》と肉汁《にくじゅう》が炎《ほのお》にしたたり落ちて、ちりちり燃えた。肉の焼けるおいしそうな匂《にお》いが鼻を突《つ》き、アレフの腹が何度も鳴った。

若者はアレフのことをまったく無視《むし》していた。声ひとつかけなかった。アレフを見ようともしなかった。なんて無愛想《ぶあいそう》なんだ——アレフは、つぶれた足のまめに薬草を塗りながら、若者の顔を見た。

「ねえ、どこへ行く途中なの？」

若者は無視して黙って炎を見ている。

「ねえ、どこへ行くの？」

アレフはもう一度尋《たず》ねた。

「いいじゃない、教えたって」

若者はやっとアレフを見た。そして一瞬間を置いて答えた。

「あてはねえ……」

「あ、あてはないって!?　どういうこと!?」

若者は面倒《めんどう》くさそうにため息をついた。

「ねえ、どういうことよ!?」

「足の向くままってことだ」

「えっ？　だって、どっかの町に住んでるんじゃないの？」

若者はまた無視して、黙って肉の焼け具合を見ている。

「じゃあ、ずっと旅を続けているの？　あっそ。死ぬまで続けるんだ」

むっとしてアレフはわざと皮肉っぽくいった。

「ぼくはガライに行く途中だ」

「……？」

若者は怪訝《けげん》な顔でアレフを見た。やっと反応を示した。

「ぼくは竜王を倒すために旅に出たんだ。ガライへ行けば、きっと竜王の島にわたれる手がかりがつかめると思ってね」

「ふっふふふふ。はっははは！」

とたんに若者が腹を抱《かか》えて笑《わら》った。

「何がおかしいんだよ！」

アレフはまたむっとなった。

「本気だよ！　竜王を倒してアレフガルドに平和を取り戻すんだ。勇者ロトのようにね」

「たわごとをいう前に、ちゃんとガライに行けるかどうかを心配するんだな」

「どういうことだよ!?」

「ガライなら方向が違う」

「えっ!?　で、でも!?」

アレフは、驚いてあの羊皮紙《ようひし》の古地図を取り出した。

竜王が支配してからというもの、アレフガルドの正確な地図はいまだに作製されていないのだ。

だが、古地図とはいえ、この地図にはアレフガルド全土が描《えが》かれている。地図の右下の端《はし》には、見慣れない楔形文字《せっけいもんじ》が書いてあった。

「今この辺だろ!?」

アレフは、ラダトーム砂漠の北の、海に近いところを指さした。だが、若者は足元の小枝を拾うと、アレフが指さした地点からだいぶ離《はな》れたところをさした。

「えっ、こんなとこなの!?」

アレフは愕然《がくぜん》とした。まっすぐ北上したつもりだったが、北東に向かって歩いてきたことになる。

「あれを越えて北に行けば海だ」

若者は、谷底の向こうにそびえる岩山を顎《あご》でさすと、

「そんな昔の地図なんかあてにしてたら、どこへも行けねえぜ」

ばかにしたようにいった。

「そんなことといったって！」

たしかに大地震《だいじしん》で海に沈《しず》んだ半島もある。消えてしまった湖《みずうみ》もある。突然、噴火《ふんか》してできた山もある。姿を変えた山もある。緑豊かな平原が砂漠になったところもある。流れが大きく変わった河もある。今だって地形が少しずつ変わっているところもあるという。だが、古い地図でもないよりはましだ。いや、今のアレフには頼れるのはこの古地図しかないのだ。

「しょうがないだろっ！」

アレフは思わず怒鳴《どな》った。

と、若者はいきなり「食え」とばかりに小刀で分けた肉を乱暴《らんぼう》にアレフに放り、さっさと自分の肉を食べ始めた。

ムッとしたままアレフは若者を睨《にら》みつけていた。だが、肉の匂いが鼻を突くと、生唾《なまつば》をごくりとのみ込んで、いきおいよくむしゃぶりついた。肉汁と脂肪の甘味《あまみ》が、ぱっと口のなかに広がった。

肉を食べ終えると、若者はアレフの腰《こし》の剣をちらっと見た。さっきから気になっている様子だ。

空腹《くうふく》が満たされると、アレフの気持ちもなごんだ。さっき腹を立てたこともすっかり忘れていた。

「これは、王さまの秘宝《ひほう》の剣さ」

「……？」

「ラルス十六世のね」

アレフは自慢気《じまんげ》に腰から剣をはずして若者に見せながら、お城での出来事を話し始めた。そして、勇者ロトの血をひく者だと名乗ると、

「ロトの？」

さすがに若者も驚いたようだ。若者は、ジッとアレフを見つめていた。だが、

「ふっ」

鼻先で笑うと、アレフに剣を投げ返して洞窟を出た。そして、せせらぎの岩に腰をおろすと、おもむろに懐《ふところ》から銀の横笛《よこぶえ》を出して唇《くちびる》に当てた。澄《す》んだ美しい音色《ねいろ》が一帯《いったい》に流れた。

いつの間にか上空に、三日月が出ていた。

焚火《たきび》の炎《ほのお》を見ながら、アレフはじっとその美しい笛の音色を聞いていた。心に染《し》みるような音色だ。だが、どこか物哀《ものがな》しい旋律《せんりつ》だった。

ふと、アレフはやさしい父と母の顔を思い出した。今ごろ、どうしているんだろ？　夕飯、終わったのかな？　かあさんのことだから、ぼくのことを心配して、お祈りしているのかもしれない——そう思うと、急に両親に会いたくなった。

いつの間にか、アレフは眠っていた。今までの旅の疲《つか》れがどっと出たのだ。今夜は、いつ出るかもしれない魔物の心配をする必要もなさそうだ。その安心からか、アレフは、朝まで目を覚まさなかった。安らかな寝顔《ねがお》から、涙《なみだ》がひと筋《すじ》流れていた。両親の夢《ゆめ》を見ていたのかもしれない。

翌朝《よくちょう》、アレフが目を覚ますと、すでに若者の姿はなかった。焚火のあとの燃えかすの横に、昨夜の残り物の焼いた肉が置いてあった。アレフのために、置いていってくれたのだ。

アレフはさっそくせせらぎの水を水筒《すいとう》に入れると、谷底の向こうにそびえる岩山に向かって元気に歩き出した。

若者と別れて五日目、アレフが粉雪の舞《ま》う峠《とうげ》を越えると、目の前に荒涼とした北の海が広がっていた。

海は荒れていた。灰《はい》色の高波がすさまじい轟音《ごうおん》をたてながら寄せては返す。空には海鳥の鳴く声さえ聞こえなかった。生まれてはじめて間近に見る海だった。

つぶれた足のまめのあとは、いくらかましになっていた。無理をすることをやめたからだ。やっと、自分の歩く速度や距離《きょり》の感じがつかめてきたのだ。

そして、海沿《うみぞ》いに歩き始めて八日目、大きな砂丘《さきゅう》をのぼりきると、前方の海に突き出た断崖絶壁《だんがいぜっぺき》の岬《みさき》の上に、雪をかぶった家並《いえな》みが見えた。

「ガライだーっ！」

アレフは思わず叫んだ。急に胸の奥から熱いものが込みあげてきた。ラダトームの町を出てから、二十三日が経《た》っていた。

「ガライだっ！　ガライの町だーっ！」

アレフは、足のことも忘れて、ガライの町に向かって駆《か》け出した。無人の砂丘に積もったまっ白な雪に、力強い足跡《あしあと》をくっきりと残しながら。

やがてアレフの姿が消えると、つむじ風が砂丘の頂上の雪を吹きあげていった。と、そのあとに忽然《こつぜん》と、ひとりの小男が姿を現した。

背丈《せたけ》が小さな子供《こども》ぐらいしかない三頭身の年齢不詳《ねんれいふしょう》の男だ。つるんとしたまん丸い顔。異様《いよう》なほど透《す》き通ったまっ白な肌《はだ》。とがった三角の耳。頭には毛が一本もない。眉《まゆ》もない。鋭い目は、血のようなまっ赤な色をしていた。そして、首から下を黒いマントでおおっている。魔界童子《まかいどうじ》だ。

魔界童子は、赤い眼をきらりと光らせて、にやりと笑った。

3 セシール

ガライの町は、不気味なほどひっそりと静まり返っていた。

通りには、人影すらない。海からは雪混《ま》じりの冷たい風が吹きつけていた。

アレフは、町に入ったとたん、安心したのか急に激《はげ》しい空腹を覚えた。昨日から何も口にしていなかったからだ。だが、表通りの角の食堂の扉《とびら》は固く閉《と》ざされていて、「休業中」と書かれた古い木札がカタカタ音をたてて風に揺《ゆ》れていた。

アレフはため息をつきながらほかに食堂がないかと見まわして、はす向かいの民家の窓《まど》の奥の暗がりからアレフの様子をうかがっていた老人とばったり目が合った。老人はすばやく身を隠した。

「またか……」

アレフはそうつぶやいて食堂の角を曲がると、その老人はまたそっと顔を出して暗い目でアレフの後ろ姿をじっと追った。

これで三人目だった。町に入って二軒目《けんめ》の扉の隙間《すきま》から四十代半《なか》ばの男がアレフの様子をうかがっていたし、つぶれた酒場《さかば》の二階の窓の奥からは老婆《ろうば》がアレフをじっと見ていた。

そして、今度は前方の家の扉の隙間から姉弟らしい二人の幼《おさな》い子供が珍しそうにアレフを見ていた。と、奥から母親が現れて二人を叱《しか》りながら奥へと追いやり、扉を閉めようとしてアレフと目が合った。

「あ、あの、ちょっと」

食堂がないかどうか尋ねようとしてアレフは声をかけた。だが、母親は脅《おび》えたような顔で慌《あわ》ててばたんと扉を閉めた。

「どうなってんだ、この町は……？」

アレフはまた歩き出し、T字路の突き当たりに古びた宿屋の看板《かんばん》を見つけると駆け寄って扉を叩《たた》いた。だが、何の反応《はんのう》もなかった。アレフがため息をついてあきらめかけたときだった。扉の小さな覗《のぞ》き窓が開いて、男の鋭い目がじろりとアレフを見た。

「どこからきた？」

「ラダトームからです」

男は覗き窓を閉め、扉をほんの少し開け、またその隙間からアレフを探《さぐ》るように見た。五十半ばの頭の薄《うす》くなったやや小太りのこの男は、宿の主人だった。

アレフは、一泊したいが今すぐ食事ができるかどうか尋ねると、主人はなかに招き入れ、食堂を兼ねたロビーの食卓《しょくたく》に案内してカウンターの奥に消えた。

マントを脱ぎ肩から革袋をはずすと、久しぶりに緊張《きんちょう》がとけてほっとした。食卓についてしばらく待つと、宿の娘《むすめ》が料理を運んできて、

「どうぞ」

小麦粉を練って薄く伸ばした焼き立てのパンとあぶりたての魚の薫製《くんせい》を、アレフの前に丁寧《ていねい》に置いた。

はっと目を見張るような色白の美しい娘だった。

背中まで伸びた亜麻色《あまいろ》の長い髪と、紺碧《こんぺき》の涼《すず》しげな澄《す》んだ瞳《ひとみ》が印象的だ。アレフと同じ年頃《としごろ》で、整った顔には気品すらあった。こんなに美しい清楚《せいそ》な女性をアレフは今まで見たことがなかった。

アレフは思わず見惚《みと》れていた。

「ど、どうぞ。あたたかいうちに……」

じっと見つめられた娘は恥《は》じらいながら顔をふせた。

「えっ？」

アレフは、はっとわれに返って、顔をまっ赤にすると、

「あっ、い、いただきます！」

あつあつの魚をナイフで切り、あつあつのパンにはさんでむしゃぶりついた。

と、厨房《ちゅうぼう》から主人が顔を出して娘にいった。

「セシール。今のうちに客室を掃除《そうじ》しておくんだ」

セシールっていうのか——アレフは食べる手を止めて、ロビーの階段《かいだん》をあがっていくセシールの姿を眩《まぶ》しそうに見ていた。だが、そんなアレフを主人は不快《ふかい》そうに睨《にら》みつけていた。そのことに気づいてアレフは一瞬うろたえたが、

「あ、あの何かあったんですか、町に？　妙《みょう》に静かだし、それに……」

アレフは宿に来るまでに町の人から変な目で見られたことを話した。

「珍《めずら》しいからだ。めったにこの町にやってくる者がないからな」

「そうか。それで角の食堂も店を閉めていたのか」

「だが、町の連中はみないいやつばかりだ。よそ者には警戒心《けいかいしん》が強いがな」

「どうしてですか？」

だが、主人は答えようとはしなかった。

「なぜ同じ人間なのにそんなに警戒しなきゃならないんです!?」

主人は面倒《めんどう》くさそうにため息をつくと、

「苦《にが》い経験があるからだ」

ぶっきらぼうに答えた。

「どんな!?　何があったんです!?」

アレフは主人を見つめたまま目を離さなかった。

主人はまたため息をつくと、根負《こんま》けしたようにぽつりぽつりとガライの町のことを話し始めたのだった。

かつてガライの町はアレフガルドの避暑地《ひしょち》として賑《にぎ》わったという。雄麗《ゆうれい》な断崖絶壁の岬、岬の上の斜面《しゃめん》に広がる赤い屋根と白壁《しろかべ》の美しい町、そしておだやかで神秘《しんぴ》的なエメラルドの海――それらは訪れた人々の心をとらえて離さなかったという。

だが、一三四八年の天変地異で美しい町は崩壊《ほうかい》し、エメラルドの海は灰色に変わった。

さらに、町の男たちは次々に竜王討伐《とうばつ》に出陣《しゅつじん》し、そのほとんどが二度とガライの土を踏《ふ》むことがなかったという。そして、町は老人と女子供と、わずかに残った男たちだけになってしまった。

その後、町は何度も竜王の魔物に襲われたが、特殊《とくしゅ》な地形がさいわいして、わずかに残った男たちはなんとか町を守った。ところがある日、ひとりの旅人がやってきて、町の人たちは喜んで迎《むか》え入れたという。すると、その旅人は突如《とつじょ》正体を現して襲いかかり、町は騒然《そうぜん》となった。魔物が変装していたのだ。その隙に、ほかの魔物たちがいっせいに町を襲撃し、一瞬にして町のほとんどの人が殺されてしまった。

それ以来、ガライの町は生き残った人たちの子孫《しそん》によってかろうじて今日まで守られてきた。だが、かつて一万をゆうに越したという町の人口が、今では二十分の一に減ってしまった――。

「そんなことがあったのですか……」

アレフは食べるのも忘れて聞いていた。

「ガライの者は子供のころからそのことを年寄《としよ》りや親から聞かされて育つんだ」

主人はそういうと、「冷えてるぞ、早く食え……」といわんばかりに食べかけの冷えた料理を顎《あご》でさした。

食事を終えるとアレフは再び主人に尋ねた。

「ところで、ガライの墓があるって聞いてきたんですけどどこにあるのですか?」

「ガライの……?」

皿をかたづけようとしていた主人の顔色がさっと変わった。

「若いもん、墓のことを聞いてどうする!?」

いまにもつかみかからんばかりの形相《ぎょうそう》で睨みつけた。

「何しにきた!?」

「ぼくは……!」

訳《わけ》をいおうとすると、いきなり主人が両手で食卓を叩《たた》き、その振動《しんどう》で皿の上のフォークとナイフがカタカタ鳴った。

「いいかっ!　ガライの墓に近づいてはならん!　絶対になっ!」

「どうしたんです?」

主人の声に驚いて四十代半ばの品のいい女性が厨房の奥から顔を出した。主人の妻《つま》だった。

「……!」

主人はアレフを睨みつけたまま黙って奥の部屋に消えた。

いつの間にか、掃除を終えたセシールが階段の下に立ち止まってアレフを見ていた。

セシールは掃除したばかりの二階の部屋《へや》へアレフを案内した。窓際《まどぎわ》に木製のベッドとその横に荷物棚《だな》があるだけの、狭《せま》い質素《しっそ》な部屋だった。アレフは戻《もど》ろうとするセシールを呼び止めた。

「ねえ、ガライの墓はどこにあるの？」

セシールは躊躇《ちゅうちょ》した。さっきの主人の態度を気にしているようだ。だが、

「岬の……突端《とったん》にあります」

小さな声で答えた。

「おじさん、あんなに怒《おこ》ってたけど、どうしてガライのお墓に近づいちゃいけないの？」

「そ、それは……」

セシールはちょっと間を置くと、

「普通の人がお墓に近づくとこの町に不吉なことが起こる……という昔からのいい伝えがあるからなんです」

「だけどさ、どうしてガライの墓が封印《ふういん》されたの？　墓のなかに何があるの？」

セシールは、澄んだ瞳でじっとアレフを見つめた。なぜアレフがガライの墓にこだわるのか測《はか》りかねているのだ。だが、セシールは首を横に振ると、

「ガライの神話なら少し知っていますけど」

「ガライの神話？」

「はい。昔……勇者ロトが大魔王を倒すために旅を続けていたころ、ガライもまた銀の竪琴《たてごと》を持っ

て旅を続けていたそうです」

「銀の竪琴？」

「ええ。ガライはその銀の竪琴を奏《かな》でることによって魔物とお話をすることができたんだそうです」

「魔物と!?」

「魔物にはもともと人間と一緒《いっしょ》に暮らしていたものがたくさんいたんだそうです。その魔物たちと話し、悪い心を解《と》くために旅を続けたんだそうです」

「ふーん。そうだったのかあ」

そういいながらアレフはマントを着ていた。セシールは驚いて尋ねた。

「どこかへ行かれるのですか？」

「ガライの墓さ」

「えっ!?」

さっとセシールの顔色が変わった。

「実は、ぼくがガライに来たのは墓の封印を解くためなんだ」

「ふ、封印を!?」

そう聞き返したとき、すでにアレフは部屋を飛び出していた。

「待って！」

セシールは叫んではっとなった。そして、急いで部屋を飛び出していった。

4　ガライの墓

海を一望に見わたせる岬の突端に、巨大なピラミッド型のガライの墓が立っていた。

正面のエントランスの階段をのぼったところに立派《りっぱ》な石の扉があった。扉にはガライの唐草模様《からくさもよう》の紋章が彫ってある。アレフは、扉を押してみた。だが、ぴくりともしない。体当たりをしてみたが、同じだった。

ため息をついてアレフは紋章を見た。そのとき背後から、

「墓に近づいてはならん！」

しわがれた大声がした。

振り向くと、フードつきの黒マントをまとった老婆《ろうば》が恐《おそ》ろしい形相で立っていた。皺《しわ》だらけで、頬《ほお》がげっそりそげ落ちている。やせ細った手や指は骨《ほね》だらけだ。だが、目だけは異様に鋭かった。

そして、老婆の後ろにセシールが心配そうに立っていた。亜麻《あま》色の髪と丈《たけ》の長い薄紫《うすむらさき》の衣装《いしょう》が海からの雪混じりの冷たい風になびいている。マントも持たず家を飛び出したセシールは、その足で老婆のところへ行ったのだ。

「わしはこの町の占《うらな》い師《し》で、この墓の守りをしておる者じゃ！　封印を解くなどとばかげたことを

考えるんじゃない！　この墓の封印を解くことのできる者は、勇者ロトの血をひく者だけなんじゃ！」

「ぼくは、その勇者ロトの血をひく者なんです！」

「な、なにっ!?」

占い師はあ然となった。セシールもまたきょとんとしてアレフを見つめていた。

「勇者ロトの血をひく者じゃと!?　はっはははは！　何をたわごとをいうんじゃ！　おまえごときが勇者ロトの血をひく者であってたまるか！」

「いえ、ぼくは勇者ロトの血をひく者なんです！　竜王の島にわたるための手がかりを探《さが》してガライに来たんです！　ガライの墓の封印を解けば、手がかりがつかめると思って！」

「ふん。誰がそんなことを信じるかっ！」

「ほんとうです！」

アレフが、ラダトーム城《じょう》での出来事を話すと、

「たとえ、その話がほんとうだとしても……」

占い師は大きく首を横に振った。素直に信じることができないのだ。

セシールも半信半疑《はんしんはんぎ》だった。だが、アレフの真剣な眼差《まなざ》しや態度から、アレフが嘘《うそ》をつくような人物にはどうしても思えなかった。

「も、もし、おまえが勇者ロトの血をひく者ならば、当然封印を解《と》く特別な呪法《じゅほう》を知っておるんじゃ

ろうな!?」

「特別な呪法!?」

「そうじゃ、真の勇者ロトの血をひく者のみが解《と》ける特別の呪法《じゅほう》をな！」

「そ、それは……！」

「それみろっ！　なにが勇者ロトの血をひく者じゃ！　このたわけがっ！　二度と墓には近づくんじゃない！　わかったなっ！」

「うっ！」

アレフはきっと唇《くちびる》を噛《か》んで睨みつけた。

「それに、この墓には竜王の島にわたるための手がかりなんかおそらくあるまい」

「えっ!?」

「おまえは、なぜこの墓が封印されたか知っておるのか!?　この墓には銀の竪琴《たてごと》があるからなんじゃ！」

「銀の竪琴!?」

「そうじゃ、ガライが一生手放さなかった銀の竪琴がな！」

アレフとセシールは驚いて思わず顔を見合わせた。

「もともと銀の竪琴は妖精《ようせい》が魔物から自らの身を守るために作ったものなんじゃ。深山で妖精の一族と出会ったガライは、吟遊詩人《ぎんゆうしじん》としての才能を認《みと》められ、妖精の女王から銀の竪琴を授《さず》かったといわれておるんじゃ。じゃから、妖精やガライが奏《かな》でると、魔物を封《ふう》じ込めることができる。現にガライは多くの魔物を銀の竪琴で封じ込めたのじゃ。じゃが普通の人間が奏でると反対に魔物を呼び寄せてしまうのじゃ。じゃから、ガライの死んだあと、竪琴も一緒に埋葬《まいそう》し、墓ごと封印してしまったのじゃ。それ以来、ここに普通の人間が近づくと銀の竪琴が怒《おこ》って町に不吉なことが起こるといわれておるんじゃ。じゃから、この墓に近づいてはならんのじゃ！」

「じゃあ、竜王を倒すための手がかりはどうしたらつかめるんです!?　どこへ行けば!?」

占い師はじっとアレフを見つめると、

「どうしても……勇者ロトの血をひく者だといい張るのじゃなっ!?」

「もちろんです！」

「よかろう。それならわしが占ってやってもいい。これでも評判《ひょうばん》がいいんじゃ」

占い師は、歯の抜けた口を開けてにっと笑ったかと思うと、がらりと形相を変えて、

「とにかく帰るんじゃ！　そして、二度とここに近づくんじゃない！」

強引にアレフの腕を引っ張って扉の前の階段からおろすと、くるりと踵《きびす》を返して町へ向かった。

アレフはため息をついて墓を見た。雪混じりの烈風が音をたてて吹き抜けていった。

「すみません……」

セシールは寒さに身を縮《ちぢ》めながら、申し訳《わけ》なさそうにじっとアレフを見つめた。

「余計なことをして……。そんな理由があるとは知らなかったものですから」

寒さに唇が震えていた。セシールの亜麻色の髪や細い肩にうっすら雪が積もっている。

「気にしなくていいよ。おかげで封印を解くには特別な呪法が必要だってことがわかったんだから」

アレフはそういって微笑むと、マントを脱《ぬ》いでセシールにかけてやった。


その夜、アレフはセシールに案内されて占い師のところへ行った。占い師の家は、宿屋からほんの少し離れた路地の、薄汚れた地下にあった。

湿《しめ》ったカビの臭《にお》いと香《こう》を焚《た》く匂《にお》いが入り交《ま》じった奥の部屋で、燭台《しょくだい》の蠟燭《ろうそく》が燃えていた。その炎の前に座《すわ》って、占い師の老婆はじろっとアレフを見あげると、

「前金で三〇〇ゴールドじゃ」

いきなり料金を請求《せいきゅう》した。

「三〇〇!?」

それは、十日分の宿賃《やどちん》にあたる。

「高すぎますよっ！　まけてくれませんか！」

「相場じゃ。わしを値切ったやつはろくな目に合わんぞ。それでもいいのか？」

アレフはしょうがなく革袋《かわぶくろ》から三〇〇ゴールドを払った。

「そう、素直がいちばんじゃ」

占い師は、にっと笑うと、水晶《すいしょう》の数珠《じゅず》を持って、一心不乱《ふらん》に呪文を唱え始めた。そして、目の

前で両手を合わせると、目をつむったままおもむろに告げた。

「星じゃ。星が見える……」

「星？」

「南東の方角にひときわ光る星が見える……」

「南東？」

「五十じゃ」

占い師は片目を開け、アレフの顔の前に右手を出して追加料金を請求《せいきゅう》した。

「そ、そんな！」

「いやならこれで終わりじゃ」

占い師はさっさと立ちあがろうとする。

「わ、わかりましたよ。出しますよ」

アレフはしぶしぶ五十ゴールド出すと、占い師は再び両目をつむって呪文を唱えた。

「砂漠《さばく》じゃ、砂漠が見える……」

「砂漠？」

占い師は、片目を開けて、また右手を差し出した。

「えーっ!?　ま、またですかーっ!?」

「いやならいいんじゃよ」

アレフはまたしぶしぶ五十ゴールド出した。占い師は、にっと笑うと、また目をつむって呪文を唱えた。

「闇《やみ》じゃ。闇が見える……」

「闇？」

「そうじゃ。闇じゃ。これで終わりじゃ」

「悪いけど、もうひとつ占ってほしいことがあるんですが」

アレフはローラ姫が生きているかどうかを占ってもらおうと思った。

「ローラ姫？」

占い師はまた三〇〇ゴールド請求すると、占い始めた。

ところが、途中で一回占いをやめ、何度か首をかしげると、再び挑戦《ちょうせん》した。そして、やっと占いが終わると、暗い顔で首を横に振っていった。

「残念ながら何も見えんのじゃよ。何もな」


「南東の方角にひときわ輝く星」と「砂漠」と「闇」——。

「星」はおそらく、南天の南極星からちょうど四十五度東に位置する女神八光星《めがみはっこうせい》をさすのだろう。八方にきらきらと光を放っていることから、別名女神の瞳《ひとみ》とも女神の宝石ともいわれている星だ。

そして「砂漠」は、ガライの南東にあるどこかの砂漠をさすのだろう。だが、「闇」とは——いったい何をさすのだろう？　何を意味するのだろう？

宿に戻ったアレフは、古地図を開きながら、あれこれ推理《すいり》してみた。だが、それ以上何も考えつかなかった。

「どうせ、こんな地図見てもだめか。古すぎてあてにならないからな……」

古地図をばかにしたあの旅の若者の顔を思い浮かべて大きくため息をつくと、古地図を革袋の上に放り投げてベッドに横になった。

このとき、この古地図に大事な秘密が隠《かく》されていようとは、アレフには想像できるはずもなかった。古地図の秘密――偶然《ぐうぜん》それがわかったのは数日後のことだった――。

5　魔界童子

「くそっ！」

鬱蒼《うっそう》と生《お》い茂《しげ》る大きな羊歯《しだ》の葉や蔓《つる》や木の枝を、ばっさばっさと剣で切り落としながら、アレフは巨大な樹木《じゅもく》の密林《みつりん》を南東へ向かって進んでいた。

占い師のお告げを信じたわけではないが、何の手がかりもつかめない以上、占い師のお告げどおりに旅を続けるしか手はなかったからだ。

「もう少し旅の疲れをいやしてから出発した方がよろしいのでは……」

セシールが心配してくれたが、無駄《むだ》に時間を過ごすわけにはいかなかった。

翌朝、薬草や食料を買い込むと、セシールに見送られて出発した。

「占いのばあさんには信じてもらえなかったけど、ぼくが勇者ロトの血をひく者だってこと信じてくれるよね？」

アレフはセシールを見つめた。

セシールは涼しげな澄んだ瞳で見つめ返した。海から吹きつける冷たい風にセシールの美しい亜麻色の髪が大きくなびいた。セシールは微笑んでうなずくと、

「あの……」

ちょっと恥じらった。

「名前、まだ聞いてませんでした」

「アレフっていうんだ」

「アレフ……」

セシールはアレフの名前をもう一度口のなかでつぶやいてみた。

「いい名前ですね。気をつけてくださいね、アレフ」

「ありがとう。君のことは忘れないよ。さよなら、セシール」

アレフはくるりと踵《きびす》を返すと、はるか前方にある森に向かって歩き始めた。

セシールは、アレフの姿が見えなくなるまで、じっと祈るように見送っていた。

あれからすでに四日が経《た》っている。

森や広葉樹の原生林をいくつも越え、険《けわ》しい山も越えた。

だが、この密林に入ってから、思うように前へ進めない。寒風を直接受けることもなければ魔物に襲われることもなかったが、大きな草の葉や蔓が邪魔するからだ。切っても切っても、際限《さいげん》なく待ち受けている。

「くそっ、これなら砂漠の方がましだぜ！」

さらに進むと、黒ずんだ沼《ぬま》に出た。岸辺には薄氷《うすごおり》が張っていた。アレフは、うんざりしながらしたたる汗《あせ》を拭《ぬぐ》った。そのとき、頭上で声がした。

「いいこと教えよう」

ぎょっとして見あげると、大樹《たいじゅ》の枝に腰かけた不気味な小男がアレフを見おろしていた。魔界童子だ。

「な、何者だ!?」

アレフは、剣を構えた。

「このままっすぐ進んでも、密林の奥に迷《まよ》い込むだけだ」

「なにっ？」

「こっちへ行け」

魔界童子は右を指さした。

「日暮《ひぐ》れまでには、砂漠に出る」

「砂漠に?」

「そうだ、砂漠だ」

魔界童子はにやりと笑うと、すーっと音もなく姿を消した。

「なんだあの薄気味の悪い野郎は……」

アレフは、魔界童子が指さした方角を見た。同じような密林が続いている。

「よし、だまされたと思って行ってみるか」

アレフは、背丈ほどもある草の葉や木の枝を切り落として、その方角に進んだ。

だが、いっこうに砂漠に出る気配はなかった。行けども行けども、密林だ。

いつの間にか日が暮れようとしていた。ここまで暗くなると、あとはつるべ落としだ。急に夜の闇がやってくる。

「チキショーッ!　あの化《ば》け物《もの》め、だましたなっ!」

方角がまったくわからなくなっていた。空が晴れていれば、木にのぼって女神八光星《めがみはっこうせい》を見ればすぐわかるが、鬱蒼《うっそう》とした木々の梢《こずえ》の先にかすかに見える空は、相変わらずどんよりと曇《くも》っている。

地形のいいところを探して野宿することに決め、アレフは目の前の大きな草の葉を切り落として、

「あっ!?」

愕然《がくぜん》となった。見覚えのある黒ずんだ沼にぶつかったのだ。

「同じ沼だ!? くそーっ、一周して戻ってきたんだ! あの化け物めっ! 今度会ったらただじゃおかねえ!」

と、何者かの気配に気づき、はっと木の上を振り向いて、

「うわっ!?」

反射的に飛び退いた。

えらの張った巨大な毒蛇《どくへび》が、まっ赤な眼を光らせていまにも襲いかかろうとしていた。

全長はアレフの背丈の五倍はゆうにある。胴もアレフの両手では抱えきれないほど太い。

竜王の魔力によって巨大化したバシリスクだ。嚙《か》まれたらひとたまりもない。アレフは逃げようとして、

「あっ!?」

思わず立ちすくんだ。右手の木に二匹、左手の木にも二匹いた。計五匹だ。完全に包囲《ほうい》されている。下手に呪文を使えば敵に隙《すき》を見せることになる。

「くそっ!」

アレフは、剣の柄《つか》を握り直した。

五匹のバシリスクは、獲物《えもの》に飢《う》えた野獣《やじゅう》のように鋭い牙《きば》を剝《む》き出しにして、いっせいに攻撃をしかけてきた。アレフは、逃げると見せかけて横に跳《と》ぶと、一匹の牙が腕のつけ根の革の鎧《よろい》をかすめた。次の瞬間《しゅんかん》アレフは身をひるがえして、そのバシリスクの首に剣を振りおろした。たしか

な手ごたえがあった。首から青黒い血が噴《ふ》き出て、バシリスクはゆっくりと崩《くず》れ落ちた。

と、二匹のバシリスクが両側からはさみ撃ちにしてきた。アレフがとっさに宙に跳ぶと、バシリスク同士が鉢合《はちあ》わせになり、片方のバシリスクがもう一匹の首に鋭く噛みついた。アレフは急降下しながら、噛みついたバシリスクの頭に剣を振りおろした。二匹は青黒い血を噴き出しながら折り重なるようにして倒れた。

残るは二匹だ。アレフは池の水際《みずぎわ》を懸命《けんめい》に逃げた。だが、バシリスクたちは速かった。すぐさま、背後まで迫《せま》った。アレフはすばやく方向を変えて後ろにまわり込むと、いきなり巨大な尻尾《しっぽ》がうなりをあげてアレフの顔面に炸裂《さくれつ》した。

「うあーっ！」

アレフは回転しながら吹っ飛んで、水飛沫《みずしぶき》をあげて頭から沼に落ちた。薄氷の張った沼の水は、冷たさを通り越してしびれるように痛かった。

一匹のバシリスクは間髪《かんぱつ》を入れずアレフ目がけて飛んできて、アレフは慌てて水中にもぐった。魔物はいきおいよく池に飛び込んだ。が——水飛沫が収まると、青黒い血が水面に油のように浮きあがった。水中にもぐったアレフが、飛び込んできたバシリスクの喉元《のどもと》を剣でひと突きにしたのだ。

アレフが水中から顔を出して、ほっと一息《ひといき》つこうとしたときだった。いきなり目の前の水中から水飛沫をあげて最後のバシリスクが顔を出した。

「うわあっ！」

アレフは、必死に逃げ、沼から這《は》いあがった。バシリスクもすかさず追い、あっという間にアレフは大樹の幹《みき》に追いつめられてしまった。魔物は舌《した》なめずりして襲いかかった。

アレフは反対側に避《よ》けると、バシリスクは幹を一周して、ぬっと顔を出し、

「あっ!?」

アレフが声をあげたとき、太くて長い胴《どう》がアレフに巻きついていた。バシリスクは体をうねらせながらきつくしめつけた。

「うっうっうっ!」

アレフの顔が大きく歪《ゆが》んだ。体じゅうがしびれて力が出ない。みるみるうちに顔から血の気が失せ紫色《むらさきいろ》になった。バシリスクはアレフの頭をひとのみにしようとして、頭をもたげた。だが、

「くそーっ!」

アレフは死にもの狂《ぐる》いでギラの呪文を唱えていた。指先からほとばしった火炎がバシリスクの顔面をおおい、魔物は口を開けてもがいた。その隙にアレフは渾身《こんしん》の力を込めて剣を上に突きあげた。剣は、大きく開けたバシリスクの口の奥に深々と突き刺さった。

ぎゃおぉぉおっ!——悲鳴《ひめい》とも咆哮《ほうこう》ともつかない不気味な声が密林《みつりん》に轟《とどろ》き、苦痛に歪んだバシリスクの顔が大きくのけぞると、アレフをしめつけていたバシリスクの胴がするりとほどけた。

「今だっ!」

アレフは、高々と宙に飛び、

「たーっ！」

思いっきり剣を振りおろした。

ザッグンッ！――大きな手ごたえがあった。バシリスクの頭はまっ二つに裂け、アレフが胴を斬り裂きながら着地すると、血まみれの魔物は地響《じひび》きをたてて倒れた。

と、それに呼応《こおう》するかのように、突然、ごおおおおっ――すさまじい地鳴りとともに地面が揺れ動き、まわりの樹々《きぎ》は音をたてて左右に揺れた。

「うっ!?」

転倒《てんとう》しそうになりながらアレフは目をこすった。目がどうにかなったと思ったのだ。

揺れはさらに激《はげ》しさを増し、樹々が四重にも五重にも見えたかと思うと、まわりをおおっていた鬱蒼《うっそう》とした密林が消え始めた。

「あっ……!?」

恐怖《きょうふ》に顔を強張らせながら、アレフは愕然として立ちつくしていた。

一瞬の出来事だった。いつの間にか地鳴りも揺れもなくなり、密林が消えたあとには、荒涼《こうりょう》とした見わたす限りの砂漠が広がっていた。

「あわわわわっ！」

アレフは、そら恐ろしくなって、一目散《いちもくさん》に駆《か》け出すと、やがてそのあとにつむじ風が舞い、魔界童子が姿を現した。

「ちっ」

魔界童子は、走り去るアレフを見ながら、舌打ちした。

右手の五本の指の一本一本に鋭い切り傷があり、そこから青黒い血がしたたり落ちていた。

アレフは逃げた。そして、砂漠のはずれにある潅木《かんぼく》の生い茂った岩山の小さな洞窟《どうくつ》に倒れ込み、四つんばいになって苦しそうに肩で息をした。

半時《はんとき》、いや一時《いっとき》は走ったのかもしれない。心臓《しんぞう》がいまにも破けそうだ。足が棒《ぼう》になって動かなかった。やがて呼吸が落ち着くと、

「はーっくしょん!」

アレフは大きなくしゃみをして震えた。

濡《ぬ》れた服がぴったりと肌に吸いついて冷たかった。沼に落ちたうえに、バシリスクと戦ったり走ったりしたから、水と汗でびっしょりだった。だが、汗が引けると、急に寒さを覚えたのだ。そうでなくても、真冬の砂漠の夜は冷え込むというのに――。

はっとなってアレフは革袋から油紙《あぶらがみ》の袋を取り出すと、なかの火打ち石と松明《たいまつ》を調べ、濡れていないのを確認してほっと胸をなでおろした。命の次に大切なのは水と火だ。だから、旅人たちは火打ち石や松明を油紙の袋に密封《みっぷう》して大事に持ち歩く。

さっそく洞窟の外から枯木《かれき》を集めてきて火を焚くと、アレフは暖《だん》をとりながら水びたしになった

お守りや薬草、食料やこまごましたものを革袋から出して、絞《しぼ》った布で丁寧《ていねい》に水気を拭いた。そして最後に、四つ折りの古地図を広げて火で乾《かわ》かそうとしたときだ。

「あっ!?」

地図の一点にアレフの目がとまった。

ガライの南東にある砂漠のほぼ中央に、小さな模様《もよう》が浮かびあがっていた。印だった。地図に隠されていた印が水に濡れて浮かびあがったのだ——。

6　ロトの洞窟

南東の空の雲の切れ間に、ひときわ輝く星が見える。女神八光星だ。その星に向かって、アレフは烈風の砂漠を歩き続けていた。

岩山の小さな洞窟で野宿してから三日が過ぎている。

昼はよく晴れていたが、夜になって風と雲が出てきた。さっきまで見えていた赤い満月は、いつの間にか雲に隠れてしまっている。女神八光星が雲におおわれるのも時間の問題だ。風はいっこうに衰える気配がない。アレフは足を速めた。

アレフは、古地図に浮かびあがった印の地点をめざしていた。占い師が告げた「南東」と「砂漠」は、この印の地点とほぼ一致するからだ。「闇」はおそらく「夜」か「洞窟」をさすのではないかと思った。

女神八光星がまさに雲におおわれようとしていたときだった。女神八光星の真下の地平線に、大《たい》海《かい》に浮かぶ孤島《ことう》のような岩山が見えた。

「あれは!?」

アレフは岩山に向かって烈風のなかを駆け出した。

だが、想像していた以上に距離があった。一時ばかりかかって、やっとアレフは岩山の端までたどり着くと、肩で大きく息をしながら、岩山を見まわした。ちょうどラダトーム城の宮殿《きゅうでん》ほどの大きさだ。と、急に上空が明るくなった。

岩山の真上の雲の切れ間から、まるで岩山を照らすかのように、赤い満月が顔を出したのだ。

アレフには、とても偶然の出来事とは思えなかった。何かを啓示《けいじ》するような突然の赤い満月の出現に、この岩山が古地図に浮かびあがった印の地点だと確信した。そして、「闇」とはこのなかの「洞窟」をさすのだということも。

アレフは、さっそく岩山にのぼり、月明かりを頼りに、洞窟の入り口を探した。そして、中腹の切り立った岩の奥に、岩の割れ目を見つけた。奥が深そうな闇が口を開けている。アレフは松明《たいまつ》をつけてなかにもぐり込んだ。

しばらく奥へ進むと、松明の炎の先に下におりる石段が見えてきた。どうみても自然にできたものではない。人間の手で作られた階段だ。

誘《さそ》われるようにアレフは石段をおりた。床に積もっている塵埃《じんあい》は何百年来のものだろう、歩くたびに粉のように舞《ま》いあがる。石段の下は、闇の迷路《めいろ》になっていた。

息を殺し緊張《きんちょう》しながらさらに奥に進むと、また下におりる石段にぶつかった。石段をおりると、松明の炎の先に開いたままの扉があった。

アレフは、扉のなかへ入り、松明を掲《かか》げて周囲を見まわした。荒削《あらけず》りの石壁でできた四角い部屋だった。そして、正面の壁のところどころに、なにやら文字のようなものが見える。

近づいて壁についたほこりを手で払うと、壁に刻《きざ》まれた楔形文字《せっけいもんじ》がくっきりと現れた。かなりの範囲で文字が刻まれているようだ。さらにまわりのほこりも払うと、次々に文字が現れた。

だが、何が書いてあるのかさっぱり見当がつかなかった。楔形文字を知らないアレフに解読できるはずもなかった。そのとき、背後から低い重い声がした。

「よくぞきたな、勇者ロトの血をひく者よ」

「うっ!?　だ、だれだっ!?」

アレフは振り向きざま剣の柄に手をかけて目を凝らした。

青白い炎に包まれた白髪《はくはつ》の老人の像がうっすらと宙に浮いていた。藍《あい》色の古い法衣《ほうい》をまとい、手には杖《つえ》を持っている。やせこけた骨だらけの眼窩《がんか》の奥で、神秘《しんぴ》的な澄《す》んだ目がじっとアレフを見ていた。

「だれだっ!?」

アレフはもう一度叫んで柄を握る手に力を込めた。

「ガライじゃ」

「ガ、ガライ!?」

アレフは、一瞬自分の耳を疑《うたが》った。

「冗談《じょうだん》じゃない！　ガライはとっくの昔に死んでるはずだ！」

「黙って聞くのじゃ！」

ガライは、神秘的な澄んだ目で鋭く睨んだ。有無をいわせない不思議な力と迫力《はくりょく》があった。

「アレフガルドが平和にならぬ限り、安心して永久《えいきゅう》の眠りにつけぬのじゃ。たとえ肉体が滅《ほろ》びてもな。だから、おまえがこのロトの洞窟に現れるのを、ずーっと待っておった。気が遠くなるほど長い時間な」

「ロトの洞窟？」

「勇者ロトの血をひく者よ」

ガライはいちだんと声をあげ、

「見よ。勇者ロトがロトの血をひく者にあてた言葉じゃ」

おもむろに壁の文字を杖の先でさすと、

「精霊《セイレイ》ルビス曰《イワ》ク、光アルカギリ、闇《ヤミ》モマタアル。ワタシニハ見エル。フタタビ、何者カガ闇カラ現レヨウ……ト。精霊ルビスノ御言葉《ミコトバ》ニ誓《チカ》イ、勇者ロトノ血ヲヒク者ニ捧《ササ》ゲル。勇者ロトノ血ヲヒク者ヨ。フタタビコノ地ガ闇ニオオワレタトキ、三人ノ賢者《ケンジャ》ニ託《タク》シタモノヲ、探《サガ》シ出スガイイ。ソノトキコノ地ハ、フタタビ光ヲトリモドスデアロウ。ロト……」

杖の先で文字を追いながらアレフに読んで聞かせた。

「かつて、精霊ルビスの予言を聞いた勇者ロトが、アレフガルドが危機に陥《おちい》ることを危惧《きぐ》し、魔王を倒したときの三種の道具を信頼《しんらい》する三人の賢者に託したのじゃ。だから、このロトの教えに従《したが》って、三人の賢者に託したものを探し出すのじゃ」

「いったい、三人の賢者に託したものって!?」

といって、はっとなった。太陽の石のことを思い出して、アレフは革袋から太陽の石を取り出した。

「た、たしか、王さまはロトに仕えた賢者がラダトーム城に献上《けんじょう》したものだっていったけど、この太陽の石はその中の……!?」

ガライはじっと太陽の石を見て、やがておもむろにうなずいた。

「じゃあ、あとの二つは？　知ってるんでしょう!?　教えてください！」

だが、ガライは首を横に振った。

「長い時間を経《へ》た今、どこにあるのか誰にもわからぬ。だがそのひとつがこの国の北東のはずれにあるという噂《うわさ》を聞いたことがある」

「北東？」

「勇者ロトの血をひく者よ。おまえにこれを授《さず》けよう」

ガライは、手のひらを差し出した。と、手のひらにちょうど硬貨《こうか》のような形をした赤い美しい宝石の首飾《くびかざ》りが現れた。そのきらきら輝く宝石のまわりに、八本の小さな銀の剣の装飾《そうしょく》がほどこしてあった。

「呪法《じゅほう》の首飾りじゃ」

「呪法？」

「勇者ロトの血をひく者のみが使える呪法じゃ。いずれ必要なときがくるじゃろう。そのときはこれを握りしめて、念じるがいい。さらばじゃ、勇者ロトの血をひく者よ。わしはもう二度とこの洞窟に戻ることはなかろう」

ガライはそういい残して、青白い炎とともにすーっと姿が消えた。

首飾りだけが、きらきら輝いて宙に浮いていた——。

第三章　一〇〇〇年魔女

アレフガルド北東部にある荒涼《こうりょう》とした山岳《さんがく》地帯は、かつて緑豊かな丘陵《きゅうりょう》地帯で、たくさんの村や集落があったという。

だが、例の天変地異《てんぺんちい》で突如地盤《とつじょじばん》が隆起《りゅうき》し、その崩《くず》れ落ちた土砂の波が次々に村や集落をのみ込み、一瞬《いっしゅん》にして緑の大地は岩肌《いわはだ》の切り立った山岳地帯へと姿《すがた》を変えた。

ロトの洞窟《どうくつ》を出たアレフは、ガライが示唆《しさ》した北東部をめざして、砂漠《さばく》を横切り、旧アレフガルド街道《かいどう》を東に向かい、いくつもの森や谷を越え、この荒涼《こうりょう》とした山岳地帯へと入った。

途中《とちゅう》何度も魔物《まもの》に襲《おそ》われたが、さすがにこの地形の険《けわ》しい山岳地帯にはそれらの姿はなかった。

いつの間にか王《キング》の月から不死鳥《フェニックス》の月に替わり、季節もまた厳《きび》しい冬から木《き》の芽《め》どきの春へと変わっていた――。

1 強襲《きょうしゅう》

日が暮《く》れると急に冷え込む。北の海から吹《ふ》きつけてくる寒風《かんぷう》は、まだ真冬のそれだ。だが、季節のうつろいを示すかのように、東の空にはおぼろ月が出ていた。

岩山の峰《みね》の闇《やみ》を切って走るひとつの影《かげ》があった。岩を跳《と》び疾風《はやて》のように走る。その影が宙《ちゅう》に高く跳び、小高い岩に着地して止まった。影の騎士《きし》だった。

大魔道《だいまどう》ザルトータンから何の報告もないのに業《ごう》を煮《に》やした影の騎士は、悪魔《あくま》の騎士と手を組んでアレフ抹殺に動き出したのだ。

影の騎士は鋭《するど》い眼光《がんこう》で前方を見ると、にやりと不敵な笑《わら》いを浮《う》かべた。はるか前方の頂《いただき》に人影《ひとかげ》が見えた。

山頂《さんちょう》にたどり着いたアレフは、今のぼってきた北の方角を振《ふ》り向きながら額《ひたい》の汗《あせ》を拭《ぬぐ》うと、南へ向かって岩山をおり始めた。まるで何年も歩き慣れた道のように——。

旅はアレフを成長させた。日に焼けた顔は精悍《せいかん》さを増した。歩く速度も増した。背も伸びて、腕《うで》や肩《かた》に筋肉《きんにく》がつき、革《かわ》の鎧《よろい》は今にもはちきれんばかりだ。

剣《けん》の腕もかなり上達《じょうたつ》した。自己流《じこりゅう》とはいえ、何年も前から稽古《けいこ》に励《はげ》んできたせいか、実戦を重ねるたびに腕に磨《みがき》がかかった。また、呪文《じゅもん》も旅に出る前とは比較《ひかく》にならないほど威力《いりょく》を発揮《はっき》するようになっていた。

自信もついた。心細さもなくなった。だが、ときどき人恋《ひとこい》しさに寂《さび》しくなる。無理もなかった。ガライと別れて以来、人間と会っていなかった。そんなときは、ガライの町のあるはるか西のかなたを眺《なが》めて、あの美しいセシールの笑顔《えがお》を思い浮《う》かべた。

ごぉおぉお――と、胃の腑《ふ》まで響《ひび》いてきそうな轟音《ごうおん》が谷底から聞こえてくる。

アレフは平坦《ひいたん》な岩場に跳びおりて足元を見た。

急峻《きゅうしゅん》な崖《がけ》の谷底を、東から西へ蛇行《だこう》しながら河が流れている。雪解け水を集めた水量豊かな河が、両岸の岩肌《いわはだ》を削《けず》りながら怒濤《どとう》のように流れているのが、月明かりにはっきり見えた。一歩足を踏《ふ》みはずせば、それこそ一巻の終わりだ。

と、急に河が黒い一本の帯になった。雲が月をおおったのだ。そのときを待っていたかのように、ゴロゴロゴロ――不気味な音が頭上からして、巨大《きょだい》な岩が転がり落ちてきた。

「うわあっ！」

間一髪《かんいっぱつ》アレフが跳び退《の》くと、巨大な岩は地面に大きく弾《はず》み、加速しながら崖を転がり落ち、谷底の河に水音とともに消えた。

だが、ほっとしたのも束《つか》の間《ま》だった。アレフの背中《せなか》が緊張《きんちょう》した。背後《はいご》に魔物の気配を感じたのだ。アレフは剣の柄《つか》をつかむと、じっとあたりの様子をうかがった。谷底を背にアレフは全神経をとがらせ、敵が正体を現すのを待った。

やがて、雲から月が出て、上空がすーっと明るくなると、

「うっ⁉」

アレフは驚《おどろ》いて剣を抜いた。

月明かりとともに、岩の上に黒い影が姿を現した。影の騎士が――。

「何者だ⁉」

「ふっふふふふ。はっははは！」

影の騎士が声高《こわだか》に笑うと、足元から影が出て、岩を這《は》うように広がった。その影がいくつにも分かれ、いきおいよく立ちあがって黒影《くろかげ》の騎士団になった。その数はおよそ十体あまり。

すかさずアレフはギラの呪文を唱《とな》え、火炎《かえん》の球を浴《あ》びせた。敵が竜王《りゅうおう》配下の魔物であることを、はっきり感じ取ったからだ。

だが、騎士団は炎《ほのお》をかき散《ち》らしながら襲撃《しゅうげき》をかけ、アレフに次の呪文をかける余裕《よゆう》を与《あた》えなかった。アレフは敵の攻撃《こうげき》をかわして斬《き》りかかった。

騎士団は敏速《びんそく》で、身軽で、鍛《きた》えられていた。

激《はげ》しい攻防《こうぼう》が続き、やっとアレフが一体の心臓《しんぞう》をひと突《つ》きにし、返す剣でもう一体を二つに斬り裂《さ》いた。

屍《しかばね》はバラバラに砕《くだ》け、薄《うす》っぺらい無数の破片《はへん》となって風に流されて消えた。

すると、騎士団は作戦を変え、撹乱戦法《かくらんせんぽう》に出た。アレフを取り囲むと、疾風のようにまわり始め

た。騎士の数が二十にも三十にも見える。動きがさらに加速し、アレフに接近してきた。

「くそーっ！」

アレフが剣の柄を握《にぎ》り直したのと同時だった。騎士団が再びいっせいに襲《おそ》いかかった。

その数は三十にも四十にも見え、見定めがつかない。アレフは、がむしゃらに剣を振《ふ》りまわしながら、

「たーっ！」

高々と跳躍《ちょうやく》し、騎士たちの後方に着地した。と、着地した岩がグラッと傾《かたむ》いて、

「うわっ!?」

アレフは思わず声をあげた。

次の瞬間《しゅんかん》、なんとアレフの足元の岩がガラガラッと音をたてて崩《くず》れ落ち、

「あ――っ！」

アレフの悲鳴《ひめい》が谷底に響きわたった。

急な崖を石のようにごろごろ転がり落ちたアレフは、河岸の岩に大きく跳ね返ると、怒濤《どとう》のような激流《げきりゅう》にあっという間にのみ込まれて姿を消した。

「追えーっ！」

影の騎士が叫《さけ》びながら先頭に立って崖をおりると激流に沿って疾風のように消えた。

騎士たちは、幾手《いくて》にも分かれてはるか下流までくまなく捜査《そうさ》した。

東の空がうっすらと明るくなりかけたころ、騎士たちが下流の大きな滝《たき》のそばの岩場に集まってきた。だが、影の騎士を満足させた者はいなかった。手がかりすらつかめなかったのだ。

「ええいっ！　もう一度捜《さが》せいっ！」

怒《いか》りに全身を震《ふる》わせながら、影の騎士はさらに命じた。

騎士たちは下流と上流に分かれて疾風のように消えた。

影の騎士は、焦っていた。あの急峻《きゅうしゅん》な崖を転がり落ちて激流に消えたのだ。おそらく生きてはおるまい――と思った。だが、自らの目で屍を確認《かくにん》しなければ安堵《あんど》できないのだ。十五年前の鐵《てつ》を踏まないためにも――。

2　マイラの道化師《どうけし》

「うっ……」

アレフは、うっすらと目を開けた。黒ずんだ梁《はり》がぼんやり見えた。やがて、はっきり見えてくるとそれが天井《てんじょう》であることがわかった。すると、

「やっと、気がついたかあ」

蠟燭《ろうそく》の炎をかざして四十代半ばの男が嬉《うれ》しそうに覗《のぞ》き込んだ。

「だめかと思ったぜ。三日も眠《ねむ》り続けてたんだからな」

こ、ここは――？　アレフは身を起こそうとしたとたん、

「うっ！」

思わずうめき声をあげた。全身に激痛が走った。

「マイラの村さ」

男はそういって人なつっこく笑った。

つんと湿《しめ》ったカビ臭《くさ》い匂《にお》いと酒の匂いが鼻につく。どうやらここは地下室のようだ。アレフは、自分が置かれている状況《じょうきょう》を懸命《けんめい》に考えようとした。だが、少しでも体を動かそうとすると激痛が走る。何かいおうとしても、痛《いた》くて口を動かせない。

無理もなかった。頭には包帯《ほうたい》が巻《ま》かれていた。額や頬《ほほ》や顎《あご》が赤く腫《は》れあがってあざになっている。手や腕、胸《むね》や肩にも包帯が巻かれ、右足は添《そ》え木で固定されていた。骨折《こっせつ》したのだ。

「旅の若《わか》い男がさ、河岸に倒《たお》れていたあんたを見つけて運んできたんだよ。真夜中にさ」

旅の――？　たしかあのとき――崖を転げ落ちながら全身に大きな衝撃《しょうげき》を受けた。岩にもろに背中を打って、激流に放り投げられたような気がする。だが、そのあとのことはアレフの記憶《きおく》にない。

「背の高い若者でね。背中まである長い髪《かみ》を後ろで束《たば》ねていた。それから長い剣をしょっててね」

アレフは驚いた。そして、とっさに砂漠《さばく》の岩山で大さそりから救ってくれたあの旅の若者の顔を思い浮かべた。

「大事にしてくれといって、名前もいわずにさっさと行っちまった」

そうか、また助けてもらったのか——。

「竜王の手下に襲われたんだろう？　あの影の騎士の一味《いちみ》に。その若者が立ち去ってすぐだった。やつらがこの村を襲ってしらみつぶしにあんたのことを捜していきやがった。もっとも、この秘密《ひみつ》の地下室にあんたを隠《かく》したから、今こうして無事《ぶじ》にここにおるんだがな。もともとこの地下室は酒を密造《みつぞう》するために作ったものらしいんだが……あっ、今は単なる物置だがね」

そうか、やつらが影の騎士の黒影軍団か。ラダトーム城を襲い、ローラ姫《ひめ》を殺したという——。

アレフの胸に改めて怒りが込みあげてきた。

「おれはこの村で酒場《さかば》をやっているマヌエルっていうんだ。昔《むかし》はしがねえ道化師をやっててね、アレフガルド中、旅したもんさ。もっとも十年ほど前、これを魔物にやられちまってね」

と、無念そうに右足をさすった。

「それっきり旅はやめちまった」

ぼ、ぼくは——アレフも名乗ろうとしたが、口が痛くて思わず顔を歪《ゆが》めた。

「無理しなさんな。この村は昔からの温泉《おんせん》場だ。まあゆっくり温泉にでもつかりながら養生するんだね。二、三カ月もすりゃもとどおりになるさ」

マヌエルは右足をぎこちなく引きずりながら、梯子《はしご》をのぼって上の階に消えた。

そのマヌエルに、思いもしないことを知らされたのは、それから十日ばかりあとだった。やっと上半身を起こせるようになり、なんとか口がきけるまでにアレフは回復していた。

マヌエルは、一日に三回、きちんと決まった時間に食事を運び、夕食のあとは決まって薬草を塗《ぬ》り直してくれた。けっして自分の妻には手伝わせようとはしなかった。それがさも自分の使命《しめい》かのように。

いつものように薬草を塗ってもらったあと、アレフは自分の旅の目的を告げ、勇者ロトが三人の賢者《けんじゃ》に託《たく》したものの手がかりになるような情報がないか尋《たず》ねた。

「勇者ロトの……」

さすがにマヌエルは驚いて、じっとアレフを見ていた。いつものひょうきんでお人好《ひとよ》しの表情が顔から消えていた。

「竜王の手下らがあれだけ血相《けっそう》変えて捜してたから、何か大変なわけがあるだろうとは思ってたんだが――。そうか、勇者ロトの血をひく者か……」

「なんでもいいんです。昔アレフガルド中旅したんでしょ？」

「そういわれてもなあ……」

マヌエルは顎《あご》をなでながら首をかしげた。

「そうだ、おれが子供《こども》のときうちのじいさん……おれと同じように旅まわりの道化師をしてたんだがね、この村の北西にある海のそばに雨のほこらがあるって聞いたことがある」

「雨のほこら？」

「そこに、一〇〇〇年も生き続けている恐ろしい魔女《まじょ》が棲《す》んでるってね」

「一〇〇〇年?」

「何百年も生きているからそう呼《よ》ばれているんたそうだ。その魔女がいろんな宝石《ほうせき》なんかをいっぱい集めてるっていってた。ひょっとしたら、ロトが賢者に託したものは持ってなくても、何か知ってるかもしれねえな」

「ここから北西かあ……」

アレフはすでに革袋から古地図を取り出して、雨のほこらの方向を確認《かくにん》していた。マヌエルはその古地図をじっと見ると、

「実は……おれもひとつ聞きたいことがあるんだ。悪いけどさ、その革袋のなか見せてもらったよ。担ぎ込まれたときびしょ濡《ぬ》れだったから、荷物乾《かわ》かしてやろうと思ってさ。その……古地図と命の石のことなんだが」

「命の石?」

「青いきれいな石を持ってるだろ?」

「これのこと?」

アレフは革袋の底から布に包《つつ》んだ命の石を出して見た。

「どこで手に入れたんだい?」

「生まれたときからです。二つとも」

「生まれたときから?　でも、ラダトーム出身だっていったよな?　たしか」

「ええ。でも、ほんとうは拾《ひろ》われたんです」

「拾われた？」

「生まれてすぐに。ラダトームに近い岩山で」

アレフは、父ガウルが話してくれたことをマヌエルに話すと、マヌエルの目がみるみるうちに熱い視線《しせん》に変わった。

「そうか。そうだったのか……じゃあそのときはすでにキメラの翼をもってなかったんだね？」

「キメラの翼？」

アレフは怪訝《けげん》な顔で首を横に振った。

「そうか。ないところをみると、キメラの翼でドムドーラからその岩山まで飛んだんだな」

「ドムドーラから飛んだ？」

「いやあ、古地図と命の石を見たときからひょっとしたらとは思っていたんだが、これではっきりしたよ。おれはねえ、一度あんたに会ったことがあるんだよ。あんたが生まれた日にね」

「えーっ!?」

アレフは驚いて思わず大声をあげた。が、とたんに、

「あだだだ……」

大きく顔を歪めた。全身に痛みが走ったのだ。

「あ、会った……って!?」

「ドムドーラでさ」

「ドムドーラ!?」

「十五年前の王《キング》の月の王《キング》の日のことさ……」

当時、マヌエルは隊商《キャラバン》とともに町から町をわたり歩き、行く先々で芸を披露《ひろう》して生計を立てていた。マヌエルたちの隊商《キャラバン》がリムルダールの町からマヌエルの故郷《こきょう》のマイラの村に向かって進んでいたときのことだ。あと数日でマイラだというところで、十数匹のリカントに奇襲《きしゅう》され、隊商《キャラバン》は武器を取って応戦した。

だが、運悪く武器を取りそこねたマヌエルはリカントに追われて、深い森に逃《に》げるはめになってしまった。そしてなんとかリカントから逃《のが》れてほっとしたとき、頭上から大蛇《だいじゃ》のような胴体《どうたい》に禿鷹《はげたか》の頭と翼を持つ魔物《まもの》が襲いかかってきた。悪の魔力によって動物が合体変身したキメラだった。マヌエルはまっ青《さお》になり震えながら精霊《せいれい》ルビスに祈った。

そのとき、突然《とつぜん》白い塊《かたまり》が飛来して、キメラに体当たりした。白いフクロウだった。フクロウは、一気に上昇し、上空で一回転すると、急降下しながら双眼《そうがん》からまばゆい黄金色の光を放った。その光がキメラを直撃し、まるで雷《かみなり》に撃《う》たれたようにキメラの体が燃えあがった。そして、マヌエルの足元に落下し、二、三度痙攣《けいれん》すると絶命《ぜつめい》した。

やがて、マヌエルのかたわらにふわりと着地したフクロウは、鋭い嘴《くちばし》でキメラの羽《はね》をむしり、左右の翼から二枚の風切羽を抜くとマヌエルの前に置いてじっとマヌエルを見た。

雷に撃たれて死んだキメラの翼、それも一羽《わ》から二枚《まい》しか取れない風切羽には不思議な力がある。思いっきり高く放ると、投げた人間をはるか遠く離れた場所へと一瞬《いっしゅん》にして移動させてしまうのだ。

「これで村に戻《もど》れっていうのかい？」

マヌエルがキメラの翼を手にして尋ねると、

『わたしは精霊ルビスの使いとしてやってきました』

なんと、フクロウは人間の言葉を話した。そして、こう命じた。

『この翼をひとつ使い、おまえはドムドーラの町へ行きなさい。そして、着いた場所から十歩のところにある家に行き、もう片方の翼をわたしなさい』

「そして、おれはキメラの翼を使ってドムドーラに行き、その家の生まれたばかりの男の子の手に握らせて、立ち去ったのさ」

「じゃあその男の子が……」

マヌエルはアレフを見つめて、「そうだ」といわんばかりにうなずくと、

「しかし、その晩《ばん》ドムドーラが竜王の手下に襲われるとはなあ……」

顔を曇《くも》らせて大きくため息をついた。

かつて、ドムドーラの町が皆殺《みなごろ》しにされ燃やされたということは、アレフも子供のころから誰《だれ》か

らともなく聞かされて知っていた。

「だが、その男の子が母親とキメラの翼で逃げて奇跡《きせき》的に助かったってわけさ……」

「ねえ、ぼくの両親のこと覚えていませんか⁉　名前はなんといってましたか⁉」

「いやあ」

マヌエルは申《もう》し訳《わけ》なさそうに頭をかいた。

「あのときは、男の子のことばかり頭にあってねえ……」

「じゃあ家は⁉　ぼくの生まれた家はドムドーラのどの辺にあったんですか⁉」

「たぶん広場に近いところだと思ったがなあ。悪いなあ。よく覚えてないんだよ」

といって、アレフの手にある古地図と命の石を見て、

「ところが、その日その家を訪れたのはおれだけじゃなかったんだ。おれの前に先客があったのさ。ガライの方からやってきたという老魔道士《ろうまどうし》と、メルキドの北部からやってきたという僧侶がね。老魔道士は古地図を、僧侶は命の石を置いていずこともなく去っていったんだそうだ」

「そうか……そうだったのか……」

アレフは古地図と命の石を見つめた。

「しかし、あのときの男の子が生きのびていたとはなあ。何か特別な使命を持って生まれてきた子だとは思っていたが……」

マヌエルは、感慨《かんがい》深げにアレフをまじまじと見た。そして、

「そうだ」

ぽんと膝《ひざ》を叩くと、マヌエルは上の階に行って漆塗《うるしぬ》りの古い宝石箱《ほうせきばこ》を持ってきた。漆はところどころ剥《は》がれているが、蓋《ふた》には木彫《きぼ》りの模様《もよう》がほどこしてあった。マヌエルはその蓋を開けると、

「これをあげるよ。持っていればいつかきっと命を守ってくれるはずだ」

鳩形《はとがた》の陶器《とうき》の笛《ふえ》をアレフに差し出した。浅黄《あさぎ》色の美しい笛だった。

「妖精の笛だ」

「妖精の笛？」

アレフは手にした笛を物珍《ものめずら》しそうに見た。胴《どう》の中央には美しい花模様が刻《きざ》まれていた。

「昔、この村を魔物たちから守ってくれた笛なんだよ」

「えっ!?」

「二〇〇年前にね。もともとこの笛は妖精たちが自らの身を守るために作ったといわれている楽器のひとつなんだそうだ」

ガライの残した銀の竪琴《たてごと》と同じだ――アレフはふとガライの町を思い出した。そして、あの美しいセシールの顔も。

「ま、うちの祖先がどこでどうやって手に入れたか知らないが、うちは代々旅まわりの道化師だからね、きっと旅の途中で手に入れたんだろうなあ。二〇〇年前にはすでにうちにあったんだ」

二〇〇年前の天変地異《てんぺんちい》のあと、町や村は竜王の戦闘《せんとう》軍団や魔力によって巨大化《きょだいか》した魔物に次々に襲われた。マイラもまた例外《れいがい》ではなかった。

だが、魔物が村の入り口まで押しかけたとき、マヌエルの先祖が精霊ルビスに祈りながら必死に妖精の笛を吹いたという。すると、その音色《ねいろ》を聞いた魔物はとたんに退散《たいさん》し、人間の形をした巨大な石の化け物《ばけもの》はその場に眠ってしまったという。

それ以来、魔物はマイラにめったに近づくことがなくなり、マイラは生き残ることができたのだ。

「そうか。それでたくさんあった村のなかでこのマイラだけが残ったのか。でも、なんでそんな大事な笛をぼくに？」

「勇者ロトの血をひく者だからさ。一日でも早く竜王を倒してアレフガルドに平和を取り戻してほしいからさ。おれの息子《むすこ》が将来《しょうらい》道化師として自由に旅ができるようにね」

そういってマヌエルは笑った。

「ありがとう」

アレフは妖精の笛をしっかりと握りしめた。

アレフがやっと杖《つえ》を頼《たよ》りに歩けるようになったのは、不死鳥《フェニックス》の月から女神《イシュタル》の月に替わり、一年でいちばん過ごしやすい新緑《しんりょく》の季節を迎えてからだった。

マイラは四方を森に囲まれた戸数《こすう》二〇〇あまりの小さな村だった。集落の入り口に近いマヌエルの家を出て北に向かうと、すぐ道具屋と共同井戸があり、その先に村の広場があった。広場には、雑貨屋や武器屋などの店があり、さらに北に向かうと温泉が湧《わ》き出ている露天風呂《ろてんぶろ》があった。

七歳になるマヌエルのひとり息子と連れ立って、アレフは毎日この露天風呂に通って傷《きず》をいやした。村人はみな親切でやさしかった。

やっと足の添え木がとれると、アレフはさっそく村の老魔道士相手に呪文《じゅもん》の練習を始めた。老魔道士が、ラダトームでアレフの呪文の師《し》だった老祈禱師《ろうきとうし》メルセルと、昔ともに修行を積んだ間柄《あいだがら》だと知ったからだ。老魔道士の指導でアレフの呪文はさらに上達し、実践《じっせん》で使えなかったベギラマの呪文もなんとかこなせるまでになった。

だが、怪我《けが》が全治し、鋼鉄《はがね》の鎧と兜《かぶと》を買いそろえてマイラを旅立ったのは、暑い夏を迎えてからだった。女神《イシュタル》の月から王妃《クイーン》の月に替わり、さらに牛頭神《ミノタウロス》の月に替わろうとしていた。

3　雨雲の杖

滝のような、雨だった。容赦《ようしゃ》なく叩きつけ、目を開けているのさえやっとだった。数歩先すら見えない。濁流《だくりゅう》が渦《うず》を巻いて足元を流れていく。アレフは足場を確かめながら一歩一歩慎重《しんちょう》に進んだ。

だが、最後の峠《とうげ》を越えたとたん、雨がまるで嘘《うそ》のようにあがり、横なぐりの冷たい風が吹く濃《のう》霧《む》のなかに出た。

いや、雨があがったのではなく、雨を抜けたのだった。年中激しい雨が降っているといわれるこの岩山の「雨の領域《りょういき》」を三日かかってやっと抜けたのだ。

峠を境に、今越えた峠の向こうでは、相変わらず激しい雨が降り続いている。マイラの村を出発してから十日近く経《た》っていた。

マイラを旅立ったアレフは、まず南下して旧アレフガルド街道《かいどう》を西に向かい、森や谷をいくつも越え、やがて北の海に向かって北上した。そして、「雨の領域」に突入《とつにゅう》したのだ——。

濃霧の岩場をしばらく行くと、かすかな潮《しお》の香《かお》りが鼻をつき、アレフは海が近いことを知った。

アレフはさらに半時《はんとき》ほど進み、切り立った岩陰《いわかげ》を曲がったときだった。断崖絶壁《だんがいぜっぺき》の岬《みさき》の先端《せんたん》にそそり立つ不気味な奇岩《きがん》が、目の前に姿《すがた》を現した。見るからにいわくありげなおどろおどろした巨大な奇岩だ。

「あれだ！」

アレフは思わず緊張《きんちょう》した。

身をかがめながら隠《かく》れるようにその奇岩に近づくと、ほどなく岩の割《わ》れ目を見つけた。なかに入ると、奥に深い闇《やみ》が続いていた。その闇は奇岩のなかへ続いていそうだ。ピタッ、ピタッ、ピタッ——奥から天井に溜《た》まったしずくが床《ゆか》に落ちる音が聞こえる。背にした入り口からのかすかな明かりを頼りに、アレフは息を殺して奥へ向かった。

五十歩ほど進んだときだった。突然闇のなかで、ぴかーっと赤い眼が光った。アレフは剣を抜いて目を凝《こ》らした。

アレフの数倍もある毒蜘蛛《どくぐも》が、洞窟《どうくつ》に張りめぐらされた蜘蛛《くも》の巣のまんなかで待ち構えていた。

すかさず毒蜘蛛が幾筋《いくすじ》も大量の白い糸を吐《は》き、アレフは横に跳んでかわそうとしたが、ひと筋《すじ》の糸がアレフの剣を持つ右手にからみついた。

「あーっ！」

取ろうとしても糸を引いて取れない。異臭を放つ粘着性《ねんちゃくせい》の液状の糸だった。右手に気をとられている一瞬の隙《すき》をついて、毒蜘蛛がまた大量の糸を吐き、

「うわっ！」

アレフは幾筋もの糸をもろに体に浴びてしまった。

「く、くそっ！」

アレフは必死に糸をむしり取ろうとしてもがいたが、毒蜘蛛はじりっじりっと糸でアレフを手繰《たぐ》り寄せ、奇声《きせい》を発しながら異様《いよう》に長い十三本の足を広げて襲いかかった。

「うわあっ！」

アレフの悲鳴《ひめい》が洞窟に響《ひび》きわたった。そのとき、

「おやめっ！」

どこからともなく女の声が谺《こだま》した。

アレフの首元にちょうど突き刺《さ》さろうとしていた毒蜘蛛の長い足がぴくりと止まった。

「あたしの客のようだからね」

毒蜘蛛が声に従《したが》い、おとなしく攻撃《こうげき》の足をおろすと、アレフをおおっていたねばねばした液状の糸がみるみるうちに地面に流れ落ち、やがて溶けて消えた。

「さあ、おいで」

ふたたび女の声が谺すると、毒蜘蛛の背後にある奥の扉《とびら》があいた。

なかに入ると、つんと香料《こうりょう》のきつい匂《にお》いが鼻をついた。大きな洞窟が、そのまま大広間になっていて、銀の食器や燭台《しょくだい》など年代ものの高価な装飾品《そうしょくひん》が、木彫《きぼ》りの美しい立派《りっぱ》な棚《たな》やテーブルに大事に飾《かざ》られていた。正面のしゃれた飾り窓の前にはさりげなく籐《とう》の椅子《いす》が置いてある。そして、その窓の外を濃霧が流れていて、岩に砕《くだ》け散る波の音が聞こえてくる。外は断崖絶壁《だんがいぜっぺき》で、その下に荒れ狂う北の海が広がっているのだ。

「なんの用かえ？」

大樹《たいじゅ》の幹《みき》のような岩柱の陰《かげ》から、おもむろに魔女《まじょ》が姿を現した。

まっ白な顔。まっ赤な染料《せんりょう》で目張《めば》りを入れた大きな鋭《するど》い目。耳まで裂《さ》けた大きな赤い唇《くちびる》。宝石をちりばめた大きな首飾り。さんぜんと輝く指輪。まっ赤な染料を塗《ぬ》った大きな鋭い爪《つめ》。ドレスの裾《すそ》を引きずり、手には色鮮《いろあざ》やかな絹編みの大きな扇《おうぎ》を持っていた。

「なんじゃ。まだ子供じゃないかえ」

魔女は拍子抜《ひょうしぬ》けしたように、アレフを覗き込んだ。

アレフはキッと魔女を睨《にら》みつけていった。

「勇者ロトが三人の賢者に託したものを探《さが》しているんだ」

「ほっほほほほ」

魔女は、扇で口を隠《かく》しながらしとやかに笑うと、いきなり鋭い目でアレフを見つめた。

「雨雲の杖《つえ》のことかえ？」

「雨雲の杖？」

「それならたしかにあたしが持っている。だが、わたすわけにはいかないよ」

「ぼくはロトの血をひく者なんだ！」

「ロトの？」

一瞬、魔女の顔が強張《こわば》った。

「おまえがロトの血をひく者だというのかえ？　ほっほほほほ。ばかをいうでないよ」

「ほんとうだ！」

アレフは、太陽の石のことやロトの洞窟でガライと会ったことなどを洗いざらい話した。

「だから、竜王を倒すために、なんとしても三人の賢者に託したものが欲しいんだ！」

「いやだね」

「頼むよ！」

「やーよ」

魔女はからかうようにくくっと喉《のど》を鳴らして笑うと、扇の陰からまるで手品師《てじなし》のような鮮やかな手つきで、先端《せんたん》に美しい銀の冠《かんむり》のついた杖を取り出した。柄《つか》には美しい宝石がちりばめられている。雨雲の杖だ。アレフはその美しさに見惚《みと》れた。

「この雨雲の杖は、あたしだってやっと手に入れたものなんだからね。あたしに残されたたったひとつの形見なのよ。あたしが愛したたったひとりの男、勇者ロトのね」

「あ、愛したあ……!?」

アレフは開いた口がふさがらなかった。

「勇者ロトが魔王を倒しに行く途中、病気で倒れたところを助けたことがあるのさ」

「ほんとうに本物のロトだったの!?」

「疑《うたが》うのかえ?」

魔女は、じろりと睨みつけると、

「あのころは、あたしも若くて美しかった」

ふとなつかしそうな顔で遠くを見た。

「あの人を見て、あたしはひと目で恋をしてしまった。一生に一度のね」

ま、まさか勇者ロトがこんな魔女と!?　アレフにはとても信じられなかった。

「ロ、ロトもあなたを愛してたの!?」

「さあね」

魔女は微笑みながら小首をかしげた。

「ロトは病気が治ると旅立っていった」

「なんだ片思いかあ！」

ほっとして、アレフが笑うと、魔女は、

「おだまりーっ！」

頭のてっぺんから金切り声を出し、唾《つば》を飛ばしながら怒鳴《どな》った。

「おだまり！　おだまり！　おだまり！」

思わずアレフは耳をふさいだ。

「でも……」

怒りが収まると、魔女は両手を握りしめて、うっとりとした。

「あたしはロトのことを忘《わす》れることができなかった。純情《じゅんじょう》だったのよねえ。でも、魔女の世界では、魔女が人間に心を奪《うば》われてしまうことは御法度《ごはっと》。ロトを愛したために、あたしは魔女の世界から追放されてしまった。それ以来ずーっとここで暮らしてるのさ。ロトの思い出とともにね」

魔女は、深いため息をついた。

「わかっただろ？　あたしが雨雲の杖を譲《ゆず》れないわけが」

「で、でも！」

「でもじゃない！」

「あなたにとって雨雲の杖は大事なのかもしれない。でも、ぼくにとっても大事なんだ！　それにさ、勇者ロトはアレフガルドのためにわざわざ三人の賢者に託したんだ！　勇者ロトはアレフガルドに平和を取り戻すことを願ってるんだ！」

魔女は、じっとアレフを見つめた。

「愛する男が望んでいることを、あたしが邪魔《じゃま》してるっていうのかえ?」

「もし、どうしてもわたせないというならあなたを倒して、雨雲の杖を手に入れるしかない！」

「ふっふふふふ。ほっほほほほ」

魔女は、また扇で顔を隠して笑った。そして、おもむろに鼻の位置まで扇をさげた。鋭い目だった。

「おまえじゃ無理さ。今のおまえの力じゃあたしを倒せはしない。ほっほほほほ」

魔女は、そばの籐の椅子に腰かけると、

「だが、あたしもおまえとは戦いたくない。おまえがほんとうにロトの血をひく者ならな。愛した男の血をひく者を、あたしの手では殺せない。よかろう、雨雲の杖をおまえに授《さず》けよう」

といって、アレフの前に雨雲の杖を差し出した。

「え!?　ほ、ほんと!?」

アレフは、思わず取ろうとすると、

「ただし！」

ひょいと雨雲の杖を体の後ろに隠した。

「ほんとうにおまえがロトの血をひく者であるのならな。ガライが残したという銀の竪琴《たてごと》をガライの墓から持ち出してくるがいい」

「えっ!? 銀の竪琴を!?」

「そうだ。銀の竪琴さ。あのガライが死ぬまで離さなかったというな。無事《ぶじ》その銀の竪琴を持ち帰ったら、おまえを真の勇者ロトの血をひく者と認《みと》め、雨雲の杖と交換《こうかん》してやろう。どうだえ？」

アレフは、ガライの町はずれにあるガライの墓を思い出し、はっとなって胸元《むなもと》の首飾りを握りしめた。

ロトの洞窟で会ったガライは、「呪法《じゅほう》の首飾りだ。勇者ロトの血をひく者のみが使える……」といってアレフにこの首飾りを授けた。また、ガライの町の占《うらな》い師《し》は、「封印を解く呪法を知っておるのか。真の勇者ロトの血をひく者のみが解ける呪法をな――」とアレフに尋ねた。この首飾りさえあればガライの墓の封印を解ける――とっさにそう思ったのだ。

「よし、約束《やくそく》したぜ！」

アレフは、自信たっぷりに答えた。

4　銀の竪琴

二十数日後――。

北の海の砂丘《さきゅう》を弾《はず》むような足取りで西に向かっていたアレフは、我慢《がまん》できずに走り出した。そして、一気に砂丘の頂上《ちょうじょう》に駆《か》けのぼった。

前方の岬《みさき》の上にガライの町並《まちな》みが見えた。その岬の向こうに美しい大きな夕日が沈《しず》もうとしている。半年ぶりに見るガライの町だった。半年ぶりにあの美しいセシールにも会える。アレフはガライの町へ向かって転がるように砂丘を駆けおりた。

町に入ると、アレフは躊躇《ちゅうちょ》せずセシールの家に向かった。

ガライの墓に行くには、セシールの家の前を通らなければならない。まず先にセシールに挨拶《あいさつ》しようと思った。だが、食堂の角を曲がって、

「あっ⁉」

愕然《がくぜん》となった。

セシールの家の玄関《げんかん》や窓に無残《むざん》に板が打ちつけられていた。その板はけっして新しいものではない。釘《くぎ》も海風にさらされて錆《さ》びている。玄関の扉の下には吹きさらしの土ぼこりが溜まっていた。

「セシール！　セシール！」

扉を叩きながらアレフは名を叫《さけ》んだ。

だが、返事はなかった。路地を風が吹き抜けていった。

アレフはなおも扉を叩いてセシールの名を呼んだ。と、背後から、

「おや、戻ってきたのかい？」

聞き覚えのあるしわがれた声がした。占い師の老婆《ろうば》だった。ちょうど通りかかったのだ。

「セシールはどうしたんですか⁉　おじさんやおばさんは⁉」

「主人夫婦は殺されたんじゃ」

「こ、殺されたぁーっ⁉」

「竜王の手下の影の騎士にな」

「影の騎士だって⁉　じゃあ、セ、セシールは⁉」

アレフは思わず占い師の胸《むな》ぐらをつかんだ。

「連れ去られてしまったんじゃよ」

「えーっ⁉」

「女神《イシュタル》の月じゃった」

占い師はそういって苦しそうにアレフの手を払った。

「やっとこ水もぬるみ、木の芽《め》も吹き出して、みんなが喜んでおったころじゃ。妙《みょう》に生暖《なまあたた》かい風が吹く晩じゃった。突然、悲鳴が轟《とどろ》いてな。隣近所の人たちが駆けつけてみたら、おやじさんと

おかみさんは、奥の居間で血まみれになって殺されてたんだよ。影の騎士たちにな。そして、セシールはさらわれてしまったんじゃ……」

アレフは、あ然として聞いていた。たしかぼくが影の騎士に襲われたのは不死鳥《フェニックス》の月だった。そのあと、セシールも同じ影の騎士にさらわれたなんて、どういうことなんだっ……!?　なぜ主人夫婦を殺して、セシールを……!?　アレフの胸の奥からいいようのない激しい怒りが込みあげてきた。握りしめた拳《こぶし》がわなわな震えた。

「くそーっ！」

いきなり扉に打ちつけてある板を殴り、アレフはやり場のない怒りをぶつけた。

だが、板は鈍《にぶ》い音をたてただけだった。また、風が吹き抜けていった。

アレフは肩で大きくため息をつき唇を噛《か》んでその場に立ちつくしていたが、やがて重い足を引きずるように歩き出した。

「どこへ行くんじゃ!?」

「ガライの墓です」

占い師にあたってもしょうがないのはわかっていたが、アレフは怒《おこ》ったように占い師を睨みつけた。

「ば、ばかっ！　まだおまえはそんなことをいっておるのかっ!?　あれほど近づいちゃいかんといったはずじゃ！」

「どうしてもガライの銀の竪琴が必要なんです」

「た、た、た、竪琴を!?」

占い師の顔からさっと血の気が消えた。

「ばかなことをいうんじゃない！」

「前におばあさん、いいましたよね。墓の封印を解くには特別な呪法がある。真のロトの血をひく者のみが解ける呪法が――って。その呪法を授かったんです」

「だ、だれに？」

「ガライに」

「ガ、ガライに!?　そ、そんなバカな!?　どうして召《め》されたものが!?」

「これです」

アレフは胸の首飾りをはずして見せた。

「これが、封印を解く呪法の首飾りです」

占い師は目を大きく見開いて首飾りに見惚《みと》れていたが、はっとわれに返ると、

「ちょちょちょっとこいっ。いいからくるんじゃ！」

アレフの腕をつかんで、無理やり路地の奥にある地下室の自室に連れていった。

「どういうことなんじゃ、それは？　ガライの亡霊《ぼうれい》でも出おったのか!?」

「おばあさんの占いがぴったり的中したんですよ」

「いっ!?」

アレフは、ガライの町を出たあと、ロトの洞窟でガライに会ったことを話した。そのあと勇者ロトが賢者に託したものを探して旅を続けていることも。

「しかし、おまえが……!?」

占い師は顔を横に振った。目の前の少年が真の勇者ロトの血をひく者であることが、まだ信じられないのだ。

「占いが、古地図に隠されていた場所と一致《いっち》したんです」

アレフは革袋から古い地図を出して見せた。

占い師は、その地図のロトの洞窟を示す印を怪訝そうに見ていたが、古地図の右下の隅《すみ》に書いてある楔形文字《せっけいもんじ》に気づき、とはっと顔色を変えた。

「こ、この文字はミトラ教徒《きょうと》の……!?」

楔形文字で、〈ミトラ教徒の愛と勇気に感謝を込めて。ロト〉と書かれてある。だが、占い師にはそれがミトラ教徒の文字であることはわかっても、解読する力はなかった。

「こ、この地図をどこで手に入れたんじゃ?」

「ぼくが生まれた日に、ガライの近くに住む魔道士《まどうし》が現れて、置いていったんだそうです」

「そ、それじゃ!?」

占い師は目を大きくして驚いた。

「ドムドーラで生まれたんじゃな!?」

「ど、どうしてそんなことを?」

「ど、どうしてって……ここよりさらに南の山にわしの遠縁《とおえん》にあたる老魔道士がおったんじゃよ。ゼフィンといってな、十年前に死んでしまったが、死ぬ前に一度聞いたことがあるんじゃよ。この地図の話をな」

そういって、占い師は老魔道士ゼフィンに聞いた話を始めた。


十五年前の冬――ゼフィンの夢のなかにミトラ神が現れて、こう告げたという。

『冬の時代は終わりに近づいている。おまえの役目《やくめ》は春を呼ぶ勇者を助けることにある。この地図は勇者ロトとともに戦ったミトラ教徒の先祖が残したもの。ドムドーラに行き、この地図を町で最も幼《おさな》い者に託せ』と――。

翌朝《よくちょう》、ゼフィンが目覚《めざ》めると、不思議なことに枕元《まくらもと》にその古地図がちゃんと四つ折《お》りにして置いてあったのだ。さっそくゼフィンは、その地図を持ってドムドーラに行き、生まれたばかりの男の子に託して、ガライに帰ったという。


「しかし、その子がおまえとはのお」

占い師は眩《まぶ》しそうにアレフを見た。その目には、期待と尊敬《そんけい》が込められていた。やっとアレフを真の勇者ロトの血をひく者と認めたのだ。

「とにかく、賢者に託したという雨雲の杖を手に入れるには、どうしてもガライの銀の竪琴が必要なんです。それがなきゃ竜王の島にもわたれないし、竜王も倒せません」

「わかったよ。真の勇者ロトの血をひく者よ、今のおまえなら封印を解けるかもしれない。また、銀の竪琴を奏《かな》でても、魔物を呼び寄せることはなかろう」

占い師の目にはいつの間にか涙《なみだ》が浮かんでいた。目の黒いうちにアレフガルドが平和な国に戻ることができるかもしれない。そう思うと占い師の胸の奥が熱くなってきたのだ。生きていてよかった――と。

「ああ、精霊《せいれい》ルビスよ」

占い師は天を仰《あお》いで精霊ルビスに感謝の手を合わせた。


そして――占い師の知らせを聞いた町の長老や有力者たち二十人あまりが、血相変えてガライの墓の前に駆けつけてきた。すでに日が落ち、空には星がまたたいていた。

アレフは、石の扉の前に座《すわ》り、扉に彫《ほ》ってあるガライの紋章《もんしょう》を見つめると、首飾りを両手で握り印《いん》を結んだ。

「我《わ》が勇者ロトよ！　ガライの墓の封印を解かれんことを……！」

指先に全神経を集中し、精魂《せいこん》込めて一心不乱《ふらん》に念じた。

占い師や町の人たちは固唾《かたず》をのんで見守っている。

アレフの顔面が紅潮《こうちょう》し、額《ひたい》から玉の汗《あせ》が流れ落ちると、突然アレフの全身が激しく震え出した。と、印を結んだ指先から黄金色のまばゆい光がほとばしり、その光が扉の紋章を直撃し、やがて光は扉全体をおおった。そして、光が消えると、ギィーと音をたてておもむろに厚い扉が開いた。まさに三二〇年ぶりに。占い師や町の人たちの間から大きなどよめきが起きた。

「やった……!」

アレフは立ちあがろうとした。だが、

「うっ……」

そのままずるずるっと座り込んでしまった。

呪法は瞬時にして体力や精力を消耗《しょうもう》させる。精魂《せいこん》尽《つ》き果てて体に力が入らないのだ。

町の人たちは一様《いちよう》にアレフに熱い視線《しせん》を向けていた。涙ぐむ者もいた。無理もなかった。やっと待望《たいぼう》の真の勇者ロトの血をひく者が目の前に出現したのだから。

「だ、大丈夫《だいじょうぶ》か?」

占い師が心配そうにアレフに駆け寄った。

だが、アレフは気力を振り絞《しぼ》ってやっと立ちあがると、松明《たいまつ》に火をつけて扉のなかに入った。なかはひんやりと冷たかった。入ったところに広い空間があり、正面に下におりる階段《かいだん》が続いていた。柱や壁《かべ》、いたるところに太陽や月や動植物のさまざまな文様《もんよう》が描《えが》かれていた。

松明《たいまつ》で足元を照らしながら階段をおりると、踊《おど》り場があり、さらにその先に下へおりる階段があった。そして、その階段をおりたところに、墓室の扉があった。扉を押すと、おもむろに扉があいた。

なかに入ったアレフは松明の明かりで墓室を見まわして驚いた。

立派な彫《ほ》り物《もの》をほどこした卓台《たくだい》には豪華《ごうか》な銀の燭台があった。棚には書物や各地で集めた美しい壷《つぼ》や皿《さら》、鏡の盾《たて》、水鏡、珍《めずら》しい楽器などが並《なら》べてある。壁にはアレフガルドの地図が貼《は》ってあり、珍しい弓矢《ゆみや》や槍《やり》などの武器が飾ってある。使い古された揺《ゆ》り椅子もある。正面にある机の上には愛用の羽《はね》ペンがある。この町にあったガライの部屋がそっくりそのまま残されていたのだ。

そして、机の後ろの棚には美しい銀の竪琴がかけてあった。竪琴の胴の先には、妖精《ようせい》の像《ぞう》の彫り物と神秘《しんぴ》的な緑の宝石がほどこされている。

「こ、これか……これが銀の竪琴か……」

しばらく見惚れていたアレフは、そっと銀の竪琴を手にして、おもむろに弦《げん》を爪弾《つまび》いた。

ポローン……。

高く澄《す》んだ哀《かな》しい音が暗闇《くらやみ》に響いた。

アレフは、その音色《ねいろ》を聞きながら、あの美しいセシールの顔を思い出した。そして、はじめてセシールと会ったとき話してくれた、魔物たちの心を解くために詩《うた》を歌いながら旅を続けたというガライの神話も――。

ポローン……。

アレフはもう一度爪弾いた。と、今度は胸の奥から怒りが湧《わ》いてきた。セシールをさらった影の騎士への怒りが——。そのとき、ギギィ——ときしむ音がして、

「うわっ!?」

アレフは驚いて飛び退《の》き、壁を背にして身構えた。一瞬、魔物を呼び寄せたのかと思ったのだ。だが、揺り椅子を見て、

「あ、あなたは!?」

青白い炎《ほのお》に包まれた半透明《はんとうめい》のガライが揺り椅子に腰かけていた。腰かけているといっても軽く宙に浮いている。椅子のきしむ音は幻聴《げんちょう》だったのだろうか。いや、ガライが送った霊気《れいき》だったのかもしれない。

「どうするのじゃ、その竪琴を?」

ガライは神秘的な澄んだ瞳でアレフを見つめた。

「はい……」

雨のほこらの魔女のことを話すと、

「なに、あの魔女が?」

ガライは魔女の真意を測《はか》りかねたような顔をした。

「はい、勇者ロトの血をひく者なら、墓の封印を解いてこの竪琴を持ってこられるだろう。真の勇者の血をひく者なら……と」

「そんなことをいったのか。あの魔女が……。あの魔女が、銀の竪琴とな……」

ガライはため息混じりにつぶやいた。その目に哀れみの色が浮かんでいた。

「勇者ロトの血をひく者よ」

「はい」

「いずれにせよ、これからはいまにも増して厳《きび》しい試練《しれん》が待ちうけておろう。おまえとかかわることによって運命を変える者も、不幸にも命を落とす者も現れよう」

「そ、それは……?」

アレフの脳裏《のうり》にセシールやセシールの両親のことが浮かんだ。

「だが、おまえは竜王を倒す使命を持って生まれてきたのじゃ。竜王の支配により、アレフガルドの人々はもっと数奇《すうき》な運命をもてあそばされた。その人々の流した血や涙の重みをしっかりと心にとめておくのじゃ。真の勇者となるためにな」

ガライはそう言い残すと、すーっと姿を消した——。

5　赤い雨

アレフが銀の竪琴を雨のほこらに持ち帰ったのは、牛頭神《ミノタウルス》の月の終わる一日前だった。

牛頭神《ミノタウルス》の月が終わると、一角獣《ユニコーン》の月に替わりアレフガルド暦《れき》では秋を迎えたことになる。だが、この雨のほこらの一帯を除《のぞ》けば、まだ暑い日が続いていた。

アレフの差し出した銀の竪琴を見て、

「ほう、これが銀の竪琴かえ……」

魔女の声は心なしか震えていた。顔は青ざめ、額にはうっすら汗がにじんでいる。

まさか持ってくるとは夢にも思わなかったのだ。約束したときは万が一持ってきたら、そのときはいさぎよくわたしてもよい、真の勇者ロトの血をひく者である証明《しょうめい》なのだから——そう思っていたが、現にこうしてそのときが来ると、さすがの魔女もうろたえた。

「見事なものだねえ——」

そう強がりをいうのが精一杯《せいいっぱい》だった。

「さあ、雨雲の杖をくれよ」

アレフはキッと見つめていった。

「約束だろっ！」

魔女は肩でため息をつくと、窓際《まどぎわ》に行って流れる霧《きり》をじっと見つめた。窓の外の崖下《がけした》からは、岩に砕《くだ》ける波の音が聞こえてくる。魔女は、やがて大きく深呼吸《しんこきゅう》すると、くるりと振り向いて、微笑んだ。やっと決心したのだ。

「真の勇者ロトの血をひく者よ」

魔女は扇の陰《かげ》からひょいと指先で雨雲の杖を出すと、

「いいかえ、この雨雲の杖は、前にもいったように、あたしに残されたたったひとつの形見。あたしが愛したたったひとりの男、勇者ロトのね。けっして無駄《むだ》にするんじゃないよ。わかってるね」

念を押してアレフに手わたした。見た目よりもずっしりと重い杖だった。

「さあ、用がすんだら、とっとと帰っておくれ」

「ありがとう。必ず竜王を倒してみせるよ。必ずね」

「ふっ。血は争えないねえ。まるでそっくり。ロトもそういってあたしのところを去っていったわ。そして二度と戻ってこなかった」

魔女はそういって寂《さび》しそうに笑った。

別れを告げるとアレフは元気に洞窟を抜けて岩場に出た。

これで太陽の石と雨雲の杖を手に入れた。あと残るは——と、思ったとき竪琴の高い澄んだ音が聞こえてきて、アレフは思わず立ち止まった。

美しい音色が魔女の部屋から流れてくる。どこか物哀《ものがな》しい旋律《せんりつ》だった。アレフはその旋律を背にふたたび歩き出そうとしたとき、突然、音色が途切れ、魔女の悲鳴が霧のなかに響きわたった。

「!?」

不吉な予感がした。アレフは慌てて洞窟に飛び込み、魔女の部屋に向かった。そして、扉を開けて、

「うわっ!?」

思わず立ちすくんでしまった。

腐《くさ》った死体や殺人鬼《さつじんき》などの魔物が鋭い牙《きば》や爪を立てて魔女に群《むら》がっていた。魔女が竪琴を奏でて、かつてガライが封じ込めた魔物を呼び寄せたのだ。

「くそーっ！」

アレフはギラの呪文で炎を浴びせ、魔物がひるんだ隙に、剣を振りかざして斬りかかった。そして、倒れている魔女の手から銀の竪琴を奪ってかき鳴らした。

ポロポロン！　ポロポロローン！

竪琴の音色が部屋じゅうに響きわたると、とたんに魔物たちは悲鳴をあげて脅《おび》え、次々に姿を消した。銀の竪琴が魔物たちをふたたび封じ込めたのだ。

「大丈夫!?」

アレフは血まみれの魔女を抱《だ》き起こした。魔女は苦しそうにあえぎながら、

「し、心配ない……。こうなることは承知《しょうち》のうえだ。さあ行っておくれ……」

「じゃあ!?」

アレフは愕然とし、一瞬言葉を失った。

「ま、魔物たちを呼び寄せることを知ってて、そ、それでこの竪琴を!?」

魔女はかすかに笑《え》みを浮かべた。

「あ、あたしは……愛したロトのために、な、なにかをしてあげたかったのさ……。ロトも竜王のことで……悔しい思いをしてるんじゃないかと……思ってねえ……。だ、だから……ロトの血をひく

おまえに……命の精である雨雲の杖をあげた……。ただそれだけ……。そ、それだけのことさ……」

「命の精？」

「その杖のおかげで……い、いままで生きてこれたのさ……。そ、その杖があるから……いつでも雨を……降らすことができる……。あ、雨はあたしの……い、命の源《もと》なのさ。……あ、雨さえあれば、な、何千年でも……何万年でも……い、生きることが……できる……。だ、だが、もういい……。こ、これであたしは……あ、安心して……ロ、ロトのところに行ける……。あ、愛する人のところへ……な。さあ、行っておくれ……」

「で、でも！」

「あ、あたしはもう……し、死ぬ……。年相応《としそうおう》の……醜《みにく》い姿にかえってな……あ、あたしは……気の遠くなるほど長い年月を生きてきた……。そう……じ、自分でも年が……わ、わからないくらい……な。で、でも、み、醜い姿は……み、見せたくないのさ……だ、だれにも……。お、女……だからね……。さあ、行っておくれ……。あ、あたしは……さ、最後まで……女で……い、いたい……から……」

「わ、わかった……」

アレフは静かに魔女を床に寝かした。

「さよなら……」

だが、魔女はもう答えなかった。穏《おだ》やかな顔で微笑んだだけだった。

アレフはあとずさりながら部屋を出て、ちょっとためらった。だが、意を決したように扉を閉《し》めた。さよなら——と心のなかで叫びながら。

静まり返った部屋に波の音だけが聞こえた。と、魔女の全身から怪《あや》しげな湯気がゆらゆらと立ちのぼり、魔女はみるみるうちに皺《しわ》と骨《ほね》だけのミイラになった。やがてミイラはそのまま風化し、さらさらに乾燥《かんそう》した塵埃《ちり》になって、窓から吹き込んだ風にむなしく舞った。

アレフが洞窟を出ると、糸のような細い、まっ赤な雨が音もなく静かに降っていた。その雨を見て、アレフは魔女の死んだことを知った。まっ赤な雨は、この世に別れを告げる魔女の涙なのかもしれない——ふとアレフは思った。

アレフは命と引き換えにくれた雨雲の杖をじっと見ると、気を取り直して力強く歩き始め、雨のほこらをあとにした。

このまっ赤な雨は、それから三十日近くも降り続けたという。そして、雨があがると、雲の切れ間から眩しい太陽の光が差し、数百年ぶりにこの地を照らしたという——。

第四章　故郷ドムドーラ

「メルキドの北部からやってきたという僧侶《そうりょ》が、生まれたばかりのアレフの手に命の石を握《にぎ》らせて立ち去った」——といったマイラの道化師《どうけし》マヌエルの言葉を頼《たよ》りに、いくつもの険《けわ》しい岩山を越《こ》え、アレフはただひたすら旧《きゅう》メルキド街道《かいどう》を南下した。

途中《とちゅう》故郷《こきょう》のドムドーラに寄《よ》ったあと、さらに南下し、南の海岸線に出ると海に沿《そ》って東へ向かった。

一角獣《ユニコーン》の月から犬頭神《アヌビス》の月に替わり、季節《きせつ》は晩秋《ばんしゅう》を迎《むか》えようとしていた。ひと雨ごとに寒さを増し、朝晩めっきり冷え込《こ》むようになっていた。

そして、入江《いりえ》の崩《くず》れかけた石橋をわたり、メルキドの丘陵《きゅうりょう》地帯に入った。雨のほこらを発《た》ってからすでに六十日になろうとしていた——。

1　風の町

空はどんよりと曇《くも》り、どこまで行っても岩肌《いわはだ》が剥《む》き出しの荒涼《こうりょう》とした丘陵地帯が続いている。

この丘陵地帯の行き着いた先にメルキドの町がある。

そして、ここで北アレフガルドから続いた長い旧メルキド街道もやっと終わる。

だが、アレフの脳裏《のうり》から風の音と町の惨状《さんじょう》が焼きついて離《はな》れなかった。自分が生まれたあのドムドーラの町のことが――。


二十日ほど前のことだ。砂漠《さばく》のなかにドムドーラの城壁《じょうへき》を見つけたアレフは、疲《つか》れた足のことも忘《わす》れて思わず駆《か》け出した。

だが、息せききって城門《じょうもん》をくぐり抜《ぬ》けて、愕然《がくぜん》となった。はじめて見る故郷ドムドーラの、想像《そうぞう》以上の荒《あ》れ果《は》てた姿《すがた》に声も出なかった。

瓦礫《がれき》で埋《う》まった石畳《いしだたみ》を砂塵《さじん》を巻《ま》きあげながら風が吹《ふ》き抜けていく。壊《こわ》れたまま吹きさらしになっている店の看板《かんばん》や扉《とびら》や窓《まど》。無残《むざん》に崩壊《ほうかい》した屋根。黒ずんだ家の石壁《いしかべ》は焼け焦《こ》げたあとなのだろう。聞こえてくるのは、風の音ばかりだった。

もともとこのドムドーラはメルキド城《じょう》の西の要塞《ようさい》の町であった。その後、北の山脈の河川《かせん》から砂金《さきん》が発見されると、一攫千金《いっかくせんきん》を夢《ゆめ》見る者や仕事を求める人夫たちがぞくぞくとこの山脈に集まってきた。採取された砂金がドムドーラの町に集められて貴金属《ききんぞく》に姿を変え、商人たちの手によってアレフガルド中に運ばれていった。こうして、ドムドーラは、かつてない繁栄《はんえい》を迎《むか》えた。

このドムドーラを守っていたのが、豊富な資金をもとに組織された勇敢《ゆうかん》な戦士集団であった。高《こう》額《がく》の報酬《ほうしゅう》を条件にアレフガルド中から集められた腕《うで》に自信のある者たちが、厳《きび》しい訓練で戦士として鍛《きた》えられたあと、町や採取場に配置され、ならず者や盗賊団《とうぞくだん》、さらには南の山脈に棲《す》む魔物《まもの》や蛮族《ばんぞく》の襲撃《しゅうげき》に備えていた。

ところが、一三四八年の天変地異《てんぺんちい》で、山肌《やまはだ》を崩れ落ちたすさまじい土砂《どしゃ》が、採取場で働いていた多数の人夫や警備中《けいびちゅう》の戦士たちを一瞬《いっしゅん》にしてのみ込んでしまった。さらに、緑豊かだったドムドーラ平野も、荒涼とした砂漠に姿を変えてしまった。

そのあと、ドムドーラも例外《れいがい》なく竜王《りゅうおう》配下の魔物に襲《おそ》われた。だが、生き残った勇敢な戦士集団の働きで、やっと町だけは守ることができた。それ以来、ドムドーラの町からかつての活気が消え、町は衰退《すいたい》し、三万を数えた人口は十分の一までに減少《げんしょう》したという。

そして十五年前——悪魔《あくま》の騎士《きし》率《ひき》いるドラゴン部隊の強襲《きょうしゅう》により、一夜にして長い歴史に終止《しゅうし》符《ふ》を打たれてしまった。

いまにも泣《な》き出しそうな顔でアレフは呆然《ぼうぜん》と立ちつくしていた。

これがぼくの生まれた町か——！　ここがぼくの故郷か——！

そう思うと、アレフの頬《ほお》をすーっと涙《なみだ》が流れ落ちた。

竜王の手下にさえ襲われなければ、今ごろほんとうの両親とこのドムドーラで暮《く》らしていたのかもしれない——！　この通りにも、目の前の家にも、角の店にも、路地にも、窓のひとつひとつに人々の生活があったのだ。くそっ、竜王めっ——！　きっと唇《くちびる》を嚙《か》みしめると、アレフは町の中央にある広場に向かって歩き出した。

突然《とつぜん》、後ろからメタルスライムが襲いかかってきた。

だが、アレフは身をかわして、一刀《いっとう》のもとに斬《き》り捨《す》てた。

メタルスライムはスライム属の一種で高い防御力《ぼうぎょりょく》をもっているが、今《いか》のアレフにはもはや敵ではない。それでも手に力が入った。我《わ》がもの顔で棲んでいる魔物たちに怒りが込みあげてきたからだ。路地からまた一匹《ぴき》飛び出してきたが、アレフが睨《にら》みつけると、そそくさと出てきた路地に逃げ込んだ。

町の広場には、広場に面した崩れかけた教会の尖塔《せんとう》よりも高い、巨大《きょだい》な樫《かし》の木がそびえ立っていた。地面に張り出した根や太い幹《みき》の半分近くは黒ずんで枯れている。町が燃やされたとき、おそらく焼け焦げたのだろう。だが、焼け残った幹は立派《りっぱ》な枝《えだ》を張り、その枝には葉が茂《しげ》っていた。

この巨木《きょぼく》を見あげながら、アレフはその偉大《いだい》な生命力に感動していた。町の様相があまりにもひどいだけに、何か救われたような気持ちだった。

「そうだ、ぼくの生まれた家は……!?」

アレフは、はっとわれに返って町を見まわした。広場のそばだとマヌエルがいっていたからだ。だが、広場からは、路地とも通りともつかない道がいくつも枝分かれしていた。

ひときわ強い風が吹き抜けていった。アレフは背中《せなか》に殺気を感じて振《ふ》り向くと、アレフの倍はありそうな甲冑《かっちゅう》の魔物が剣《けん》をかざして突進《とっしん》してきた。

「うわっ!?」

アレフは身をかわして斬りかかった。だが、魔物は見かけによらず身軽だった。

魔物は鎧《よろい》の騎士《きし》だった。もともとは竜王との戦いで戦場の露《つゆ》と消えたアレフガルドの騎士だが、死者の魂《たましい》と引き換えに竜王の魔力によって命を与《あた》えられた魔物だ。戦場のあとや死者の霊《れい》に呪《のろ》われた地をわけもなくさまよい、人間を見ると見境《みさかい》なく襲撃《しゅうげき》する。

アレフはなおも斬りかかった。鎧の騎士は宙《ちゅう》を跳《と》んで身をかわすと、アレフの剣を叩《たた》き落とした。アレフが慌《あわ》てて拾おうとしたとき、鎧の騎士が一瞬早く剣を踏《ふ》みつけた。

「くそっ！」

アレフはすばやく鎧の騎士から離《はな》れてベギラマの呪文《じゅもん》をかけた。

電光が鎧の騎士の胸を直撃し、稲光のような鋭い光がその全身を駆け抜けると、鎧の騎士は全身を震わせて動かなくなった。

アレフは剣を拾うと、高々と宙に跳んで、

「たーっ！」

鎧の騎士の首をめがけてありったけの力で振りおろした。

ガキーン――！　金属音が響《ひび》いて、鎧の騎士の首が宙に跳ねた。鎧の騎士は数歩よろけると、ガラガラガラ――と、音をたてながらばらばらになって崩《くず》れ落ちた。

広場に静寂《せいじゃく》が戻《もど》った。聞こえてくるのは風の音だけだった。とにかく、予定どおりメルキドへ向かおう。命の石を置いて立ち去った僧侶を捜《さが》し出せば、ドムドーラのことも生まれた家もきっとわかるはずだ——アレフは気を取り直して城門へ向かったのだった。

秋の日の落ちるのは早い。アレフは足を速めた。野宿に適した地形を探《さが》すためだ。

だが、丘《おか》をのぼりきって、

「あっ！」

アレフは思わず目を輝《かがや》かせた。

眼下《がんか》に平地が広がっていて、そのはるか向こうのなだらかな丘に三方を森に囲まれた城壁《じょうへき》が見えた。メルキドの町だった。アレフは町に向かって元気に走り出した。

ところが、城門の七、八十歩手前に、崩れかけた巨大な大男の石像《せきぞう》が立っていた。アレフは物珍《ものめずら》しそうに立ち止まって見あげた。石像の高さはアレフの十倍はありそうだ。アレフは崩れかけた石像の膝《ひざ》の半分までもなかった。

石像の前を通って城門へ向かおうとしたとき、アレフは頭上に視線《しせん》を感じて再び見あげた。なんと、さっきまで閉じていた石像の眼が開いてじっとアレフを見おろしていた。ぞっと背筋《せすじ》が凍《こお》るような恐《おそ》ろしい眼だった。

「ガオオオオッ！」

眼を光らせながら石像が雄叫《おたけ》びをあげると、石像の全身に鋭いひび割《わ》れが走り、腕や胸、肩《かた》などの筋肉《きんにく》が隆起《りゅうき》し、全身に積もっていた土ぼこりがバラバラバラバラバラッ——と音をたてて落ちた。

石像が正体を現したのだ。

「うわあっ!?」

アレフは驚《おどろ》きおののいて数歩さがった。

このメルキドの城門の前だけに出没《しゅつぼつ》する石の化け物ゴーレムだった。いきなりゴーレムは小山のような足でアレフを踏みつぶそうとした。

「うわっ！」

慌《あわ》てて横に跳《と》び逃げたアレフは、ゴーレムの股《また》の下をくぐって城門へ向かって駆け出した。だが、アレフの五、六歩がゴーレムの一歩にも満たない。ゴーレムの足が地響《じひび》きをたてて行く手をさえぎった。さらに、うなりをあげて巨大な手のひらが頭上から襲いかかり、アレフをつかもうとした。アレフは間一髪《かんいっぱつ》逃《のが》れると、体勢を変えて足に斬りかかった。だが、剣はあっけなく弾《はじ》き返された。

「く、くそっ！」

アレフは立て続けに呪文《じゅもん》をかけた。

ベギラマの鋭い稲光がゴーレムの全身を走り、ギラの強烈《きょうれつ》な炎《ほのう》が全身を包《つつ》んだ。だが、次の瞬間《しゅんかん》、

「うっ！」

アレフの全身に激《はげ》しい衝撃《しょうげき》が走った。呪文の効果がなく、一瞬の隙《すき》を突《つ》かれてつかまった。ゴーレムは顔の前までアレフを持ち上げてぎゅっと握りつぶそうとした。

「うわあああっ！」

鈍《にぶ》い音をたてて骨《ほね》がきしんだ。

そのときアレフは突然《とつぜん》マヌエルの話を思い出した。かつてマイラの村を襲った魔物が、妖精《ようせい》の笛《ふえ》を聞いたとたんに脅《おび》えて逃げ、人間の形をした巨大な石の化け物がその場に眠《ねむ》ってしまったという話を——。

「こ、こ、この野郎《やろう》ーっ！」

アレフはゴーレムの右眼を狙《ねら》ってありったけの力で剣を突き刺《さ》した。剣は鍔《つば》のところまで深々と突き刺さると、

「ガオオオオ——ッ！」

ゴーレムがあたりを震撼《しんかん》させるような叫《さけ》びをあげて大きくのけぞり、その手からこぼれ落ちたアレフは悲鳴《ひめい》をあげながら地面に落下した。全身に衝撃が走り、息がつけないほど苦しかった。が、アレフは革袋《かわぶくろ》からマヌエルにもらった妖精の笛を取り出して、すばやく唇に当てた。高い澄《す》んだ音があたり一帯に流れた。

襲いかかろうとしていたゴーレムがはっとなって、すさまじい形相《ぎょうそう》のまま攻撃《こうげき》の手を止めた。アレフが吹き続けると、やがてその形相から怒りが消え、仁王《におう》立ちになったまま動かなくなった。眠ってしまったのだ。

アレフは笛を吹く手を止め、ほっとしてゴーレムを見上げた。だが、はっとわれに返るとおそるおそるゴーレムの横をすり抜け、脱兎《だっと》のごとく城門に向かって走り出した。

城門の見張り台の兵士たちはあ然としてその光景を見ていた。

2　メルキド

かつてアレフガルド最大の商業都市として栄えたメルキドの町は、内外二重の強固な城壁に守られていた。

見張り台のある城壁の城門を抜けると、正面の小高い丘の城壁の中門まで石畳《いしだたみ》の道がまっすぐ延《の》びている。歩数にして三、四〇〇歩ほどの距離《きょり》だ。そして城壁と城壁の間には収穫《しゅうかく》を終えたばかりの畑や果樹園《かじゅえん》が広がっていた。おそらく丘の上の城壁をこの畑や果樹園がぐるりと取り囲んでいるのだろう。

石畳を進み、小高い丘の城壁の階段《かいだん》をのぼって中門をくぐると町だった。正面には大理石の立派な神殿《しんでん》があり、その神殿を中心に通りが東西南北に延びていた。町はラダトームよりひとまわり大きいが、人通りはラダトーム同様少なかった。

神殿の南にある宿についたときには日はすでに落ちていた。

アレフは前金で宿賃《やどちん》を払《はら》うと、ロビーの隣《となり》にある食堂で食事ができるかどうか主人に尋《たず》ねた。

この町でいちばん大きくて由緒《ゆいしょ》ある宿だが、広いロビーや食堂は閑散《かんさん》としていて、かつての栄華の名残《なごり》をとどめる豪華《ごうか》なシャンデリアも壊《こわ》れたまま放置されている。めったに客がないからだ。

メニューも昔《むかし》使っていた古いもので、料理のほとんどが線で消されていたが、それでもラダトームの食堂よりは種類が多かった。城壁のなかに畑があるからほかの町に比べていくらか食料は豊富なのだろう。

アレフはメルキド名物だというあったかい茸《きのこ》のスープと黒地鶏《くろじどり》のガーリック蒸《む》しの料理を注文した。小麦粉を練って薄《うす》く伸ばして焼いたパンが添《そ》えられていた。ガライで食べたものとまったく同じパンだった。アレフはまた美しいセシールの笑顔《えがお》を思い出した。

旅の途中《とちゅう》、ことあるごとにアレフはセシールのことを思い出した。そのたびに、なぜ影《かげ》の騎士がセシールの両親を殺し、セシールだけを連れ去ったのだろうか――？　と疑問《ぎもん》を抱《いだ》いた。そして、セシールはきっとどこかで生きているにちがいない――と自分にいい聞かせた。アレフガルド北東部の山岳《さんがく》地帯で襲ってきたように、いずれ影の騎士が自分の前に立ちはだかってくるはずだ。そのときこそはっ――！　そう思って、セシールのことを思い出すたびに、影の騎士への怒りを燃やしてきたのだ。

アレフが料理にむしゃぶりついたときだった。若《わか》い兵士がやってきて、町の長老《ちょうろう》の使いだと名乗った。

「長老がぜひお話したいと申しております。ゴーレムのことで」

「ゴーレム？」

「はい。城門の前であなたが眠らせたあの魔物のことです」

城門の見張り台の兵士から長老の耳に届《とど》いたことが容易《ようい》に察せられた。

「わかりました」

あとで長老に会ってドムドーラのことを聞こうと思っていたので、アレフは喜んで返事をした。

今年で一二〇歳になるという白髪痩身《はくはつそうしん》の長老は、神殿の奥《おく》にある大きな室内庭園の噴水《ふんすい》のそばでアレフを待っていた。

何本もの巨大な大理石の柱が庭園の屋根を支えていた。ほどよく配置された女神《めがみ》や勇士《ゆうし》などの彫像《ちょうぞう》が美しい庭園に調和し、よく手入れされた芝生《しばふ》や植え込みの緑が、庭園を照らしている松明《たいまつ》の明かりに映《は》えていた。

「ほう。おまえさんが……」

長老は穏《おだ》やかな目でアレフをじっと見つめた。

「ところで……妖精の笛をどこで手に入れたのかな？」

「マイラの村でもと道化師にもらったのですが、これがなにか？」

アレフは革袋から妖精の笛を出した。

「ほう、これが妖精の笛か……」

長老は手に取って浅黄《あさぎ》色の美しい笛を見ると、

「メルキドに残っている伝承《でんしょう》によれば、この妖精の笛は妖精の一族がゴーレムを生み出した魔道士《まどうし》に与えたものだそうじゃ……」

そういって長老はゴーレムの話を始めた。

一三四八年――竜王討伐《とうばつ》のため、メルキドの太守《たいしゅ》ポルポト侯《こう》は配下の騎士団のほとんどを引き連れて出陣《しゅつじん》した。強固な城壁と残留《ざんりゅう》騎士団で町を守る自信があったからだ。

かつてこの南アレフガルドを治め、この丘の上に城《しろ》を築いたポルポト侯の先祖は「いずれまたこの地は外敵により襲われるでしょう」という予言者《ゆげんしゃ》の言葉を信じて、この世に類《るい》を見ない強固な二重の城壁を築いたといわれている。さらにその後、何代にもわたって補強《ほきょう》に補強を重ねてきたから、ポルポト侯もこの城壁には絶対の自信があったのだ。

だが、竜王の六魔将《ましょう》のひとりである大魔道《だいまどう》カトゥサが巨体と怪力《かいりき》を誇《ほこ》るストーンマン部隊を率《ひき》いてこの町を襲い、強固な城壁を破壊《はかい》し迎撃《げいげき》した残留騎士団を全滅《ぜんめつ》させた。

ストーンマンは、かつて権力者などの墓に副葬品《ふくそうひん》として埋葬《まいそう》された石人形や石像が、竜王の強大な魔力によって命を吹き込まれ巨大化した魔物だ。

だが、このストーンマン部隊に立ち向かったのが、偉大な善の魔道士が生み出したといわれている伝説の巨人ゴーレムだった。ゴーレムはたった一体で無数のストーンマンとわたり合い、三日三晩続いた激しい戦いの末、ついにストーンマン部隊を全滅させた。

そして、竜王の逆鱗《げきりん》に触れたカトゥサは、名誉《めいよ》回復のためにゴーレムに呪術をかけてこの町を破壊することを企《たくら》み、魔界から鬼面道士《きめんどうし》を呼《よ》んだ。だが、カトゥサの思惑《おもわく》ははずれた。鬼面道士に呪術《じゅじゅつ》をかけられたゴーレムは混乱し、なぜか城門の前に立ちはだかって、城門に接近するものを無差別に攻撃し始めたからだ。

　この結果、町の人々は城門から外に出ることができなくなり、大魔道士もまた攻撃をあきらめざるをえなくなってしまったのだ。


「おまえさんがはじめてなんじゃよ。それ以来この城門をくぐったのは……」

「それじゃ、今までやってきた旅人たちはどうやってこの町に……？」

「西にある深い森を抜けてやってくるんじゃよ。魔物がたくさん棲んでいるが、ゴーレムを相手にするよりはいいからな」

　そういって長老が笑いながら妖精の笛をアレフに返すと、

「だが、普通《ふつう》の人間がその妖精の笛を吹いてもゴーレムを眠らせることはできないといわれておる。それを持つにふさわしい者でなければな」

　じっとアレフを見つめた。

「いったいおまえさんは何者なのじゃ？　なぜ、そんなに若いのにひとりで旅をしておる？」

「実は、ぼくは勇者《ゆうしゃ》ロトの血をひく者なんです」

「な、なにっ!?」

　長老は顔色を変えて驚《おどろ》いた。

「ゆ、勇者ロトの……!?」

「はい。竜王の島にわたる手がかりを求めて旅してるんです」

アレフは今までのいきさつをかいつまんで話すと、勇者ロトが三人の賢者に託したもののうち二つを手に入れたことをつけ加えて、革袋から雨雲の杖《つえ》と太陽の石を出して見せた。

「そうか……」

長老は興奮《こうふん》に震《ふる》えそうになるのをがまんしながら、熱い眼差《まなざ》しでアレフを見つめた。

「勇者ロトの血をひく者か……。おおっ、そうじゃ。その賢者に託したひとつかどうかわからんが、たしかユキノフがいっておった」

「ユキノフ?」

「わしの友人じゃ。ドムドーラの出身で十三年前に死んでしまったがな。ユキノフが子供《こども》のころ、ドムドーラの町にロトの鎧が伝わっておる、という噂話《うわさばなし》を聞いたことがあるとな」

「ロトの鎧!?」

「そうじゃ。勇者ロトが魔王《まおう》を倒したときに身につけておったロトの鎧じゃ」

「ドムドーラのどこにあるんですか?」

アレフは詰《つ》め寄った。

「さあ……」

長老は無念そうに首を横に振った。

「ほかに何か知りませんか？　手がかりになるんなら、なんだっていいんです！」

「とにかく、東通りのカゼノフの道具屋へ行くがいい。ユキノフの孫じゃ。何か聞いて知っておるかもしれんからな」

「ほんとですか!?」

アレフは革袋に太陽の石と雨雲の杖を入れ、妖精の笛も入れようとして、

「そうだ、これ……」

妖精の笛を長老に差し出した。

「長老ならこれ使えるでしょう？　これで町の人や旅の人を守ってください」

「し、しかし、これは……」

だが、アレフは笛を長老に押しつけて出口に向かって駆け出した。

「ユキノフよ……」

アレフが出口に消えると、長老は熱い思いを込めて友人の名を呼んだ。

「やっときたぞ。やっとな……」

長老の友人ユキノフは、普通の人間として一生を終えた。だが、アレフガルドを思う気持ちは誰《だれ》にも負けなかった。そして、勇者ロトの伝説が蘇《よみがえ》る日を夢見ながら死んでいった。

「勇者ロトの伝説が蘇るときがな。勇者ロトの血をひく者によってな。勇者ロトの……」

いつの間にか、長老の目から涙が流れていた。長老もまたユキノフ以上に勇者ロトの伝説の蘇る

日を夢に見ていた。

神殿を飛び出したアレフは、東通りへ向かった。道具屋はすぐ見つかった。「閉店」の木札が扉にかかっていたが、明かりがついていたのでアレフは扉を押した。間口は狭《せま》かったが奥行きの深い店だった。

「ロトの鎧?」

カウンターのなかであとかたづけをしていた五十代半ばのユキノフの孫のカゼノフが、怪訝《けげん》な顔でアレフを見た。

「ええ、長老から聞いたんです。ドムドーラの町に伝わってるってユキノフさんがいっていたって」

「死んだじいさんが?」

カゼノフは少し考えて、

「聞いたこともねえなあ」

「じゃあなんでもいいからドムドーラのことについて教えてください。なんか聞いたことがあるでしょう?　おじいさんから」

「鎧のことは聞いたことはねえが、樫の木のことなら、子供のころから耳にたこができるぐらいよく聞かされたもんさ」

「樫の木!?」

「ドムドーラの町の広場に大きな樫の木があったんだそうだ」

「今でもあります」

「そうか。竜王の手下に襲われたとき、てっきり燃えてしまったのかと思っていたよ。その根っこが教会の路地の階段の下に張り出してるんだそうだ。こーんな根っこがな」

背伸《せの》びして両手を大きく広げた。

「じいさんが子供のころ、その木の根っこで遊んでいると、よく親や町の人たちに叱《しか》られたもんだってさ。木の根っこに近づくんじゃない！　神隠《かみかく》しにあうぞっ！　ってな」

「神隠し!?」

「まあ、よくある迷信《めいしん》さ。なんでも昔からそういわれてたらしいんだよな。じいさん、死ぬまでそのことばっかりいってたなあ」

ユキノフのことを思い出してカゼノフはなつかしそうな顔をした。

「でも、なんでそんなことを聞くんだ？」

「実はぼくもドムドーラで生まれたんです」

「な、なんだって!?」

カゼノフは驚いてアレフを見た。だが、すぐさま、

「はっははは」

腹《はら》を抱《かか》えて笑《わら》い出した。

「ばかなことをいうんじゃない。今いくつなんだ？」

「十五です」

「だろ!? あのさ、十五年前、ドムドーラの町は竜王の手下に襲われて皆殺《みなごろ》しにされたんだよ。女子供、赤《あか》ん坊《ぼう》までな。だから、ドムドーラ出身で生き残った者は、そのときドムドーラを留守《るす》にしていた者か、よその町で暮らしていた者しかいないんだよ」

「で、でもほんとうなんです。ぼくが生まれた日の夜に襲われたんです」

「生まれた日に？」

カゼノフは、はっとなった。

「ほんとに襲われた日に生まれたのか？」

じっとアレフを見た。

「それがどうかしたんですか？」

「いや、ちょうど襲われた日に生まれた赤ん坊の話を聞いたことがあるんだよ」

「えーっ!? ど、どんな話ですか!?」

「ちょうど十五年前のことだ。薄汚《うすよご》れた不精《ぶしょう》髭《ひげ》の僧侶が閉店《へいてん》まぎわに薬草買いにきたんだよ。ドムドーラからの帰りだといってたな」

「僧侶が!?」

「ドムドーラが襲われる日にドムドーラに行ったんだそうだ」

「えっ!? そ、その僧侶はどこに!?」

カゼノフは首を横に振った。

「なにしろはじめての客だったからなあ。あのときのことはよく覚えてんだ。ドムドーラが襲われたあとだし、その僧侶が帰る途中魔物にやられたらしくてな。体中傷《きず》だらけだったからな。おれは、なぜドムドーラに行ってきたのか聞いてみたんだよ。一応《いちおう》、ドムドーラって聞きゃあ気になるからな」

「そしたら……!?」

「そしたらな……」

カゼノフはカウンターに身を乗り出して話し始めた。

「ある晩《ばん》のこと、その僧侶の住んでる洞窟に美しい妖精の少女が訪《たず》ねてきたんだそうだ」

「妖精!?」

妖精の一族は人間嫌《ぎら》いでめったに人の前に姿を見せることはなく、深山幽谷《しんざんゆうこく》に住む賢者や何かの拍子《ひょうし》に妖精の里に迷《まよ》い込んだ旅人だけがその姿に接することがあるといわれている。

「その美しい妖精の少女が、青く輝く小さな石を僧侶にわたしてこう告げたんだそうだ。『西にあるドムドーラの町に行きなさい。そして、町でいちばん罪《つみ》の薄き者にその命の石をわたしなさい』ってな。僧侶はその夜のうちに旅支度《たびじたく》を整えると、夜が明けるのを待ってドムドーラに向かったんだそうだ。僧侶は妖精のいった言葉の意味を考えながらな。そして、ドムドーラに到着《とうちゃく》すると生まれたばかりの赤ん坊を捜して、その赤ん坊の手に命の石を握らせて帰ってきたんだそうだ。人はみな多かれ少なかれ罪を犯《おか》すもの。もし町のなかでいちばん罪薄き者を選ぶとすれば、それは生まれたての赤ん坊のほかにあるまい……そう考えてな……」

「で、その赤ん坊の家は、ぼくの家はドムドーラのどこにあったのですか!?」

「さあな。そこまでは……」

「じゃあ、その家の名前は!?」

「すまんな……」

カゼノフは申《もう》し訳《わけ》なさそうに笑った。

3 再会

生まれた家のことについては、ついにわからなかった。それに、命の石を持っていった僧侶を捜すのは大変だし、そんな時間もない。

とにかく明日はドムドーラに向かおう。そして、ロトの鎧を探そう。ロトが賢者に託したものを探すのが先決だ——道具屋を出たアレフは宿に向かった。

通りはひっそりとして人影《ひとかげ》もなかった。アレフの足音だけが石畳に響いた。空には雲の合間から上弦《じょうげん》の月が出ている。今夜もまた冷え込みそうだ。足元を風が吹き抜けていった。

宿の近くまできたときだった。頭上に何者かの気配を感じてはっと見あげると、太った蛇《へび》のような胴体《どうたい》に禿鷹《はげたか》の頭と翼《つばさ》を持った魔物の編隊が急降下しながら襲いかかってきた。キメラの飛行部隊だった。人間より小柄《こがら》だが、キメラは長い鋭利《えいり》な嘴《くちばし》を武器にしている。

「うわっ！」

アレフは横に跳《と》びながら剣を抜いて斬《き》りかかった。だが、剣は空《くう》を切り、キメラの嘴が次々にアレフの体をかすめていった。すかさず別の編隊が襲撃してきた。キメラより強力で体も大きいメイジキメラの部隊だ。

キメラの編隊は二十四、メイジキメラの編隊は十四匹ほどだ。この二つの編隊が息もつかせず交互《こうご》に攻撃をしかけてきた。

さらに、編隊から離れた上空で戦況《せんきょう》を見つめている一匹のキメラがいた。キメラやメイジキメラよりも巨大で、アレフよりもひとまわり大きいキメラだ。この部隊を指揮《しき》する六魔将のひとりスターキメラだった。

この飛行部隊は、地上からの侵攻《しんこう》が難しい城塞《じょうさい》都市に対して空中からの攻撃のために編成された。そして、キメラのなかで特に能力の高かった雌《めす》のスターキメラが竜王のはからいで六魔将のひとりとして指揮をとることになった。竜王を幼少《ようしょう》のころから世話したのが、スターキメラの祖母《そぼ》で竜王とスターキメラは兄妹のように育てられた。だが、ラダトームの攻防《こうぼう》でスターキメラはその兵力をほとんど失い、今では竜王直属《ちょくぞく》の偵察《ていさつ》部隊となっていた。

アレフは攻撃をかわしながら逃げたが、追跡《ついせき》するキメラの編隊と前方上空から飛来したメイジキメラの編隊にはさみ撃《う》ちにされ、路地に逃げ込んだ。そして、路地から裏通《うらどお》りに出たところで城壁に追いつめられてしまった。城壁の高さはアレフの背丈《せたけ》の倍はあった。

アレフの前に飛来してきたスターキメラは、アレフを見て意外そうな顔をした。

「なんだ、まだ子供かっ!?」

スターキメラが鼻で笑うと、

「さあ、妖精の笛をわたすのだっ！」

「ふん、冗談《じょうだん》じゃねえっ！」

アレフは剣を握り直した。

「どうしてもわたさぬというなら、命をいただくまで……！」

やれっ！ ──スターキメラの合図に、キメラとメイジキメラの編隊は再び襲いかかった。

配下のものから巨人《きょじん》ゴーレムが眠らされたという報告《ほうこく》を受け、さすがのスターキメラも驚いた。ゴーレムを眠らせるだけの能力を持つ者なら、鬼面道士がかけた呪術を解《と》くことができるかもしれない。もしゴーレムの呪術が解けてもとのゴーレムに戻ってしまったら──と、急に不安になり、慌てて編隊を率いてメルキドに飛んできたのだ。

鍛え抜かれた飛行部隊は敏速《びんそく》だった。キメラ四匹とメイジキメラ二匹が混合部隊を組み、五隊に分かれて猛襲《もうしゅう》する。

アレフは壁にもたれ、呪文をかけた。壁を背《せ》にすれば、後ろから攻撃を受ける心配がないからだ。ベギラマの強烈な電光が編隊を直撃した。とたんに雷《かみなり》に撃《う》たれたようにキメラ四匹とメイジキメラ二匹が宙に浮いたまま動かなくなった。

「たーっ！」

アレフは大きく宙に飛んで、次々に斬り落とした。

黄色い血飛沫《ちしぶき》が飛び散り、石畳に落ちたキメラたちは瞬時にしてどろどろの腐乱体《ふらんたい》に変化し、やがて溶けて消えた。

「うぬぬぬっ！」

スターキメラの顔色が変わった。

「子供相手になんたる醜態《しゅうたい》！」

手下の攻撃に業《ごう》を煮《に》やしたスターキメラは、自ら手を下そうと、急降下しながら紅蓮《ぐれん》の炎を吹きつけた。

「うわっ！」

アレフは間一髪横に跳んだ。だが、着地したところをまた猛炎《もうえん》が襲ってきた。アレフは再びかわすと、宙に跳んでスターキメラの翼を斬り裂《さ》いた。だが、

「ふっふふふ」

スターキメラが不敵な笑いを浮かべると、全身からまばゆい赤光を発した。その光が収まると、なんと斬り裂かれた翼がもとどおりにぴったりとくっついていた。一瞬にして呪文で傷を回復させたのだ。

スターキメラはすぐさま反撃した。両翼《りょうよく》で大きくあおぐと、突風《とっぷう》が起き、竜巻《たつまき》となってアレフをのみ込んだ。

「うわあ——っ！」

アレフは独楽《こま》のように回転しながら空中に舞《ま》いあがると、落下して背中から地面に叩きつけられた。そのアレフをスターキメラの猛炎が包んだ。

「うわあ！」

たちまちアレフは火だるまになって十数歩後方の城壁まで吹っ飛び、背中を強打して一瞬気を失いかけた。意識が朦朧《もうろう》とし、目がかすんで見える。

「ふっふ。とどめだーっ！」

スターキメラが低空飛行の態勢《たいせい》に入った。

はっと気がつくと、スターキメラの嘴がすさまじい速度で、アレフの目の前に迫《せま》っていた。アレフはとっさに体《たい》をかわした。だが、嘴は鋭く右腕に突き刺さった。

「うっ！」

激痛《げきつう》と衝撃にアレフの手から剣が落ちた。

スターキメラはまた猛炎を浴《あ》びせながらさらに速度をあげて急接近した。アレフは思わず観念《かんねん》して顔をそむけた。だが、

「うっ！」

うめき声をあげたのはスターキメラだった。

スターキメラの嘴がアレフの顔面の拳《こぶし》ひとつ手前のところで止まった。と、宙に浮いたままスターキメラの恐ろしい顔がさらに大きく歪《ゆが》んだ。開けた口の奥に鉄のやじりが突き出しているのが見えた。アレフは一瞬何が起きたのか理解できなかった。

「うわあああっ！」

夜空に悲鳴が轟《とどろ》き、スターキメラは全身を激しく痙攣《けいれん》させながらアレフの上に崩れ落ちた。

「ひえっ！」

慌ててアレフがスターキメラを払いのけると、うつ伏《ぶ》せに倒れたスターキメラの首に一本の矢が突き刺さっていて、黄色い血がどくどく流れ出ていた。

と、スターキメラがどろどろの腐乱体になって爆発《ばくはつ》し、そのあとに焼け焦げの黒い骨格《こっかく》と矢が残った。驚いた飛行部隊は北の空に逃げ去っていった。

アレフは、ほっとして矢の飛んできた方向を見た。上弦の月を背にして背の高い男が立っていた。手には引き金装置《そうち》のついた弓《ゆみ》を持っている。背中には長い剣を背負っていた。長い髪が風になびいた。

「あっ!?」

見覚えのあるなつかしい姿だった。

冬の砂漠で大さそりから救ってくれたあの旅の若者《わかもの》だった――。

4　竜王

「なにっ!?　スターキメラがっ!?」

報告を受けた竜王は思わず玉座《ぎょくざ》から立ちあがった。

冷酷非情《れいこくひじょう》なその顔が心なしか蒼《あお》ざめている。無理もなかった。幼いころから兄妹同然に育てられたスターキメラが死んだのだから。

「はっ。昨夜《さくや》のことでございます」

大魔道のザルトータンが答えた。

その横に影の騎士、悪魔の騎士、死神《しにがみ》の騎士の三人の魔将が平伏している。

「相手はだれだっ!?」

「はっ。巨人ゴーレムを眠らせた者でございます」

「なにっ、ゴーレムを!?」

「はっ」

だが、スターキメラの死を聞いて驚いたのは竜王だけではなかった。最初にスターキメラの配下の者に報告を受けたザルトータンは一瞬自分の耳を疑《うたが》ったほどだ。ザルトータンに呼ばれてそのことを聞かされたほかの三人の魔将も例外ではなかった。特に影の騎士と悪魔の騎士の動揺《どうよう》が激し

かった。

「あやつめ、やはり生きておったか……」

握りしめた拳を震わせながら、影の騎士は心の中で舌打《したう》ちした。

「いかがなさる、陛下《へいか》には？」

ザルトータンは影の騎士と悪魔の騎士に尋ねた。

影の騎士も悪魔の騎士も、アレフが真のロトの血をひく者かどうかいまだに半信半疑《はんしんはんぎ》なのだ。だが、その真偽はともかく、六魔将のひとりが殺《や》られたとあっては、もはやロトの血をひく者のことを竜王に隠《かく》し立てしておくことはできない。

「六魔将のひとりとはいえ、スターキメラ殿《どの》と陛下のご関係は……」

「わかっておるっ！」

影の騎士は床《ゆか》を叩いて怒鳴《どな》った。

「ならば、もはやこれ以上……」

隠し立てはできぬ……とばかりにザルトータンは首を横に振った。

ザルトータンの言葉に死神の騎士は黙《だま》ってうなずいた。影の騎士と悪魔の騎士も、長い沈黙《ちんもく》のあとため息をついてうなずくしかなかった。そして、竜王に報告するためこの謁見《えっけん》の間にやってきたのだ――。

「何者なのだ!?　そやつは!?」

「はっ」

ザルトータンは竜王を見つめておもむろに答えた。

「ロトの血をひく者ではないかと思われますが……」

「なにっ!?　ロトのっ!?」

さっと竜王の顔色が変わった。

「十五になる少年でございます」

「十五……!?　十五だとっ!?」

「はっ」

「では、ロトの血をひく者が生きておったというのかっ!?」

「真にロトの血をひく者であるかどうか確証《かくしょう》がありませぬ。しかし……その者がこの島にわたったとき、おのずとその答えは出ましょう」

ザルトータンは、ちらりと影の騎士と悪魔の騎士の反応《はんのう》をうかがった。二人は唇を噛んで大理石の床に目を落としている。

「魔界童子《まかいどうじ》の報告によれば……」

ザルトータンはさらに言葉を続けた。

「その者はこの島にわたる手がかりを求めて旅を続けておると聞いております。ロトが三人の賢者に託したものを……」

「ロトが……!? なんなのだそれは!? ロトが賢者に託したものとはっ!?」

「わかりませぬ。ただ、その三つのうちすでに二つは手に入れたとか……」

影の騎士と悪魔の騎士は、愕然としてザルトータンを見ていた。

ロトが三人の賢者に託したものについて、二人はザルトータンから何ひとつ知らされていなかったからだ。何度か、「調べはついたのか?」と尋ねたが、そのたびにザルトータンは、「今しばらくの辛抱を……」と、同じ言葉を繰《く》り返すばかりだったのだ。

「悪魔の騎士よっ!」

竜王は悪魔の騎士を鋭い眼光で睨みつけた。

「はっ」

悪魔の騎士は脅えながらおそるおそる顔をあげた。その眼は竜王を正視《せいし》できなかった。うろたえているのがはっきりわかる。

「あの赤児《あかご》は何だったのだっ!? 十五年前ロトの血をひく者だとわしの前に差し出した、あの赤児の死体はっ!?」

「し、しかし陛下、あれは間違いなく!」

「黙れいっ!」

必死にいい訳《わけ》しようとする悪魔の騎士を一喝《いっかつ》した。

「はっ……」

悪魔の騎士の眼は絶望を通り越して恐怖《きょうふ》に脅えた。処刑《しょけい》——の二文字が脳裏をかすめたのだ。今までに何度も同士が処刑されているからだ。悪魔の騎士はうなだれて平伏した。だが、ひと呼吸《こきゅう》おいて竜王がいった。

「今一度だけ機会《きかい》を与えよう！」

「はっ？」

弾《はじ》かれたように悪魔の騎士が顔をあげ、竜王を見た。思いもよらない言葉だった。

「だが、二度と失敗は許《ゆる》さん！　わかっておるなっ！」

「はっ！」

「ザルトータンよ！」

悪魔の騎士は深々と平伏した。

「はっ」

「たしか、あのときそちは、その者が王女の愛を得るとき、このわしをも倒す……と申したなっ!?」

「たしかに……！」

「影の騎士よっ！」

影の騎士の肩がぴくっと震えた。

「はっ」

影の騎士はおそるおそる顔をあげた。

「十五年前、ラルス十六世の娘《むすめ》を殺したのはたしかだろうなっ!?」

「はっ、間違いありませぬ！」

「もし、生きておったらどうする!?」

「そ、それは……」

影の騎士はきっと竜王を見つめた。ここでうろだえてはそれを認《みと》めたことになると思ったからだ。

「そのようなことは絶対ありえませぬ！　この命に代えても！」

竜王はじっと睨みつけると、

「その言葉、忘れるでない！」

肩で大きくため息をつき、おもむろに玉座に座《すわ》った。

と、玉座のまわりに稲光が走り、目のくらむような光の渦が竜王を包んだ。その光が消えると竜王は玉座から姿を消していた。

「大魔道！　約束《やくそく》が違うではないかっ！」

「どういうことだっ!?」

竜王が消えると、影の騎士と悪魔の騎士はザルトータンに詰め寄った。

「なぜわれわれに隠しておったのだ、あのような重要な情報を!?」

「陛下より、まずはわれわれに知らせるべきではないのか!?」

だが、ザルトータンは悠然《ゆうぜん》と答えた。

「しかし、そういう貴殿《きでん》どももわしに内密《ないみつ》で動いておったとか……」

「うっ……！」

「もっとも失敗したそうだがな。あやつを襲って」

ザルトータンは鼻先で笑った。

「く、くそっ！　いつの間に!?」

かっとなって影の騎士はザルトータンにつかみかかろうとした。だが、

「待たれいっ、影殿！」

死神の騎士が止めた。

「今は仲間割《なかまわ》れなどしておるときではなかろう！　六魔将とはいえ、今ではもうこの四人しか残ってないのだからなっ！」

アレフガルド侵攻の際、影の騎士、悪魔の騎士、死神の騎士、スターキメラ、大魔道カトゥサ、ギガンテスの六魔将が配下の軍団を率いてアレフガルド各地に散った。だが、ギガンテスはラダトームの戦いで南国からの援軍《えんぐん》の奇襲《きしゅう》にあって戦死し、大魔道カトゥサもゴーレムの出現によりメルキド攻略《こうりゃく》に失敗して竜王に処刑された。そして、死の世界から蘇ったもと人間のザルトータンがカトゥサの後任に任命された。それ以来竜王に取り入ろうとするザルトータンを古くからの魔将たちが快く思っていなかったのだ。

「いずれにせよ、あせりは禁物」

ザルトータンは影の騎士と悪魔の騎士に諭すようにいった。

「ロトの血をひく者の確証《かくしょう》を得ぬままいたずらにあやつを抹殺しても、陛下を納得させることは所詮《しょせん》無理……。十五年前の過《あやま》ちを繰り返すだけだからな」

「黙れっ！」

影の騎士は鋭い眼でザルトータンを睨みつけると、

「貴様などの新参者に指示されるおぼえはないっ！」

吐《は》き捨《す》てるようにいって、悪魔の騎士とともに出ていった。

5 仇敵《きゅうてき》

上空を大鷲《おおわし》が大きな翼を広げて優雅《ゆうが》に舞っていた。

その下の荒涼とした砂漠をアレフと若者が一緒《いっしょ》にドムドーラに向かって旅を続けていた。若者の名をガルチラといった。

アレフがスターキメラの攻撃から助けてもらった夜――。

若者が腰《こし》にかけた布を引き裂いて負傷《ふしょう》したアレフの右腕に巻きつけて立ち去ろうとするのを、アレフは強引に宿に連れていった。

助けられた礼もちゃんといいたかったし、勇者ロトが賢者に託したものについて何か知っているかもしれないと思ったからだ。それに、なつかしさもあった——。

だが、礼をいったあと賢者に託したものについて尋ねると、若者は首を横に振っただけだった。アレフはため息をつくと、若者と別れたあとのことを話し始めた。若者にとってはどうでもいいことだったかもしれないが、最初会ったとき勇者ロトの血をひく者だといっても信じてもらえなかったからだ。

封印《ふういん》されたガライの墓のことを話し、密林《みつりん》で五匹の大蛇《だいじゃ》に襲われた話をすると、それまで何の反応も示さず黙って布で横笛を磨《みが》いていた若者が、はっと顔色を変えてアレフを見た。睨みつけるような怖《こわ》い目だった。

「ねえ、大蛇のこと知ってるの!?」

アレフは思わず尋ねた。

だが、若者は何もいわずまた横笛を磨き始めた。しかたなくアレフはそのあとの話を続けた。ロトの洞窟でガライと会ったこと、マイラの道化師マヌエルのこと、一〇〇〇年魔女《まじょ》のこと、雨雲の杖のこと、ガライの墓の封印を解いたこと、銀の竪琴《たてごと》のこと、メルキドでのこと、もちろん、古地図と命の石とキメラの翼のことも——。若者は表情ひとつ変えず黙って聞いていた。だが、アレフが話し終わると、はじめて口を開いた。そして、意外なことをいった。

「一緒に旅してもいいぜ……」

「えっ、ほんと!?」

アレフは嬉《うれ》しくなって叫んだ。

「きみと一緒なら心強いよ！ お願いするよ、ぜひ一緒に旅してくれよ！ あっ、ぼくアレフっていうんだけど……」

若者はちょっと間をおいて、

「ガルチラだ……」

と、名乗った。


ガルチラは旅の途中はほとんど何もいわなかった。ただ黙々《もくもく》と同じ速度で歩き続けた。最初、アレフはガルチラについていくのがやっとだった。だが、三日もすると、ガルチラの速度についていけるようになっていた。

上空ではいつも大鷲が見守るように翼を広げて舞っていた。

「ねえ……」

アレフは思いきって聞いた。

前から大鷲と銀の横笛のことを聞きたいと思っていた。だが、ガルチラはほとんど口をきかないし、自分のことをいおうともしないので聞いてはいけないのかと気を遣《つか》って遠慮《えんりょ》していたのだ。

「あの大鷲といつから一緒なの？」

ガルチラは大鷲を見あげた。そして、おもむろに答えた。

「ずーっとだ」

「ずーっと？」

「赤ん坊のときからな」

「赤ん坊？」

「おれを拾って育ててくれたじいさんが飼《か》っていたのさ」

「ひ、拾ってって……？」

驚いてアレフはガルチラを見た。

「じゃあ、みなしごだったの!?」

「山のなかに捨てられていたんだそうだ」

「そうだったのか。それから、いつも磨いている笛のことなんだけど……」

アレフは遠慮がちに尋ねた。と、ガルチラは懐《ふところ》から出してみせると、

「じいさんの形見さ」

といって、また黙々と歩き出した。

それから一時ほどして、砂漠の前方にドムドーラの城壁が見えてきた。アレフとガルチラは足を速めた。

町は前きたときと同じように冷たい風が吹いていた。

城門を入った二人が魔物に気を払いながら町の広場に向かい、道具屋のカゼノフが教えてくれた教会の横の路地に入ろうとしたときだった。ガルチラは何者かの気配を感じてアレフを制した。

二人は剣を抜きながら全神経を集中させて気配をうかがった。低いうなり声が左右からいくつも聞こえた。魔物だ。五匹、いやそれ以上いるかもしれない――。

突然、廃屋《はいおく》の入り口や壊れた窓、さらに教会の崩れ落ちた壁《かべ》のなかから、アレフの倍もある魔物が飢《う》えた野獣《やじゅう》のように咆哮《ほうこう》をあげ、鋭い牙《きば》と爪《つめ》を立てて襲いかかってきた。その数は十匹あまり。獰猛《どうもう》なキラーリカントだった。

アレフとガルチラはすばやく路地の壁を背にし、そしてガルチラの援護《えんご》攻撃に守られながらアレフが呪文を唱えた。

ベギラマの電光が魔物を直撃し、すかさずガルチラが斬り倒した。

さらに、ギラの火炎が魔物を包むと、ガルチラの剣が鋭い閃光《せんこう》を発して宙を斬り裂き、魔物の悲鳴とともに血飛沫が宙に飛んだ。

こうして、アレフは立て続けに呪文を浴びせ、ガルチラは動きの止まった魔物を片《かた》っ端《ぱし》から斬り捨てた。

やっと全部の魔物をかたづけると、アレフは思わずよろめき、慌ててガルチラが抱きかかえた。呪文を使いすぎて体力が消耗《しょうもう》したのだ。一陣《いちじん》の風が吹き抜けていったあとだった。二人は背中に視線を感じて振り向いた。

「あっ⁉」

　アレフよりガルチラの驚きの方がはるかに大きかった。

　魔界童子が樫の木の巨大な根元に立って不気味な笑《え》みを浮かべていた。

「お、おまえはっ⁉」

　アレフが叫んだとき、ガルチラはすでに動き始めていた。

　ガルチラは猛然と斬りかかり、渾身《こんしん》の力を込めて剣を振りおろした。その目には憎《にく》しみが燃えていた。と、ガルチラの視界から突然魔界童子の姿が消え、剣はむなしく空を斬った。魔界童子が宙に跳んだのだ。

「うっ⁉」

　ガルチラがはっとなって振り向くと、魔界童子は背後に音もなく着地した。それを見たアレフは、

「たーっ！」

　疲れきった体を奮い立たせ、剣をかざして思いっきり踏み込んだ。

　だが、魔界童子はアレフの剣をひらりとかわして再び宙に跳んだ。

「ウリャーッ！」

　アレフは体勢を変え、魔界童子を追って大きく跳び、

「トーッ！」

　ガルチラも宙に跳んで剣をかざした。

宙で魔界童子をはさみ撃ちにし、アレフとガルチラは同時に剣を振りおろした。「もらった！」――アレフもガルチラもそう思った。だが、次の瞬間、乾《かわ》いた音が広場に響いた。刃《は》と刃がむなしくぶつかり合った。

「あっ⁉」

魔界童子の姿が消えていた。ガルチラとアレフが着地すると、

「ふっふふふふ！」

頭上から笑い声がした。

「あっ⁉」

樫の木のなかほどに張り出した枝に、魔界童子が悠然と立っていた。

「おりてこいっ！」

ガルチラが叫んだ。

「ふっふふふ。はっははは」

魔界童子は甲高い乾いた声で笑い続けた。

その魔界童子をめがけて大鷲が矢のように上空から急降下してきた。さっと魔界童子の顔色が変わった。大鷲の眼は獣《けもの》を襲うときのそれより鋭かった。

「ちっ」

魔界童子は舌打ちしたかと思うと、忽然《こつぜん》と姿を消し、シュッ――と音をたてて大鷲の嘴はむなし

く空を斬った。ほんの一瞬遅《おそ》かった。風が音をたてて吹き抜けていった。

　アレフとガルチラは全神経を集中させて気配を探った。だが、風の音ばかりだった。それっきり魔界童子は姿を現さなかった。

「くそっ、魔界童子めっ！」

　ガルチラは、悔《くや》しそうに唇を噛んだ。

「魔界童子？」

「竜王に仕《つか》える魔物だ。やつにじいさんが殺されたのさ」

「えっ!?」

「実は……じいさんはラルス王家の間諜《スパイ》だったのさ」

「間諜!?」

「旅人に変装《へんそう》して竜王側の動きを密《ひそ》かに調べていたんだ。大鷲と旅をしながらな。だが、魔界童子に見破《みやぶ》られ、やつの呪術にかかって殺されたのさ。五匹の大蛇にな。おれが八歳《さい》の冬だった」

「だ、大蛇に!?　そうか。あの大蛇はあの魔界童子が操《あやつ》っていたのか……」

　アレフはふと、メルキドの宿で大蛇の話をしたとき、ガルチラが顔色を変えたことを思い出した。

「じゃあガルチラは仇《かたき》を討つために旅を……!?」

「おれはずっとやつを捜していた。大鷲と一緒にな」

　それで、鷲もさっき襲ったのか――アレフは空を見あげた。

大鷲が、ゆっくりと上空を舞っていた。

6 ロトの鎧

「だが、この十四年間、やつは一度もおれの前に現れなかった。正直いって、おれはあきらめかけていた。だが、おまえについてきて正解だった」

教会の横の路地を奥に進みながら、そういってガルチラは白い歯を見せた。

「おまえと一緒に旅を続けてりゃ、そのうちまた襲ってくるだろうからな」

石畳の坂をちょっとくだった先に階段があった。

「あそこだ！」

アレフは目を輝かせて駆け寄った。

「く」の字に曲がった石の階段は、両側に大きく張り出している樫の木の巨大な二つの根っこの塊《かたまり》の間を縫《ぬ》うように下の石畳の道に続いている。アレフとガルチラは、階段をおり、巨大な木の根っこを塊を見あげた。

「すげえ！」

アレフは、感心しながら見惚《みと》れた。

根っこの高さはアレフの三倍はある。太さも両手を広げても届きそうもない。そんな根っこが何本も張り出し、複雑に絡《から》み合いながらくっついている。

根っこの左の奥には崩れかけた古い石の柵《さく》があった。ちょうど根っこがくぼんだところだ。かつてドムドーラの人たちが子供たちをなかに踏み込ませないために作ったのだろう。

アレフとガルチラは、柵のなかに入って根っこのくぼんだところを調べた。その奥は、さらに根と根が複雑に絡み合っていた。その複雑に絡み合った根の裏側を覗《のぞ》き込むと、やっと人間がひとり入れるほどの小さな穴《あな》がぽっかりと口を開けていた。

入り口の小さな穴をくぐり抜けて奥に入ると、なかは広い根っこの空洞《くうどう》になっている。アレフは、松明《たいまつ》をつけて奥を照らした。奥に闇《やみ》が続いていた。アレフとガルチラは、闇に向かって進んだ。

空洞は複雑に入り組んでいた。二人は奥に進み、根っこの空洞を出ると、そこは根っこが絡み合って自然にできた洞窟になっていた。アレフはいまさらながら、樫の木の偉大さに驚いていた。こんなに深くまでどっしりと根をおろしている樫の木に、感動に近いものを覚えていた。

二人はさらに奥に進んだ。すると、ちょっとした部屋《へや》のようなところに突き当たった。アレフは松明をかざしてなかを照らすと、闇のなかに頑丈《がんじょう》そうな箱が浮かびあがった。床から張り出した台座のような形をした根っこの上に置いてある。木製のがっちりとした箱で、鋼鉄《はがね》の縁《ふち》どりがしてあった。

アレフは、その箱に駆け寄って蓋《ふた》を開け、思わず目を輝かせた。

鏡のような光沢《こうたく》をした立派な鎧がひとつ入っていた。両肩に美しい翼の飾《かざ》りがほどこしてある。そして、左胸の心臓《しんぞう》のところに楔形文字《せっけいもんじ》が彫《ほ》ってあった。見覚えのある文字だった。ロトの洞窟に彫られていたロトの言葉のいちばん最後にあるものと同じ文字だった。「ロト」というその文字だけはアレフの頭にしっかりと刻《きざ》まれていたのだ。

「ロトの鎧だっ！」

さっそくアレフは、マイラで買った鋼鉄の鎧を脱《ぬ》ぎ捨て、ロトの鎧を着た。まるでぴたっと体に吸《す》いついたような感触《かんしょく》がした。ぶるぶるっ——と全身が震えた。

「こ、これは!?」

鎧から不思議な力が伝わってきた。その力が、まるで血液のように、あっという間に全身を駆けまわった。胸の奥から熱い闘志《とうし》が込みあげてきた。そのとき、

「勇者ロトの血をひく者よ」

背後で声がした。

「うっ!?」

ガルチラが振り向きざま剣の柄《つか》に手をかけた。が、慌ててアレフはその手をつかんで押さえた。

青白い炎に包まれた白髪の老人の像が宙に浮いていた。

「ガライ！」

アレフはなつかしそうに微笑《ほほえ》んだ。

「ガライ……!?」

ガルチラは、あ然としてガライを見た。

「こ、この鎧が勇者ロトが三人の賢者に託したものの最後のひとつなんですね!?　これで竜王の島にわたれるんですね!?」

だが、ガライは首を横に振った。

「それだけでは完全ではない」

「えっ!?」

「『ロトのしるし』が必要なのじゃ」

「『ロトのしるし』!?」

ガライは、じっとアレフを見つめた。

「その前に、おまえにはやらなければならないことがひとつある。アレフガルドの東のはずれに近いところに広大な沼地《ぬまち》の森がある。そのそばにある岩場の洞窟の闇のなかで、ローラ姫《ひめ》が生きている」

「ローラ姫がっ!?」

アレフは驚いて思わずガルチラと顔を見合わせた。

「で、でもローラ姫は!?」

「生きておったのじゃよ」

「ま、まさか……!?」

アレフには信じられなかった。

「今のおまえならできるはずじゃ。行ってローラ姫を助け出すのじゃ。そして、聖《せい》なるほこらに行くがいい」

「聖なるほこら!?　それはどこにあるんですか!?」

「リムルダールへ行けばおのずとわかるじゃろう。そこへ行く道すがらおまえは『ロトのしるし』をきっと見つけるはずじゃ。おまえの心のなかにな」

「心のなか……!?」

「『ロトのしるし』を見つけたら、おまえはその聖なるほこらで、竜王の島へわたることができる『虹《にじ》のしずく』を、おのずと手に入れることができる」

「『虹のしずく』!?」

「そうじゃ。さらばじゃ勇者ロトの血をひく者よ。必ずや竜王を倒し、光の玉を奪い返すのじゃ」

そういい残すと、青白い炎とともにすーっとガライの姿が消えた。


西の空に大きな太陽が沈《しず》みかけていた。

ドムドーラの城門を出たアレフとガルチラは北へ向かって歩き出した。

アレフは何度も振り向いた。そのたびにドムドーラが遠くなる。

さらば、ドムドーラよ!　さらばわが故郷よ!　アレフは、心のなかで叫んだ。

必ずや、竜王を倒してみせる!　必ずや、アレフガルドに平和を取り戻してみせる!　その日まで、さらばだ!

第五章　ローラ姫救出

ドムドーラを出発したアレフとガルチラの二人は、アレフガルド東部の沼地《ぬまち》の森をめざして旅を続けた。

旧《きゅう》メルキド街道《かいどう》を北上し、旧ガライ街道を経《へ》て、東へ向かった。北アレフガルドと東部を結んでいる入江《いりえ》の崩《くず》れかけた橋をわたり、北へまっすぐ行くとマイラの村につながっている。だが、二人は橋をわたると南にくだりながら東へ向かい、やがて沼地の森に入った。

旧アレフガルド街道が通っていたこの一帯は、かつてアレフガルド東部の穀倉《こくそう》地帯として知られていたが、一三四八年の天変地異《てんぺんちい》で街道は消え、美しい田園は恐《おそ》ろしい毒《どく》の沼に変貌《へんぼう》した。

そして、この旧街道の先にリムルダール島にわたる港町があったという。そこが旧アレフガルド街道の終点だった。

だが、今ではその町も沼地の森のなかに消滅《しょうめつ》してしまった。さらに、リムルダール島との間に横たわる穏《おだ》やかな海峡《かいきょう》も、波が逆巻《さかま》く激《はげ》しい潮《しお》の流れに一変してしまった。

今旅人がアレフガルドからリムルダール島にわたるには、アレフガルドの北東部の海岸で船を見つけて、いったん外洋に出て、まっすぐ南下し、リムルダール島の東の岬《みさき》へ向かうしかないのだ。

もっとも、リムルダールにわたる船は月に一度あるかないかなのだが――。

竜《ドラゴン》の月から王《キング》の月に替わろうとしていた。季節《きせつ》は再び冬を迎《むか》えていた。

1 思惑《おもわく》

闇《やみ》のなかの一室で燭台《しょくだい》の蠟燭《ろうそく》が燃えている。その明かりをはさんで影《かげ》の騎士と悪魔の騎士が対《たい》座《ざ》していた。

「あのときの赤児《あかご》はにせものだというのかっ⁉」

悪魔《あくま》の騎士《きし》は愕然《がくぜん》とした。

「な、なにっ⁉」

竜王《りゅうおう》の怒《いか》りに触《ふ》れてから、二人はアレフの足取りを追っていた。

すぐ襲撃《しゅうげき》してもよかったのだが、真にロトの血をひく者かどうか、ぜひとも確認《かくにん》する必要があった。

大魔道ザルトータンにいわれたとおり、竜王に与《あた》えた疑《うたが》いと不信を消すには、竜王を納得《なっとく》させるだけの充分《じゅうぶん》な材料が必要だと考え直したからだ。

十五年前の真相を解明《かいめい》し、アレフが真のロトの血をひく者であるという確認《かくにん》を得たうえで抹殺《まっさつ》しなければ、疑《うたが》いと不信をさらに重ねることになる——と。

「残念ながら……」

じっと悪魔の騎士を見つめながら影の騎士が答えた。

「そ、そんなばかなっ！」

「まあ、聞くがいい」

悪魔の騎士を制して影の騎士はひと呼吸《こきゅう》おいてしゃべり出した。

「十五年、いや十六年前の王《キング》の月の最初の日。その日ドムドーラに生まれた赤児の家に三人の男が現れて、古地図と命の石とキメラの翼《つばさ》を置いて立ち去ったのだそうだ。その夜、貴殿《きでん》がドムドーラを襲《おそ》った。だが、赤児は、母親の手によってそのキメラの翼で瞬時《しゅんじ》にしてラダトームの近くまで飛んだのだ。そして、通りがかったラダトームの鍛冶《かじ》職人に拾《ひろ》われて育ったのだ。つまりあやつはドムドーラの唯一《ゆいいつ》の生き残りなのだ。しかもロトの血をひくなっ」

「うぬぬぬっ！」

悪魔の騎士の唇《くちびる》が激しく震《ふる》えた。

竜王に差し出した赤児の死体には絶対《ぜったい》の自信があっただけに衝撃《しょうげき》が大きかった。

「それにしても大魔道《だいまどう》のやつ、約束《やくそく》どおり情報をくれれば、こんな無駄足《むだあし》をしなくてすんだものをっ」

影の騎士は忌《い》ま忌《い》ましそうに吐《は》き捨《す》てた。

だが、悪魔の騎士はそんな言葉など聞いていなかった。屈辱《くつじょく》と怒りで頭のなかがいっぱいだっ

た。鋭《するど》い眼《め》で奥歯《おくば》をぎっと噛《か》むと、

「くそっ！　許《ゆる》せぬっ！」

いきおいよく立ちあがった。

「待《ま》たれいっ！」

慌《あわ》てて影の騎士は引きとめた。

「今あやつを殺したらわしの目論見《もくろみ》はどうなる！」

じっと鋭い眼で睨《にら》みつけると、

「真のローラ姫《ひめ》かどうか確かめるまでは」

殺《や》ってはならぬ——と、さとすようにゆっくりと首を横に振《ふ》った。

「そのために時間を費《つい》やしたのだからなっ」

「うぬぬっ！」

悪魔の騎士は影の騎士の手を払《はら》うと、悔《くや》しそうに大きく肩《かた》でため息をついた。

「いずれにせよ、あやつらは明日《あす》にも沼地の森の岩場に到着《とうちゃく》するだろう。うまくここに誘《さそ》い込むのだ。陛下《へいか》のところへはわしがおもむく」

大魔道ザルトータンから、陛下が業《ごう》を煮《に》やして、どうなっているか気にしておられる、一度報告におもむいた方がよいのではないか——と再三にわたって連絡《れんらく》があったからだ。

「無視《むし》してもよいのだが、あやつのことだ、あらぬことを陛下に進言するやもしれん」

「だが、貴殿《きでん》だけでは陛下は……」

悪魔の騎士は竜王の様子が気になっていた。これ以上信用を落とすと、大魔道カトゥサの二の舞《まい》になるのが見えているからだ。

「貴殿の胸中《きょうちゅう》はよくわかる。だが、どちらかがここに残らねばならぬ。念には念を入れねばな。ま、安心なされい。陛下にはわしからうまく申しておく」

「し、しかし……」

悪魔の騎士にとって、それは気休めの言葉でしかないのだ。竜王はそんなことでごまかせる相手ではないのだ。

「いずれにせよ、あやつを殺るのは時間の問題なのだからな」

「……」

悪魔の騎士はまたため息をついた。

「わかった……」

「用件が済み次第《しだい》すぐ戻《もど》る。では」

そういい残して影の騎士は疾風《はやて》のように闇のなかに消えた。

2 洞窟《どうくつ》

ずぼっ、ずぼっ、ずぼっ――。

一歩踏《ふ》み出すたびに、やわらかな沼地に踝《くるぶし》まで沈《しず》む。

鬱蒼《うっそう》とした深い森。わたる風もなければ、鳴く鳥の声さえない。

ところどころに、ぶくぶくと泡を立てた沼が待ち構えている。そこは、ほかの沼と違《ちが》って異様《いよう》にどす黒い色をしている。恐ろしい底なしの沼だ。

アレフとガルチラは、その底なしの沼を避《さ》けながら、比較的地盤《ひかくてきじばん》の固いところを選んで、東へ進んでいた。

一時も歩くと、真冬だというのに汗《あせ》でびっしょりになる。足が棒《ぼう》のようになる。歩いては休み、休んでは歩く。くる日もくる日もこの繰《く》り返しばかりだ。

この沼地に入って、すでに七日目の夜を迎《むか》えようとしていた。

二人は横に張り出した大きな木の根っこでひと休みし、野宿に適した地形を探《さが》しながらさらに進むと、急に地面の傾斜《けいしゃ》がきつくなった。のぼりになったのだ。足も地面に沈まない。沼地から固い地面になったのだ。

二人はさらに足を速めた。そして、森を抜《ぬ》けると大きな岩場が広がっていた。

「やった!」

アレフは目を輝《かがや》かせ、波の音のする方に向かって走った。

岩場は海に突き出していた。目の前には月明りに照らされた潮の流れの激しい海峡が広がり、対岸には黒々とした陸地が連《つら》なっている。

「リムルダールだ!　リムルダールだよねっ!?」

対岸を見つめながらガルチラは黙《だま》ってうなずいた。と、

「リムルダールにわたりたいのか?」

突然、背後《はいご》から男の声がした。

はっとなって剣《けん》の柄《つか》をつかみながら振り向くと、小柄《こがら》な法衣姿《すがた》の老人が立っていた。

暗くてフードのなかの顔はよく見えないが、目だけは異様に鋭かった。

「怪《あや》しい者ではない」

老人は警戒《けいかい》しているアレフとガルチラにかすかに微笑《ほほえ》んだ。

「この沼地の森の奥《おく》にすんでおる者じゃ。かつてここは、といっても竜王に支配される前の話じゃがな、港町としてずいぶん栄えたところじゃ。アレフガルドじゅうから船乗りや酒場《さかば》の女たちが集まってきてな、夜も明かりが消えることがないほど賑《にぎ》わったそうじゃ。だが、今は見てのとおりじゃ」

老人は哀《かな》しそうな目で一帯を見わたした。

「でも、どうしてこんなところに!?」

だが、老人はアレフの問いに答えずじっとアレフを見つめると、

「リムルダールにわたるなら、わしが秘密《ひみつ》の洞窟を教えてやろう」

「洞窟!?」

アレフとガルチラは思わず顔を見合わせた。

「四〇〇年ほど前のことじゃ。このアレフガルドがまだ大魔王に支配されていたころ、この海峡が今と同じように荒《あ》れ狂《くる》っておったんじゃ。そこで、この町の人々はこの海峡の下に秘密の洞窟を掘《ほ》ったんじゃよ。あの岬までな」

老人はリムルダールの黒々とした陸地の岬を指さした。

「だが、その後、勇者《ゆうしゃ》ロトが大魔王を倒《たお》してから、この洞窟は使われなくなったんじゃ。船で一直線にリムルダールにわたった方が早いからな。わざわざ時間をかけて危険《きけん》な洞窟を歩かなくてもいいんじゃからな」

「その洞窟ってのはどこにあるの!?」

「この下に入り口がある」

老人は足元の、荒波《あらなみ》が押し寄せる岩場を見おろした。

「今は満潮《まんちょう》で海面に隠《かく》れておるが、朝、潮がひけば入り口が姿を現す。ま、気をつけていくんじゃな」

そういって老人は風に吹かれながら、いずこともなく姿を消した。

「気に入らねえぜ……」

ガルチラが舌打《したう》ちした。妙《みょう》に親切すぎるのが解《げ》せないのだ。

「でも苦労しないでわかったんだからいいじゃないか。どうせ洞窟に入らなきゃならないんだから」

その夜、二人は岩場の窪地《くぼち》で風を避けながら野宿した。


翌朝《よくちょう》――。

アレフは、波の音ではっと弾《はじ》かれたように飛び起きた。

沼地での疲《つか》れからか、いつもより寝すぎてしまった。灰《はい》色の冬空からかすかに太陽の光が差していた。上空をいつの間に迫ってきたのか、あの大鷲《おおわし》がゆっくりと旋回《せんかい》していた。と、

「アレフ！」

岩場の下からガルチラの呼《よ》ぶ声がした。

見ると、ガルチラが波打ち際《ぎわ》の岩に立って岩場の下を指さした。

アレフは荷物をかき集めて岩場をおりた。

岩場の下に洞窟の入り口がぽっかりと口を開けていた。入り口には波が押し寄せてくる。

アレフとガルチラは、海水につかりながらなかに入ると、松明《たいまつ》をつけて奥へ進んだ。

かなり奥まで進むと、急なのぼり坂になっていた。二人はそこで海水からあがり、その坂をのぼった。

岩海苔《のり》や海草が生えていて足が滑《す》べる。満潮時には、そこまで潮があがってくることを示していた。

坂をのぼりきると、今度は左に曲がりながら下に向かう階段《かいだん》があった。いたるところに蜘蛛《くも》の巣《す》が張り、ところどころ階段が崩《くず》れ落ちている。

二人は蜘蛛の巣をかき分け、足元に気をつけながらさらに下へ、そして奥へと進んだ。

半時《はんとき》ばかり階段をおりると、洞窟はさらに奥へ向かって複雑な迷路《めいろ》のように続いていた。

岩盤《がんばん》が弱いのか洞窟の両側や天井《てんじょう》は、鉱山の坑道《こうどう》のように無数の太い丸太や板で支えられている。

だが、丸太や板は腐《くさ》っているものもあれば、折《お》れているものもある。ときどき、バラバラバラッ——と、天井の隙間《すきま》から土砂《どしゃ》や細かい石が落ちる。

落盤《らくばん》していてやっと通れるようなところが何カ所もある。地下水がにじみ出て、たえず冷たいしずくが天井から落ちてくる。大きな水たまりもたくさんあり、膝《ひざ》までつからなければ進めないところもあった。

一時《いっとき》ほど進むと、洞窟が二つに分かれていた。どっちへ進んだらいいのか見当がつかなかったが、二人はとりあえずひと休みすることにした。

「しかし、こんな洞窟でどうやってローラ姫は……」

アレフはため息をつき、床《ゆか》に突《つ》き出た岩に腰をおろして洞窟の側面を支えている丸太にもたれた。

と、その丸太がまっ二つに折れ、側面を支えていたほかの丸太や板をぶち破って大量の土砂や岩石がいきおいよく崩れ落ちてきた。

「うわあっ！」

アレフは慌てて飛び退《の》いた。

ちょうどその崩れた箇所《かしょ》を境にアレフとガルチラが反対側に離《はな》れ離《ばな》れになった。落盤はとどまるところを知らなかった。天井が地響《じひび》きをたてて崩れ落ち、アレフとガルチラはその土砂で完全に遮断《しゃだん》されてしまった。

「ガルチラ！」

アレフは必死《ひっし》に叫んだが、アレフの声がむなしく闇のなかに谺《こだま》するだけだった。

アレフは呆然《ぼうぜん》としてその場に立ちつくした。だが、じっとしていてもはじまらない。おそらくガルチアはもう一方の洞窟を進んでいるはずだ。ひょっとしたらどこかでつながっているのかもしれない——しばらくして気を取り直したアレフは、さらに奥へ進んだ。

一時ほど進むと、十字路にぶつかった。

「大丈夫《だいじょうぶ》かな、ガルチラのやつ……」

ガルチラのことを心配しながらひと休みしようとして腰《こし》をおろしたときだった。右の突き当たりに、扉《とびら》のようなものが見えた。

「あ、あれは!?」

松明をかざして目を凝《こ》らした。たしかに扉だ。

「ま、まさかっ!?」

この扉の奥にローラ姫が閉《と》じ込められているのではないかと、とっさに思った。

アレフは扉の前に駆《か》け寄った。頑丈《がんじょう》そうな鉄の扉だった。だが、把手《とって》をまわして扉を押してみたが、鍵《かぎ》がかかっていてびくともしない。

「よーし！」

アレフは扉の前に立つと、首飾《くびかざ》りをつかんで印《いん》を結び、

「我《わ》が勇者ロトよ、われに力を……！　扉の開かれんことを……！」

指先に全神経を集中して、精魂《せいこん》込めて念じた。

と、指先からほとばしった黄金色の光が把手を直撃《ちょくげき》し、まばゆい光が扉全体をおおった。

そして、その光が消えると、扉は向こう側に大きな音をたてて倒れた。

「やった……！」

アレフは心のなかで叫んだ。だが、体力が消耗《しょうもう》し、立っているのさえやっとだった。

アレフは気力を振り絞《しぼ》ると、全神経を集中させた。そして警戒《けいかい》しながら扉の奥に飛び込み、松明をかざした。

そこは部屋になっていた。そのとき、

「アレフ!?」

驚《おどろ》く女の声がした。

「えっ!?」

アレフはびっくりして声のした方に松明をかざした。

「あっ!?」

部屋の隅《すみ》に座《すわ》っていた美しい少女が立ちあがった。セシールだった。

3　ローラ姫

「セシール!?」

アレフは一瞬夢《ゆめ》を見ているのではないかと思った。

だが、間違いなく目の前にセシールが立っている。

「セシール!」

アレフは思わず駆け寄った。

「よく、無事《ぶじ》だったね!」

「アレフ……!」

セシールはじっとアレフを見た。その目に涙《なみだ》がにじんだ。

「お待ちしていましたわ……」

「心配してたんだよ!」

アレフの目頭も熱くなった。

セシールはやせて見えた。

だが、前よりだいぶ大人《おとな》っぽくなって、女としての美しさをいっそう増していた。

「そ、そうだ！　ロ、ローラ姫は!?」

はっとなってアレフは部屋《へや》のなかを見まわした。

だが、セシールのほかに誰《だれ》もいなかった。さっとアレフの顔色が変わった。

ま、まさかっ!?　まさかセシールがっ!?

「セシール!?」

アレフはあ然としてセシールを見つめた。

「……」

セシールはこくりとうなずいた。

「セシールがローラ姫だっていうのか!?」

「はい……」

セシールはまっすぐアレフを見つめた。

「はじめはわたしも信じられませんでした」

「で、でも、ど、どうなってんだよ!?」

「ガライが現れたんです」

「ガライがっ!?　いつ!?」

「竜《ドラゴン》の月の四十日」

「竜《ドラゴン》の月の四十日?」

「ええ。ちょうどわたしの十六歳《さい》の誕生日《たんじょうび》の日に……」

「誕生日!?」

アレフははっとなった。今日から、竜《ドラゴン》の月から王《キング》の月に替わったのをうっかり忘《わす》れていた。

王《キング》の月の最初の日、つまり今日がアレフのほんとうの誕生日だった。ちょうど十六年前の今日、アレフが生まれ、その夜ドムドーラが竜王配下のドラゴン部隊に襲われたのだ。

そして、竜《ドラゴン》の月の四十日は今日より七日前にあたる。

「そこに現れたのです」

セシール、いやローラ姫が部屋の反対側の隅を指さした。


闇のなかには流れる月日も季節もない。いや、それどころか昼も夜もない。

セシールがこの闇に拉致《らち》されてからすでに二四〇日にもなろうとしていた。

闇のなかは、絶望《ぜつぼう》と気の遠くなるような時間ばかりだった。

竜王配下の魔物《まもの》になぜこの闇のなかに閉じ込められているのかセシールにはわからなかった。殺された両親のことを思い、ただ涙を流すだけだった。

だが、その涙もいつの間にか涸《か》れ果てた。ただ呆然と、くる日もくる日も闇のなかでじっと身を殻《から》にしていた。そして、

「いっそ死んだら……」

そう思うようになっていた。

だが、アレフのことを思い出すと、いくらか勇気が湧《わ》いてきた。

アレフが真の勇者ロトの血をひく者なら、いつの日か竜王を倒して、自分もこの闇から出られるのではないか、とかすかな希望《きぼう》が生まれるからだ。アレフががんばっているのだから、自分もがんばらねば――と。

そのときも、セシールはアレフのことを思っていた。

と、突然《とつぜん》、闇のなかにほのかな青白い炎《ほのお》がともった。

はっとなってセシールは脅《おび》えた。竜王の配下の魔物だと思ったのだ。だが、

「脅えることはありません」

やさしい声がして、ほのかな青白い炎のなかに、半透明《はんとうめい》の白髪《はくはつ》の老人の像《ぞう》がうっすらと浮《う》かびあがった。ガライだった。

「わしの名はガライ」

ガライは神秘《しんぴ》的な穏やかな目でセシールを見つめた。

「ガライ?」

セシールは驚いた。

「今日はあなたさまの十六歳の誕生日にあたります」

「誕生日……?」

もうそんなになるのか——と、このときはじめてセシールは拉致されてから今日で何日目にあたるのかがわかった。

「おめでとうございます、ローラ姫」

「ローラ姫!?　わ、わたしはローラ姫ではありません。ガライの町のセシールという者です」

「いや……」

ガライはやさしく微笑《ほほえ》むと、セシールの胸を指さした。

「その首飾りがなによりの証拠《しょうこ》」

「こ、これが!?」

セシールは胸元から首飾りを出した。

薄緑《うすみどり》のきれいな宝石《ほうせき》に銀の装飾《そうしょく》がしてある。指の爪《つめ》ほどの小さな宝石だが、セシールが子供《こども》のころから肌身《はだみ》離さず持っていたものだ。

「その首飾りの宝石は、勇者ロトが大魔王を倒しラダトーム城《じょう》に凱旋《がいせん》したときはめていた指輪《ゆびわ》の宝石なのです」

「勇者ロトが……?」

「大魔王を倒すために旅を続けていた勇者ロトが、ある深山で妖精《ようせい》に会い、その宝石を授《さず》かったのだそうです。きっとこの石があなたの命を守ってくれるでしょう……そういわれて。そして、姫がお生まれになったとき、ラルス十六世がお祝いとして、その宝石を首飾りにして姫に贈《おく》られたのです」

セシールは首飾りの宝石を見つめながら、十三歳の誕生日のことを思い出した。

両親はその日、首飾りの鎖《くさり》が小さくなりすぎたので新しい大きな鎖をプレゼントしてくれたが、そのときセシールは両親の子供でないことを知っていた。前の晩《ばん》、ほんとうのことを打ち明けた方がいいかどうかと両親がもめていたのを偶然《ぐうぜん》聞いてしまったからだ。

「十六年前……ラダトーム城では姫のお七夜《しちや》の祝宴《しゅくえん》が催《もよお》されておりました。ところが、突然竜王配下の影の騎士率《ひき》いる黒影《くろかげ》軍団が姫のお命を狙《ねら》って襲ってきたのです。乳母《うば》は姫を連れて運よく逃《に》げたのですが、ラダトームの東にある岬でついに黒影の軍団につかまってしまい、彼女は斬《き》られて姫を抱《かか》えたまま崖《がけ》の上から荒れ狂う海に落ちたのです。ところが、岩場に落下する直前、姫の首にかけてあったその宝石が突然光り輝き、姫を包《つつ》んでそのまま消えてしまったのです。そして、時を同じくして、ガライの町にある小さな宿屋の夫婦が偶然同じ夢を見たのだそうです。夢のなかに赤《あか》ん坊《ぼう》を抱えた妖精の老婆《ろうば》が現れてこう告《つ》げたのだそうです。『この子は今夜お七夜を迎えたばかりじゃが、アレフガルドにはなくてはならぬ子。自分たちの子として大事に育てるがいい』。夫婦は驚いて目を覚《さ》ますと、妖精の姿はなく、ベッドでかわいい赤ちゃんが穏やかな顔で眠《ねむ》っていたのです。そして、首には美しい薄緑の宝石の首飾りが光り輝いていたのです。子供にめぐまれなかった夫婦は喜んでその赤ちゃんを育てたのです。その子が、姫、あなたさまなのです……」

「で、でも……」

セシールは首を横に振った。とても信じられなかったのだ。

「希望をお持ちくだされ姫。近いうちに必ずや勇者ロトの血をひく者がここに現れるでしょう」

「勇者ロトの血をひく者が!?」

セシールはとっさにアレフの顔を思い浮かべた。

「そして、一緒《いっしょ》にリムルダール島にある聖《せい》なるほこらに行けば、あなたさまが真のローラ姫であるかどうか、その首飾りが証明《しょうめい》してくれるでしょう」

そういってガライは青白い炎とともに消えたのだった——。


「そうか、そうだったのか……」

ローラ姫の胸で輝いている薄緑の美しい宝石を見ていたアレフが顔をあげてじっとローラ姫を見た。ローラ姫もまた澄《す》んだ瞳《ひとみ》でアレフを見てうなずいた。

このとき、はじめてアレフはローラ姫が薄い布地の粗末《そまつ》な衣装《いしょう》を着ているのに気づいた。

「あっ……」

ローラ姫はアレフの視線《しせん》に気づき、ほんのちょっとだがはだけている胸元を慌てて隠して恥《は》じらった。

「さあ」

アレフは自分のマントを着せると、

「とにかく、ここを出よう！　さあ！」

アレフはローラ姫の手を取って部屋を出て、

「あっ!?」

ローラ姫をかばって剣を抜《ぬ》いた。

暗闇《くらやみ》のなかで、アレフの七、八倍はある巨大《きょだい》なドラゴンが立ちはだかっていた。

「ふっふふふふ」

闇のなかに不気味な笑い声が轟《とどろ》いた。

「うっ!?　お、おまえは昨夜《ゆうべ》のっ!?」

アレフは愕然《がくぜん》とした。なんと、ドラゴンの背《せ》に昨夜岩場で洞窟の入口を教えてくれた老人がまたがっていた。

「はっははははは！　話は全部聞かせてもらった。その娘《むすめ》が真のローラ姫だったとはなっ！」

老人は肩を揺《ゆ》らし声高《こわだか》に笑うと、その小柄な体がみるみるうちに巨大化し、まとっていたフードや法衣がいきおいよく千切《ちぎ》れ飛び、持っていた杖《つえ》が巨大な斧《おの》に変わっていた。悪魔の騎士だった。

「うっ!?」

「ふっふふふ。六魔将《ましょう》のひとり悪魔の騎士だっ！」

「な、なにっ!?　悪魔の騎士!?」

4　悪魔の騎士

「く、くそっ、おまえかっ、ドムドーラの人々を皆殺《みなごろ》しにした張本人はっ!?」

「いかにも。それというのも、貴様《きさま》の命を奪《うば》うためだったのだっ！」

「なにっ!?」

「ロトの血をひく者のなっ！」

「うっ！　ぼ、ぼくの命を奪うために、町の人たちまで巻《ま》き込んだのかっ!?」

とたんに怒りが込みあげてきた。

「許せない！　そのためにあんなことをするなんて絶対に許せないっ！」

「だが、わしにとっても貴様が許せぬ！　ドムドーラで唯一《ゆいいつ》生き残った貴様がなっ！　わしは六魔将のひとりとして、竜王陛下の期待に存分《ぞんぶん》に応《こた》えてきたっ！　数ある戦いのなかでも、わしの思いどおりにならなかったことはただの一度だってないっ！　だが、殺したはずの貴様が生きておったっ！　貴様の存在《ぞんざい》だけが、わしの唯一の汚点《おてん》となってしまったのだっ！」

ブォォォォッ――ドラゴンが吐《は》いた紅蓮《ぐれん》の炎《ほのお》が轟音《ごうおん》をあげて襲いかかった。

「うわっ！」

アレフはローラ姫をかばいながら炎をかわし、ローラ姫に松明《たいまつ》をわたして十字路の方に押しやると、

「えいっ！」

すばやくドラゴンの足に斬《き》りかかった。

ブシュッ——青い血飛沫《ちしぶき》が闇に飛ぶと、怒り狂ったドラゴンが咆哮《ほうこう》をあげながらいちだんと強力な炎を吐き散《ち》らし、

「あーっ！」

もろに炎を浴びたアレフは、洞窟の側面を支えている板まで吹き飛ばされて背中を強打した。と、板が割れ、土砂や岩が崩れ落ちた。

「ぐっはははっ！　なぶり殺しにしてやるわいっ！　徹底的になっ！」

悪魔の騎士は残忍《ざんにん》な笑《わら》いを浮かべた。

「くそっ！」

やっと立ちあがったアレフが呪文《じゅもん》を唱《とな》え、ギラの火炎がドラゴンを直撃したが、強固なドラゴンの鱗《うろこ》はあっけなく火炎を弾《はじ》き飛ばした。さらに、再び呪文をかけようとしたアレフを痛烈《つうれつ》な炎が包みこんだ。

「うわっ！」

アレフは再び火だるまになって吹き飛んだ。ドラゴンはさらに業火《ごうか》を浴びせると、気を失いかけたアレフにとどめを刺《さ》そうとして巨大な爪《つめ》を振りかざした。

だが、意識が朦朧《もうろう》としながらも、アレフはとっさに横に飛んだ。爪はうなりをあげてアレフの顔

面をかすめ、側面の板や丸太を破り、また土砂や岩が崩れ落ちた。

そのとき、鋭い閃光《せんこう》が闇を切り裂いた。とたんにドラゴンは悲鳴《ひめい》をあげ、大きくのけぞった。ドラゴンの右眼に、一本の矢が深々と突き刺さっていた。ガルチラだった。

「アレフ！」

ガルチラが弓《ゆみ》を肩に収め、剣を抜きながら駆けつけてきた。

もう一方の洞窟を進んだら、偶然この十字路につながっていたのだ。

「うぬぬぬっ！」

ドラゴンの背から飛びおりた悪魔の騎士は、巨大な斧を振りまわしてガルチラを襲撃した。

ドラゴンの炎が容赦なくアレフを攻《せ》めつけた。だが、突然猛炎《もうえん》が逆流《ぎゃくりゅう》し、そのなかからいきおいよく飛び出した炎の塊《かたまり》を見て、ドラゴンはぎょっとなった。

アレフだった。ベホイミの呪文で体力を回復させたアレフが、ギラの呪文で炎を逆流させ、猛然《もうぜん》と突進してきたのだ。

アレフの剣先が、ドラゴンの左眼に鈍《にぶ》い音をたてて突き刺さった。両眼を失ったドラゴンは、咆《ほう》哮《こう》をあげながらところかまわず炎を吐きまくった。だが、すぐさまアレフの剣が喉元《のどもと》を斬り裂き、さらに宙《ちゅう》に跳《と》んだアレフが、ドラゴンの首をめがけて剣を振りおろしていた。

ドラゴンは最後の咆哮をあげ、仁王《におう》立ちになると、そのまま地響きをたてて倒れた。

その振動で、再びドドドッ——と天井から土砂や岩が崩れ落ちた。

「うぬぬっ！」

ガルチラを追いつめていた悪魔の騎士の顔色が変わった。

巨大な斧は矛先《ほこさき》を変えて、アレフに襲いかかった。

ビュンビュンうなりをあげながら鋭い刃《は》がアレフの体を何度もかすめた。

アレフは後退しながら横に跳んで、斧をかわして斬りかかった。

間髪《かんぱつ》入れずに、ガルチラも背後《はいご》から斬りかかった。

だが、悪魔の騎士は二人の剣を弾き返すと、ふたたび襲いかかった。

斧の刃先がアレフの頬《ほお》をかすめたのと、アレフのベギラマの電光が悪魔の騎士の顔をかすめたのは同時だった。電光は洞窟の天井を直撃し、頭上の闇に強烈《きょうれつ》な稲光《いなびかり》が走った。

悪魔の騎士が体勢を変え、ふたたびアレフに斧を振りおろしたときだった。

「うっ!?」

突如《とつじょ》悪魔の騎士の顔に激しい衝撃《しょうげき》が走り、鋭い刃先がアレフの顔面の直前で止まった。

宙に跳んだガルチラが悪魔の騎士めがけて剣を振りおろしていたのだ。

「お、おのれっ！」

カッと眼を剥《む》いて悪魔の騎士がガルチラを睨みつけると、肩口から噴《ふ》き出した鮮血《せんけつ》がその顔を汚《よご》し、闇に飛び散った。

その直後、ドドドドドッ——すさまじい音をたてて、天井が落盤を始めた。

アレフの呪文が天井を直撃したとき、強烈な衝撃を与えたのだ。

「あーっ!?」

アレフとガルチラはローラ姫を連れて、奥へ逃げた。

だが、逃げ遅《おく》れた悪魔の騎士の頭上に怒濤《どとう》のような土砂や岩が崩れ落ち、悪魔の騎士の悲鳴が落盤の轟音にむなしくかき消された。さらに、落盤がほかの落盤を誘発《ゆうはつ》し、一瞬にして悪魔の騎士とドラゴンを埋めつくした。やがて闇のなかに静寂《せいじゃく》が戻った。

と、埋めつくされた土砂や岩の一部がかすかに動いた。そこからぬっと一本の手が出たかと思うと、悪魔の騎士が最後の力を振り絞ってやっと腰まで這《は》い出た。だが、

「く、くそっ――」

悪魔の騎士は悔しそうに顔を歪《ゆが》め、手がむなしく宙をつかむと、力尽《つ》きてその場に倒れた。

アレフたちは必死に洞窟を奥へ奥へと逃げていた。

「あっ」

ローラ姫が、つまずいて転んだ。

「大丈夫!?」

慌ててアレフは抱き起こした。

ローラ姫は痛《いた》そうに足を押さえた。裸足《はだし》だったのだ。足の裏《うら》から血が流れていた。

「ちょっと待ってて!」

アレフは革袋《かわぶくろ》から薬草を出して塗《ぬ》り、布を裂《さ》いて両足の傷を結《ゆ》わえた。

「大きいが、はかないよりはましだ」

ガルチラは自分の革袋から予備のサンダルを取り出した。

「すみません」

「さあ!」

アレフはローラ姫の前に背を向けてしゃがんだ。

「でも……」

「遠慮《えんりょ》なんかしないでっ」

すでにガルチラは松明をかざして歩き出している。

アレフは無理やりローラ姫を背負ってガルチラのあとを追った。

どっちへ向かっているか見当もつかないが、とにかく前へ前へと進んだ。

一時ほど進んだときだった。前方の暗闇にかすかな明かりが見えた。

「そ、外だ!?」

ガルチラが叫んだ。

三人はその明かりに向かって足を速めた。やはり外の明かりだった。

「やった!」

アレフたちは喜び勇《いさ》んで外に出ると、そこは海に面した岬の大きな岩場だった。

空はどんよりと曇《くも》り、いまにも日が暮《く》れようとしていた。

強い風がたえまなく海上から吹きつける。海峡の対岸には黒々とした陸地が見えた。

「こ、ここは!?」

「リムルダールの島の岬だ」

ガルチラがいった。


それから一時ほどして――。

竜王に報告を終え、洞窟に戻ってきた影の騎士は、落盤に埋もれて倒れている悪魔の騎士の無残《むざん》な姿を見て愕然となった。悪魔の騎士の体はすでに錆《さび》だらけになっていた。

「おい、どうした!?　しっかりしろっ!?」

悪魔の騎士を激しく揺すった。

「うっ……」

悪魔の騎士はうめき声をあげて、かすかに目を開けた。

「ま、間違いなかった……あ、あの娘は……ローラ姫だ……」

「なにっ!?」

「き、貴殿が……乳母を……が、崖の上から斬り……落としたとき……ロ、ローラ姫の……首飾りの石が光って……ローラ姫とともに、き、消えた……のだそうだ……」

「なにっ⁉　き、消えた⁉」

「もともと……その石は……ロトが妖精から授かった……も、もの……とか……」

それだけいうと、悪魔の騎士の首がもげて、ごろりと地面に転がり落ちた。

「悪魔殿《あくまどの》！」

だが、みるみるうちに悪魔の騎士の首や胴体《どうたい》が崩れ始め、やかて粉々《こなごな》になって消えた。

5　影の騎士

岬の岩場を出発したアレフたちは、海岸段丘《だんきゅう》に広がる草原の深い枯《か》れ草《くさ》をかき分けながら、西へ向かっていた。まずリムルダール島のほぼ中央にあるリムルダールの町に行くことに決めた。

アレフはずっとローラ姫を背負ったままだった。

すでに日はとっぷりと暮れ、冷たい冬の風が容赦なく吹きつけている。

風になびく枯れ草の草原はまるで荒れた海のように波打っていた。

ガルチラの記憶《きおく》によれば、あと一時も進めば深い森があるという。その森の足場のいいところで野宿することにした。

「寒くない？」

アレフは背中のローラ姫に尋《たず》ねた。

「ええ。それよりアレフの方こそ寒くありませんか。マント借りたままですから……」

「大丈夫大丈夫。こんな寒さには慣《な》れてるから」

そのとき、いちだんと冷たい烈風《れっぷう》が吹き抜け、その風に乗ってゴォォォ——という海鳴りのような轟音が風上から聞こえてきた。

「あーっ!?」

風上を見てアレフたちは驚いた。草原がいつの間にかまっ赤な炎をあげて燃えていた。その炎が風に煽《あお》られ、横一列になって津波《つなみ》のようにこっちに向かって走ってくる。そして、炎の玉がどんどん飛び火してあたりに燃え移《うつ》った。

アレフたちは海側の岸に向かって逃げた。炎は風を巻きあげてさらに燃えあがり、いきおいを増す。かろうじて崖の広い岩場に逃げ込んだとき、炎はすでに背中まで迫ってきていた。岩場を取り囲むように一面火の海になった。

アレフとガルチラは肩で大きく息をしながら燃えあがる炎を見た。当分は消えそうもなかった。風に煽《あお》られて火の粉がどんどん飛んでくる。

アレフとガルチラは、何者かの気配を感じてはっと振り向いて、

「うっ!?」

すばやく剣を構えた。

敵の顔を見てローラ姫もはっと顔色を変えて脅えた。

いつの間にか九体の黒影の騎士団が待ち構えていて、後方の一段高い岩に影の騎士が立っていた。

「くそっ！　影の騎士めっ！」

アレフは剣を握《にぎ》りかえた。

黒影の騎士団が草原に火をつけて、この岩場におびき寄せたのだ。

影の騎士は鋭い眼でアレフを睨みつけた。

「悪魔の騎士の仇《かたき》を討《う》たせてもらおう！　そして、ローラ姫の命もなっ！」

「どうしてローラ姫をさらったんだ!?」

「貴様《きさま》なぞに答える必要はないっ！」

影の騎士は吐き捨てるようにいった。

影の騎士はアレフガルド北東部の山岳地帯でアレフを襲ったが、激流《げきりゅう》にのまれたアレフを発見できなかった。そのとき、もし生きているなら、それほどの生命力があるなら、ひょっとしたら真のロトの血をひく者かもしれない――ふとそう思った。同時に『勇者ロトの血をひく者が王女の愛を得るとき、そのとき陛下をも倒す力を持つ』と竜王に告げたザルトータンの言葉も思い出した。そこで影の騎士は万一に備えて、アレフガルド中の十五歳になる娘《むすめ》を片《かた》っ端《ぱし》から調べ、そのなかでいちばん怪しいとにらんだセシールを拉致したのだ。

もし、ザルトータンの言葉がほんとうなら、そしてセシールが真のローラ姫なら、セシールの前にきっとロトの血をひく者が現れるにちがいない。そうすれば十六年前ローラ姫の死骸《しがい》を発見でき

なかった謎《なぞ》が解明できるかもしれない、と考えたのだ。悪魔の騎士同様、影の騎士もまたどうしても十六年前の真相を知りたかったのだ。だが、

「真のローラ姫と知った以上、生かしてはおけぬっ！」

影の騎士が叫ぶと、騎士団はそれが合図かのように三人の周囲をまわり始めた。

前にアレフが襲われたときと同じ撹乱戦法《かくらんせんぽう》だ。騎士の数が二十体にも三十体にも見える。その動きがさらに加速した。

「く、くそっ！」

「アレフ、火を背中にしろ！」

ガルチラがそう叫ぶと､騎士たちに斬りかかった。騎士たちもいっせいに襲撃する。アレフはローラ姫をかばいながら、火を背にした。続いてガルチラもアレフの横に跳んできた。

背中が焼けるように熱い。だが、これなら後ろからの攻撃《こうげき》を気にしなくてすむ。

騎士団は躊躇《ちゅうちょ》して動きを止めた。歯がゆさに影の騎士の口許《くちもと》が震えた。

「ええいっ、なにをもたもたしておるっ！」

影の騎士の一喝《いっかつ》に、騎士団はじりっじりっと間合いを詰《つ》める。

アレフたちが火の海を背にしたので、皮肉なことに騎士団が得意とする疾風《はやて》のような敏速《びんそく》な攻撃ができないのだ。攻撃力が半減《はんげん》しているのがさいわいした。

ガルチラの剣が一体の騎士を斬り倒し、続いてアレフも一体を斬り倒した。と、その二体がまっ

黒な血を噴き出しながら火の海に落ち、炎とともに燃えあがった。そして、やがて細かな灰《はい》になって風に消えた。

「キャーッ！」

突然、ローラ姫の悲鳴が轟いた。一体の騎士がガルチラを羽交《はが》い締《じ》めにし、もう一体がローラ姫に襲いかかったのだ。次の瞬間、

「たーっ！」

宙に大きく跳んだアレフがローラ姫に襲いかかった一体の首をはね、着地すると体勢を変えて、ガルチラを羽交い締めにしている一体をまっ二つにした。

「大丈夫か!?」

「ええ」

アレフはローラ姫をかばいながら間合いを測《はか》る。

その間に、突進したガルチラが二体の騎士をかたづけ、残った三体の騎士を追いつめると、強烈な火炎が三体を包んだ。アレフのギラの呪文が直撃したのだ。火炎の打撃はさほどでもなかったが、効果は充分だった。三体の騎士がひるんだ隙に、ガルチラの剣が鋭く空を斬り裂いていた。三体の騎士は無残な姿で火の海に消えた。

「うぬぬっ！」

さすがの影の騎士も顔色を変えた。

ガルチラが攻撃すると見せかけて、一歩踏み込んだ隙に、アレフが放った電光が影の騎士を直撃した。ギラの呪文は効果がないと判断し、ベギラマをかけたのだ。だが、影の騎士を見舞った稲光は、影の騎士の剣に吸収《きゅうしゅう》され、放電して消えた。

「ふっ。そんなものなぞこのわしにはきかぬわっ！」

間髪《かんぱつ》入れずに攻め込んだガルチラの剣を弾いて、影の騎士は忽然《こつぜん》と姿を消し、

「あっ⁉」

アレフとガルチラが一瞬影の騎士を見失うと、

「きゃっ！」

ローラ姫の悲鳴がした。

影の騎士がローラ姫を押さえ、喉元に剣を突きつけていた。そして、にやりと残忍《ざんにん》な笑いを浮かべると、剣を握る手にぐっと力を込めた。その直後、

「うわあああっ！」

絶叫《ぜっきょう》が一帯の闇に響きわたった。

影の騎士の悲鳴だった。一瞬早くガルチラが投げた短剣が影の騎士の左眼に突き刺さったのだ。すかさずアレフが斬りかかり、再び影の騎士が姿を消した。その動きを読んだガルチラは着地した影の騎士に剣を振りおろした。しかし影の騎士がまた身をかわした、と思ったときだった。

「たーっ！」

アレフの剣が閃光《せんこう》を発して闇をまっ二つに斬り裂いた。

「うっ――――！」

影の騎士の顔が大きく歪み、胸口からまっ黒な血が噴き出した。

「うぬぬっ！」

影の騎士は血相《けっそう》を変えてアレフに襲いかかった。

さらにガルチラの剣が空を斬り裂き、影の騎士の背中からまた血が噴き出た。

だが、影の騎士は執拗《しつよう》にアレフに斬りかかる。

ガルチラが背後からめった斬りにし、そのたびに血飛沫が闇に飛ぶ。

勝負はすでに決していた。それでもなお影の騎士は執念《しゅうねん》を燃やしてアレフに立ち向かってきた。

ガルチラには見向きもしなかった。そして、最後の力を込めて、

「うおおおっ！」

剣を振りかざしたとき、

「ううっ！」

血まみれの顔に衝撃が走った。

アレフがとどめの一撃を加えたのだ。アレフの剣の刃が肩口に深々と食い込んでいる。

影の騎士はすさまじい形相《ぎょうそう》でアレフを見た。カッと見開いた右眼は、ぞっとするような恨みを込めてアレフを睨みつけていた。

アレフはおもむろに剣を引き抜いた。と、影の騎士はよろよろっと数歩後退《こうたい》し、崩れるように火の海に落ち、風を巻きあげながらいきおいよく燃えあがった。

やがて、一帯の火は消え、草原は黒々とした焦土《しょうど》に変わっていた。

影の騎士の姿はどこにもなかった。灰になって風とともに消えてしまったのだ。

しばらく休むと、アレフはまたローラ姫を背負い、ガルチラとともに西へ向かって歩き出した。

その後ろ姿を、遠く離れた岬の岩の上からじっと見ている男がいた。魔界童子《まかいどうし》だった。


魔界童子から報告を受けた大魔道ザルトータンは愕然とし、一瞬言葉を失った。

悪魔の騎士と影の騎士がアレフを追跡《ついせき》しているのは魔界童子の報告でよく知っていたが、このような結果になるとは思いもよらなかったのだ。敵対していたとはいえ、スターキメラに続き、悪魔の騎士と影の騎士を失ったとあれば、ことは深刻《しんこく》だ。

さっそくザルトータンは竜王の部屋へ報告におもむいた。

さすがの竜王も顔色を変えて、

「さんざん待たせた揚《あ》げ句《く》にこのザマとはなっ！　魔将ともあろうものがっ！」

と吐き捨てた。

その眼は怒りにぎらぎら燃えていた。勇者ロトの血をひく者に対してよりも魔将たちのだらしなさに腹《はら》を立てているのがザルトータンにはよくわかった。

「しかしながら陛下……」

ザルトータンがいった。

「ご安心ください。魔界童子がきっと陛下のお心を鎮《しず》めてくれるでしょう」

「魔界童子がっ⁉」

「はっ。今までわたしの期待を裏切《うらぎ》ったことは一度としてありませぬ。やつなら必ずや……」

ザルトータンはじっと竜王を見た。

竜王もまたザルトータンの魂胆を探るように睨《にら》み返した。

「誰でもかまわぬっ！　そちに任せたっ！」

「はっ」

「ただし！」

竜王は恐ろしい眼で睨みつけた。

「失敗は許さぬっ！」

第六章　愛・ロトのしるし

影《かげ》の騎士《きし》を倒《たお》してから八日目の昼——。

アレフたち三人は、三方を険《けわ》しい山脈に囲まれたリムルダール盆地《ぼんち》の中央にあるリムルダール湖に出た。その湖のほぼ中央にリムルダールの町並《まちな》みが浮《う》かんで見えた。

ローラ姫《ひめ》の足の傷《きず》も完治《かんち》し、ひとりで歩けるようになっていた。

リムルダールの町はもともとリムルダール湖に突出《とっしゅつ》した巨大《きょだい》な岩盤《がんばん》の島だったが、この特殊《とくしゅ》な地形を利用して町が築かれた。敵の攻撃《こうげき》から町を守るには非常に有利な地形だったからだ。

その後、この町はリムルダール島の交易や文化の中心として発展《はってん》してきた。

二〇〇年前の天変地異《てんぺんちい》後、青く澄《す》んだ湖は瞬時《しゅんじ》にして汚染《おせん》され、灰《はい》色の湖に姿《すがた》を変えた。

だが、この特殊な地形がさいわいし、押《お》し寄《よ》せた竜王《りゅうおう》配下の魔物《まもの》たちが町を攻《せ》めあぐんだのだ。

また、同じような立地条件が縁《えん》で姉妹都市となった南の国、ベラヌールからの援軍《えんぐん》が間に合ったことも町の人々にとっては幸運だった。

三人は、島へつながる長い吊り橋をわたり、街門《がいもん》前の跳《は》ね橋をわたって町へ入った。

1　霊媒《れいばい》

「聖《せい》なるほこら？」

洋服屋の四十代半《なか》ばの主人は、靴《くつ》屋の主人と同じように首をかしげた。

町に入ったアレフたち三人は、まず街門のそばで靴屋を見つけてローラ姫の靴を買った。そのあと、同じ表通りにあるこの洋服屋でローラ姫の衣装《いしょう》と旅用の赤いマントを買い、聖なるほこらがどこにあるか尋《たず》ねたのだ。

野ばらの刺繍《ししゅう》がある薄桃《うすもも》色の衣装は、ローラ姫の美しさをいっそう引き立てていた。

「聞いたことがありませんなあ」

主人は申《もう》し訳《わけ》なさそうにいうと、

「そうだ。町の長老に聞いたらどうです。リムルダールのことならたいていのことは知ってるはずですからね」

と地図を描《えが》いて長老の家を教えてくれた。

洋服屋を出たアレフたちは、地図を頼《たよ》りに、町の南端《なんたん》の湖に面した瀟洒《しょうしゃ》な長老の家を訪《たず》ねた。

案内《あんない》された部屋《へや》の窓からは湖とその向こうにそびえる雪をかむったリムルダール山脈が見えた。

「うむ……」

今年一〇〇歳《さい》を迎えるという長老は、アレフが訪ねてきたわけを聞くと、腕《うで》を組んでうなった。

「残念《ざんねん》じゃが聞いたことはないのお」

「でもたしかにリムルダールにあるって聞いてきたんです！」

「うむ……」

長老はまたうなると、

「そうじゃ。それならいっそ昔《むかし》の人に聞いてみたらどうじゃな？」

「昔の人!?」

「この町に、降霊術《こうれいじゅつ》を行う霊媒《れいばい》のばあさんがおる」

「霊媒？」

「死んだ人の霊《れい》を呼《よ》ぶことができるんじゃ。二〇〇年ぐらい前までの人の霊ならな」

さっそく長老は、町の北にある洞窟《どうくつ》へ案内してくれた。

湿《しめ》った洞窟の階段《かいだん》をおりて、奥《おく》の木の扉《とびら》を開けると、そこが降霊術の老婆《ろうば》の住まいになっていた。まっ暗な洞窟の正面に立派《りっぱ》な祭壇《さいだん》があり、その前の炉《ろ》で火が赤々と燃えていた。

「聖なるほこらじゃと!?」

長老から話を聞いた老婆は、じっと厳《きび》しい目つきでアレフを見つめた。

「ならば、わしのご先祖《せんぞ》の霊に聞いてみよう。わしの先祖はカリカドールで代々霊媒を生業《なりわい》としておったんじゃ」

「カリカドール!?」

「この島の西の岬《みさき》にあった村じゃ。竜王に支配されるまではな。かつて岬はリムルダール一の美しい景観《けいかん》を誇《ほこ》り、村人たちの自慢《じまん》だったそうじゃ。その岬の突端《とったん》に立って、勇者《ゆうしゃ》ロトが虹《にじ》のしずくで七色の橋をかけ、あっという間に魔《ま》の島へわたったという伝説が残っておるんじゃ」

「虹のしずく!?」

アレフはガルチラと顔を見合わせた。

『ロトのしるし』を見つけたら、聖なるほこらで、竜王の島にわたることができる『虹のしずく』を、おのずと手に入れることができる——とドムドーラでガライがいった言葉を思い出したからだ。

「そのためかどうかわからんが、二〇〇年前まではその岬から精霊《せいれい》ルビスの神殿《しんでん》があるイシュタルへ大きな橋がかかっておったんじゃそうだ」

といって右手を差し出した。

「五〇〇〇ゴールドじゃ」

「えっ!?　ご、五〇〇〇!?」

アレフはあまりの料金の高さにびっくりした。

「わしはその辺の三流の占《うらな》い師《し》なんかとは違うんじゃよ」

「でも、五〇〇〇は！」

「いやならいいんじゃよ」

「わ、わかりましたよ」

しぶしぶアレフが革袋《かわぶくろ》から出すと、老婆はひったくるように取った。

そして、おもむろに祭壇に手を合わせると、

「ヤーッ！」

全身に力を込めながら両手を大きくかざしてなにやら呪文《じゅもん》を唱《とな》えた。

老婆は、さらに高く両手を振《ふ》りかざし熱心に呪文を唱え続けた。いつの間にか老婆の額《ひたい》に玉のような汗《あせ》が光っていた。と、老婆の黒い目がピカッと赤味を帯《お》びた光を放つと、その眼球《がんきゅう》が真紅《しんく》に染《そ》まった。

老婆の動作は派手《はで》になった。踊《おど》るように手足を動かし、歌うように呪文を唱えると、カタッ、カタッ、カタッ——扉の把手《とって》がひとりでに揺《ゆ》れ動いた。

ローラ姫は脅《おび》えて、すがるようにアレフの腕《うで》を強くつかんだ。

次の瞬間《しゅんかん》、ガタガタガタガタッ——部屋のなかの物が揺れ出した。

「きゃっ!?」

思わずローラ姫はアレフの背中にしがみついた。

祭壇が、燭台《しょくだい》が、テーブルが、扉が、けたたましい音をたてでまるで地震《じしん》のように揺れた。

「カーッ!!」

老婆は渾身《こんしん》の力で気合いを入れ、ピタリと動きを止めると、ピカーッ！　部屋のなかを稲光《いなびかり》が

走り、老婆を直撃《ちょくげき》した。すると、雷《かみなり》に打たれたように、老婆の体が硬直《こうちょく》した。同時に揺れも収まった。

「霊が乗り移《うつ》ったんじゃ！」

長老が、アレフの耳元でささやいた。

硬直した老婆は震えながら両手をかざし、アレフに向かって叫んだ。

「おまえかーっ!?　わしを呼んだのはーっ!?」

声は完全に男のそれに変わっていた。がらがらにかすれた声だ。

「はい！」

アレフは大声で尋ねた。

「聖なるほこらがどこにあるか知ってますかっ!?」

「聖なるほこらじゃとーっ!?」

「はいっ！」

「それならかつて聞いたことがあるーっ！　たしかっ、リムルダールの最南端にある島だとなーっ！」

「最南端!?」

「そうじゃーっ！　太陽と雨が合わさるほこらだそうじゃーっ！」

「大要と雨……!?　そ、そうだ！　あなたは竜王を見たことがありますかっ!?」

竜王の恐《おそ》ろしさはたくさん聞かされたが、実際《じっさい》に竜王の姿を見たことのある人は今生きていないのだ。二〇〇年前に一度姿を現したきり、アレフガルドの人々の前には姿を現していないからだ。

「竜王ーじゃとーっ⁉」

「はいっ！」

「ゴォォォォ！」

突然、老婆は天をあおいで叫《さけ》んだ。

「海が走るーっ！」

「海が、走る？」

「そうじゃーっ！　大地震で神殿へわたる大橋が崩壊《ほうかい》したあとじゃーっ！　カリカドールの村が大津波に襲われて消滅《しょうめつ》したあとのことじゃーっ！　わしら生き残った村の男どもが竜王討伐《とうばつ》に駆《か》り出されて軍船で沖《おき》に出たんじゃーっ！　じゃが、地響《じひび》きのような音をたてて、海が走っておったーっ！　その激《はげ》しい潮《しお》の流れの水平線で、神殿のあるあの島が大きく動いたんじゃーっ！　すると、生臭《なまぐさ》い血の匂《にお》いの風が、島から吹いてきたんじゃーっ！」

「血の匂いの風⁉」

「ひとたびその風に当たれば、いくら洗い落とそうとしても抜《ぬ》けそうもない、猛烈《もうれつ》な血の匂いじゃーっ！　島はどんよりした黒い雲と濃霧に包まれておったーっ！　たえず稲光がしておったーっ！」

「そ、それでっ!?」

「そのとき、竜王が現れたんじゃーっ！　巨大《きょだい》な竜王のそら恐ろしい顔が空いっぱいに現れてなーっ！　ぐっはっははは！　背筋《せすじ》の凍《こお》るような不気味な笑《わら》い声をあげたんじゃーっ！　じゃが、そのときだったーっ！　わしらの船が大波をかぶって沈《しず》んでしまったんじゃーっ！」

いきなり老婆は狂《くる》ったように髪《かみ》を振り乱しながら、

「うぉぉぉぉっ！」

と絶叫《ぜっきょう》すると、真紅の眼球がもとの黒に変わり、老婆はそのままばったりと床《ゆか》に倒《たお》れてしまった。霊は海上で戦死した人のものだったのだ。

洞窟の部屋に再び静寂《せいじゃく》が戻《もど》った。

霊が消えたのだ。やがて、汗をびっしょりかいた老婆が、床から身を起こして、苦しそうに肩で息をした。魂《たましい》の抜《ぬ》け殻《がら》のような顔をしていた。

2　贈《おく》り物《もの》

「できれば三人一緒《いっしょ》の部屋がいいんだけど」

帳場《ちょうば》から顔を出した五十代半ばの小太りの女主人にアレフは尋ねた。

老婆の洞窟を出たアレフたちは、表通りで長老に礼をいって別れると、長老が教えてくれた町に一軒《けん》しかないこの小さな古い宿へやってきたのだ。すでに日が暮《く》れかけていた。

「すまんねえ。あいにく二人部屋ばかりなんだよ」

女主人が帳場から鍵《かぎ》を二個持って出てきた。

「アレフ、おまえ、姫と一緒の部屋に泊まれ」

ガルチラはそういって女主人から自分の部屋の鍵を受け取った。

「えっ!?」

アレフはドキッとし、

「だ、だって!」

あせってローラ姫を見た。ローラ姫は黙《だま》って目をふせた。

「姫をひとりで部屋に置いとくことはできないだろ?」

「そりゃ、そうだけど。で、でも」

すると、女主人は歯の抜けた口を開け、卑猥《ひわい》な笑《わら》いを浮かべてガルチラにささやいた。

「兄さん。かわいいパフパフ娘《むすめ》がおるんじゃが、安くしとくよ」

だが、ガルチラは無視《むし》してさっさと階段を駆けのぼった。

「あっ、突《つ》き当たりだよ、部屋は」

女主人はガルチラに声をかけると、

「兄さんの隣《となり》の部屋じゃ。ほんじゃごゆっくり。ひっひひ」

アレフに鍵をわたして帳場に消えた。

「あ、あの……」

アレフはうろたえていた。ローラ姫と二人っきりで同じ部屋に泊まるとなると、妙《みょう》に意《い》識《しき》してしまうのだ。そのとき、はっとあることを思い出した。

「そ、そうだ。あの、悪いけど、先に部屋に行っててくれないか」

「え？」

「ちょっとね、用を思い出したんだ」

アレフはローラ姫に鍵をわたして表に飛び出していった。

リムルダールの町へ行ったら、ローラ姫に誕生日《たんじょうび》の贈り物をしようと、アレフは考えていた。

アレフは小間物屋《こまもの》を探して飛び込むと、あれこれ迷《まよ》った末、花模様《はなもよう》の装飾《そうしょく》がほどこしてある銀の腕輪《うでわ》を買い、ローラ姫の喜ぶ顔を想像《そうぞう》しながら嬉々《きき》として宿に戻った。

だが、ローラ姫は部屋にいなかった。部屋に入った気配もなかった。アレフは隣のガルチラの部屋の扉を開けた。ガルチラはベッドに座《すわ》り壁《かべ》にもたれながら横笛《よこぶえ》を磨《みが》いていた。

「あれ、ローラ姫は？」

てっきりガルチラの部屋にいると思ったのだが、ガルチラは首を横に振った。

「おかしいなあ!?　どこ行ったんだろ!?　ちょっと買い物に行ってきただけなのに」

といって、さっと顔色が変わった。ガルチラの顔色が変わったのも同時だった。

もしや竜王の手下が——と思ったのだ。

「姫をひとりにしておいたのか!?」

責《せ》めるようにアレフを見ると、ガルチラはすばやく部屋を飛び出した。アレフも追って階段をおりた。まず宿の女主人に聞いてみようと思ったのだ。だが、階段をおりて、

「あっ!?」

ちょうどローラ姫が帰ってきて、玄関《げんかん》を入ったところだった。

ほっとして、アレフとガルチラは顔を見合わせた。

「だめじゃない、勝手に出ていっちゃ。心配するじゃないか。竜王の手下がどこで狙《ねら》っているかわからないんだからね」

「すみません……」

ローラ姫は申《もう》し訳《わけ》なさそうにうつむいた。

そのとき、アレフがローラ姫の美しい亜麻《あま》色の長い髪《かみ》がばっさり切り落とされて短くなっているのに気づいた。

「ど、どうしたの、その髪!?」

「似合《にあ》いませんか?」

ローラ姫は、短くなった自分の髪に触《さわ》ってみた。

「い、いや、そんなことはないけど」

「またすぐ伸びますわ。それに、旅をするには短い方が楽ですから」

と微笑《ほほえ》んだ。

そのとき、奥《おく》の部屋から女主人が顔を出して、

「お風呂《ふろ》が沸《わ》いたよ。さ、お嬢《じょう》さんからどうぞ。この奥の突き当たりだからね」

廊下《ろうか》の奥を指さした。


湯あがりのローラ姫は、アレフが今まで見たことがない別の美しさを漂《ただよ》わせていた。ほんのり桜《さくら》色した、艶やかなきめの細かい肌《はだ》。亜麻色の濡《ぬ》れた髪。長くて白いうなじ。アレフはどぎまぎしながら、タオルで髪を拭《ふ》くローラ姫の横顔を盗《ぬす》み見した。

「ローラ姫……」

「はい？」

ローラ姫は顔をあげて微笑んだ。

「あ、あの——こ、これ」

小間物屋で買ってきた銀の腕輪をアレフは差し出した。

「遅《おく》れたけど、誕生日おめでとう」

「まあ！」

ローラ姫は、嬉《うれ》しそうに目を輝《かがや》かせた。

「さっき、買ってきたんだよ」

「ありがとうございます」

そういって、ローラ姫は左腕に腕輪をはめた。

「とてもきれいな花模様……」

「よかった。気に入ってくれて。何がいいかさんざん迷ったんだけどさ」

「あの……」

ローラ姫は、澄んだ瞳でアレフをまっすぐ見た。

「あたしもあるんです。贈り物」

「えっ!?」

「十六歳の誕生日の」

ローラ姫も、贈り物を手わたした。

「おめでとうございます」

「こ、これは!?」

硬貨《こうか》ほどの大きさの、翡翠《ひすい》でできた美しい鳳凰《ほうおう》の彫《ほ》り物《もの》だった。

まったく予期していなかったので、アレフはなんとお礼をいっていいのかわからなかった。

「お守りにしてください。それを持っていると願いごとがかなうって昔からこの町でいい伝えられているんだそうです」

「ありがとう！」

そういって、はっとなった。

ま、まさか!?――アレフは思わず短くなったローラ姫の亜麻色の髪を見た。

「その髪の毛を売ってこのお守りを!?」

ローラ姫は黙ってうなずいた。

「そ、そんなことしてまで！」

「気にしなくていいんです。あたし、着の身着のままさらわれたから……だから……」

ローラ姫は、いたずらっぽく笑った。

「ロ、ローラ姫……！」

アレフガルドでは、女の髪の毛は命の次に大事だといわれている。その大事な髪の毛をぼくのために――そう思うと、アレフの胸《むね》が熱くなった。

「ぼく、これ、一生大事にするよ！」

鳳凰の彫り物をぐっと握《にぎ》りしめて、熱い目でローラ姫を見つめた。

「あたしも……」

ローラ姫も澄んだ美しい瞳で見つめた。

そのときだった。いきなりガルチラがドアを開けて顔を出したのは。ローラ姫が風呂からあがったら食事に行く約束《やくそく》をしていたのだが。アレフとローラ姫は、弾《はじ》かれたように互《たが》いにそっぽを向いて、まっ赤《か》になってうつむいた。

3 砂《すな》の城塁《じょうるい》

「おかしいなあ……」

ガルチラは、立ち止まってまたため息をついた。

朝からこれで六回目、いやもっとかもしれない。どっちを見ても、荒涼《こうりょう》とした砂山《すなやま》ばかりだ。なだらかな砂山の砂漠《さばく》が海のように続いている。ときおり冷たい冬の風が砂塵《さじん》を巻きあげながら吹き抜けていく。西の砂山にはもうじき太陽が落ちようとしていた。上空では、あの大鷲《おおわし》が翼《つばさ》を広げてゆっくり旋回《せんかい》している。

リムルダールの町を出て五日後、アレフたちはリムルダール島の最南端にある聖なるほこらに向かって、まっすぐ南下していた。そして、この砂山の砂漠に入ってからすでに二日が過ぎていた。

「前来たときは、たしか平原だった……」

ガルチラは、南天にやっと顔を出したばかりの南極星を見た。

アレフとローラ姫も不安そうに南極星を見た。

「方角は間違いない。たしかに南に向かっている……」

「気にすることないよ。ガルチラ。食料だってさ、いっぱい買い込んでるんだし、少しぐらい迷ったって、どうってことないって。とにかくさ、もうちょっと歩こうぜ。ここじゃ野宿だって満足にできない」

「それにしても気に入らねえ……」

ガルチラはまたぼやいた。

ガルチラにしては珍《めずら》しいことだった。今まで一緒に旅をしていて一度もこんなことはなかったのだ。ガルチラがそんなことをいうと、アレフまで不安になってくる。だが、顔に出すとよけいローラ姫を不安にさせる。

「大丈夫《だいじょうぶ》、大丈夫！　そのうちこんな砂漠なんか抜けるさ！　どんどん行こうぜ！」

三人はさらに一時ばかり歩き続けた。東の空には下弦《かげん》の月が出ている。

大きな砂山をのぼりきったときだった。前方の砂山に城塁のような異様《いよう》な建物が立っていて、そこからほのかな明かりがもれていた。

「明かりだ!?」

その明かりに向かってアレフが駆け出そうとすると、

「待て！」

ガルチラがアレフの手をつかんで止めた。

「こんな砂漠に人間がいるわけがない。そっと近づいて様子を見るんだ」

「わ、わかった」

三人はそっとその明かりに近づいていった。

城塁——なんとそれは砂でできていた。城門《じょうもん》の奥から明かりがもれている。だが、薄気味《うすきみ》が悪いほどひっそりと静《しず》まり返っていた。ときおり吹き抜けていく冷たい風の音しか聞こえなかった。

三人は様子をうかがいながら慎重《しんちょう》に城門《じょうもん》をくぐり、なかに入った。なかは異様なほど湿っていた。もっとも、これぐらい湿気《しっけ》がなければ、あっけなく崩《くず》れ落ちてしまうだろう。

通路の両側には、大きな部屋のような空間がいくつもあった。通路といっても、普通《ふつう》の町の路地ぐらい幅《はば》のある広い通路だ。そして、通路の角という角には大きな燭台《しょくだい》があって蠟燭《ろうそく》が燃えていた。遠くから見た明かりは、この燭台の明かりだったのだ。だが、どこにも人間の姿がなかった。生き物の気配すらなかった。

さらに奥へと進むと、奥の部屋のような空間からひときわまばゆい明かりがもれていた。

三人はそっとなかを覗《のぞ》いて、

「あっ!?」

思わず声をあげた。

中央に食卓《しょくたく》があり、その上に明かりのついた燭台と三人分の肉料理が用意してあった。温《あたた》かそうなスープからは湯気が立っている。

「誰《だれ》が住んでるんだろう!?」

アレフはローラ姫と顔を見合わせた。

「気に入らねえぜ……」

鋭《するど》い目でガルチラがつぶやいた。

「えっ!?」

「気に入らねえぜ!」

いうが早いか、

「三人分の食事まで用意しやがって!」

いきなり剣《けん》を抜いて、食卓をまっ二つに叩《たた》き斬った。

「誰だ!?　ふざけたまねしやがったやつはっ!?」

その声に応えるかのように、砂の床《ゆか》に落ちたスープや肉料理が、ブクブクブク——と、赤や黄色の不気味な泡《あわ》を噴《ふ》いたかと思うと、上昇《じょうしょう》しながら宙《ちゅう》でひとつの塊《かたまり》となって、巨大な球体《きゅうたい》の魔物に変身した。

「うわっ!」

アレフは、ローラ姫をかばって跳《と》び退《の》いた。

中心にまっ赤な目玉があり、そこから無数のにゅるにゅるした太い髪の毛が出ている。その髪の毛がなんとみんな蛇《へび》なのだ。メドーサボールという、竜王の魔力《まりょく》によって無数の蛇が合体変身した魔物だ。メドーサボールは見かけによらず身軽で敏速《びんそく》だった。攻撃をしかけたガルチラの剣をかわして反撃してきた。

だが、アレフがかけたベギラマの電光《でんこう》がメドーサボールの大きな目玉に炸裂《さくれつ》し、さらにギラの強烈《きょうれつ》な火炎《かえん》が全身を包《つつ》むと、とたんにメドーサボールの目はカッと見開いたまま動かなくなり、蛇たちもぐったりした。

すかさずガルチラの剣がうなりをあげ、紫《むらさき》の血《ち》飛沫《しぶき》が飛んだ。続いてアレフの剣も閃光《せんこう》を放った。ガルチラとアレフは宙に跳んでかわるがわる斬りかかった。粉々に斬り刻《きざ》まれて砂の床に散ったメドーサボールは、どろどろの液体になって砂に吸《す》い込まれて消えた。そのとき背後から、

「ふっふふふふふ」

聞き覚えのある乾《かわ》いた笑い声がした。

驚《おどろ》いて見ると、魔界童子が立っていた。

「あっ!? 魔界童子!?」

「やはりおまえの仕業《しわざ》かっ!」

ガルチラは、鋭い目で睨《にら》みつけて、剣を構えた。

「今日こそ、仇《かたき》を討《う》ってやるっ!」

「はっははは」

魔界童子は、ガルチラを無視《むし》して声高《こわだか》に笑うと、アレフを睨みつけた。

「ロトの血をひく者よ! 今までは黙《だま》って見逃《みのが》してきたが、ここより先へは一歩も行かせないっ!」

「冗談《じょうだん》じゃねえ!」

アレフが斬りかかろうとすると、

「待てっ！」

ガルチラが止めた。

「こいつはおれが殺《や》る！　おまえは姫を連れて逃げろ！」

「でも！　そんなことは……！」

「こいつはおれが殺らなきゃ気がすまねえ！　おまえにはもっと大事な役目《やくめ》があるはずだ！　竜王を倒す大事な使命がな！」

「はっははは！　はっははは！」

魔界童子は肩《かた》を揺《ゆ》らしながら甲高《かんだか》い笑い声をあげ、再びアレフを睨みつけた。

「おまえごときにそんなことができるわけがない！　その前にここで死んでもらう！」

両手を顔の前に広げて交差させると、あたり一面がまっ白い光に包まれた。

「うわあっ！」

目がくらんでアレフたちは顔をそむけた。と、白い光は壁《かべ》や天井や床に吸われるように消えた。

それがなんの呪術か理解するまで、アレフたちは数呼吸《すうこきゅう》待たなければならなかった。

「死ぬのはおまえだっ！」

ガルチラは体勢を立て直して斬りかかると、魔界童子は宙に跳んでかわした。そのときだった。

ドドドドドドッ——突然激しい地響きがして、天井や壁にひびが走り、城塁が崩れ始めた。

「はっははは！　砂に埋《う》もれて死ぬがいい！　はっははははは！」

「貴様《きさま》っ‼」

はっとなってガルチラは叫んだ。

魔界童子の発した白い光は、城塁を崩壊《ほうかい》させるための呪術だったことに気づいたのだ。

「逃げろっ、ガルチラ！」

アレフはローラ姫の手を引いて夢中《むちゅう》で出口に向かって逃げた。

だが、ガルチラは目にもとまらぬ速さで魔界童子に斬りかかった。

魔界童子はまたかわして宙に浮き、

「はっははははは！」

笑いながら、すーっと姿が消えかけたときだった。

ガッ——とガルチラの手が魔界童子の足をつかんだ。

「逃がすかっ！　逃がしてたまるかっ！」

「うっ⁉」

さっと魔界童子の顔色が変わった。消えかけた足がもとに戻った。

「てめえなんか地獄《じごく》の底まで引きずり落としてやるーっ！」

ガルチラは、さらに足をつかんだ手に渾身の力を込めた。

と、ズズズズズズズッ！　城塁は怒濤のように崩れ落ちてきた。

「あーっ！」

断末魔《だんまつま》のような悲鳴があがった。

だが、それは魔界童子のものかガルチラのものか、定かではなかった。

ドドドドッ――天をも揺《ゆ》るがす地響きとともに、城塁は奥からどんどん崩れてくる。

アレフとローラ姫は崩れ落ちる砂のなかをひたすらに逃げた。やっと出口が見えると、アレフはすばやくローラ姫を抱《だ》きかかえて、

「ターッ！」

頭から跳んだ。同時に、ズズズズズズーン!!　すさまじい地響きとともに、砂の城塁が空高く砂塵をあげ一瞬にして崩壊した。

気がつくと、アレフとローラ姫が出口の外に吹き飛ばされて砂地に叩きつけられていた。

アレフとローラ姫は、無残に崩壊した砂の城塁を愕然《がくぜん》として見ていた。

「ガルチラーッ！」

アレフは思わず絶叫した。

「ガルチラーッ！」

あたりは嘘《うそ》のように静まり返ってる。残っているのはアレフとローラ姫の二人だけだった。冷たい風が音をたてて吹き抜けていった。

「ガルチラ……」

アレフの頬をとめどなく涙《なみだ》が流れ落ちた。

ローラ姫もまた同じだった。二人はしばらくその場から動こうとしなかった。

「くそーっ！」

怒《いか》りがアレフの胸の奥から込みあげてきた。

「くそーっ！　魔界童子めーっ！」

アレフは泣《な》きながら両手で砂をつかんだ。

「くそーっ！　竜王めっ！」

全身を震わせながら、骨《ほね》が砕《くだ》けるのではないかと思うほどの力で砂を握《にぎ》りしめた。

「アレフ……」

ローラ姫は、やさしくアレフの肩に手をかけた。

彼女にしてあげられることはそれしかなかった。ただ黙っていることしか──。

また、風が吹き抜けていった。しばらくして、アレフはやっと立ちあがった。そして、ぐっと拳《こぶし》で涙を拭《ふ》き、唇《くちびる》を噛《か》んで南天を見あげた。南極星は、ひときわ輝いていた。アレフは、じっと南極星を見ると、その方角に向かって歩き始めた──。


それから一時あまりが過ぎた──。

崩壊した城塁の一帯を風が吹き抜けていた。ひときわ強い風が吹くと、その一帯の砂山がみるみるうちに姿を変え、あっという間に地肌《じはだ》が剥《む》き出しの荒涼とした平原になった。

そして、城塁が崩壊したその地点に、いつの間にか魔界童子が姿を現していた。その唇の端《はし》から、青黒い血がすーっと一滴《いってき》流れ落ちた。

「ちっ」

魔界童子は、舌打《したう》ちをすると、忌《い》ま忌《い》ましそうに自分の足元を見た。地面から一本の手が出ていた。血の気の失《う》せた、どす黒い土色をしている。その手が、魔界童子の足首をぐっとつかんでいた。ガルチラの手だ。

「しつこいやつだ」

魔界童子が足をあげると、あっけなくガルチラの手が離《はな》れた。ガルチラの手は、指を広げたままむなしく風に揺れた。魔界童子は、力任せにその手を蹴《け》った。そのとき、シュッ！　空を斬る鋭い音がした。

「うわわわわっ！」

とたんに、魔界童子は悲鳴をあげて両手で顔を押さえた。

大鷲《おおわし》だった。急降下した大鷲の嘴《くちばし》が、目にもとまらぬ速さで魔界童子の顔面を襲ったのだ。その十本の指の隙間《すきま》から、青黒い血がどくどく指を伝ってしたたり落ちた。両眼をざっくりとえぐり取られたのだ。

したたり落ちた青黒い血は、ピタッ——ピタッ——とかすかな音をたて、足元の地面から出ているガルチラの手に落ちていた。と、ガルチラの手がぴくりと動いたかと思うと、突然地面が盛《も》りあがり、いきおいよくガルチラの体が宙に跳んだ。ピカッ！　月光にガルチラの剣が光った。次の瞬間《しゅんかん》だった。

「うわーっ！」

魔界童子の絶叫が、荒涼とした平原に響きわたった。

青黒い血がほとばしり、魔界童子の額《ひたい》がまっ二つに斬り裂かれていた。

ガルチラは、魔界童子の前に着地した。だが、ふらふらっとよろけて、かろうじて地面に突き刺した剣にもたれた。傷だらけのその顔は、手と同様血の気の失せたどす黒い土色をしていた。

「や、やった……」

音をたてて風が吹き抜け、魔界童子の体が紙切れのように無数に千切《ちぎ》れて飛んでいった。

ガルチラは、やっとかすれた声でつぶやくと、そのまま地面にばったりと倒《たお》れた。

また、風が吹き抜けた。だが、ガルチラは、ぴくりとも動かなかった——。

「魔界童子よっ！」

大魔道ザルトータンはまっ赤な水晶球《すいしょうきゅう》に向かって叫んだ。

だが、反応がなかった。ザルトータンの顔が蒼ざめた。

「も、もしや……」

いつもは一回で反応《はんのう》するのが、今夜に限って三回目でも反応がないのだ。ザルトータンは肩で大きく深呼吸すると、心を落ち着かせてもう一度試《こころ》みた。

印《いん》を結んだ指先から光が発して青い水晶球に当たった。

「魔界童子よーっ！」

必死に腹《はら》の底から声を絞《しぼ》り出した。

だが、水晶球はまったく反応しなかった。

4　聖なるほこら

「おぶってあげるよ」

アレフは、また心配そうにローラ姫を見た。

「大丈夫です。あまり痛くありませんから」

ローラ姫は、顔をあげて微笑《ほほえ》むと、また足をひきずりながら歩き出した。

ローラ姫と二人っきりになってから、一日も経《た》たないうちに、ローラ姫が両足のまめをつぶしてしまった。以来、ずっと今日まで深い森のなかをアレフが背負《せお》ってきたが、急にローラ姫が、

「歩きます」

と、いいだしたのだ。

すかに乱れている。

ゆっくり歩いているから汗をかくほどではないが、ローラ姫の額に汗がにじんでいる。呼吸もか

そういって、アレフが止めるのも聞かず歩き出して、かれこれ半時《はんとき》になろうとしている。

「もう、だいぶよくなってますから」

魔界童子に襲われてから、すでに五日が経っていた。

深い森にいれば、直接真冬の冷たい風に吹かれることがない。それだけが救いだった。

革袋には干《ほ》し肉《にく》などの保存食《ほぞんしょく》が残っているが、水筒《すいとう》の水は底をついていた。

「やっぱりおぶるよ」

見るにたえられず、アレフはローラ姫の前にしゃがんだ。

「大丈夫です」

「まだ無理だよ、歩くのは！」

「でも……」

アレフは無理やりローラ姫を背負って歩き出した。そのほうがやっぱり速い。

「すみません……」

ローラ姫は、悲しそうにいった。

「足手まといになってばかりで……」

「いや、悪いのはぼくの方さ」

ガルチラと三人のときは、ローラ姫の足に負担《ふたん》をかけないように、ローラ姫の歩調《ほちょう》に合わせて旅を続けていた。だが、魔界童子に襲われてからというもの、アレフの頭からガルチラのことが離れなかった。ふとしたときに、ガルチラのことを思い出してしまうのだ。そのたびに魔界童子や竜王に対する怒りが込みあげてきた。気がつくと、ローラ姫にはかまわず自分の速度でどんどん歩いていた。

ローラ姫は必死についてきた。だが、ローラ姫が遅《おく》れ出して、あっとなったときにはすでに遅《おそ》かった。ローラ姫の両足のまめがつぶれてしまっていた。

「ごめんなさい……」

悲しそうにローラ姫はうつむいた。

「迷惑《めいわく》かけたくなかったから……」

だから、遅れまいとして痛《いた》みをこらえて懸命《けんめい》にアレフについてきたのだ。

ローラ姫は、決してアレフを責《せ》めようとはしなかった。そのやさしい気持ちと律義《りちぎ》さが、いじらしかった。

アレフがちゃんと気を遣《つか》って、ローラ姫の歩調に合わせて歩いてさえいれば、こんなことにならなかったのだ。ぼくの責任だ——ローラ姫の足に薬草を塗《ぬ》りながら、アレフは自分のいたらなさを悔《く》やんだ。ぼくは、頑丈《がんじょう》な肉体を持った男だ。歩くのだって速い。旅にも慣れてる。か弱いローラ姫とは全然違うのだ。もっとやさしくしなければ——そう思ったのだ。そして、ローラ姫を守るのは自分しかいないのだ、と自分にいい聞かせたのだ。

一時ばかりして、どこか地形のいいところでひと休みしようと思っていたときだった。急に目の前に谷がひらけた。谷底にはせせらぎが流れていた。

「み、水だ！」

アレフは、ローラ姫を背負ったまま、喜び勇《いさ》んで谷におりた。

きれいな澄《す》んだ水だった。だが、ローラ姫が何の疑《うたが》いも持たずに水を飲《の》もうとするので、

「ちょっと待って！」

アレフは止めて、せせらぎを調べた。

「あった！」

せせらぎのなかに、小さな白い花が咲《さ》いていた。

「まあ、きれいな花……」

「水白花《みずしろばな》っていうんだ」

「水白花？」

「水を飲むときは、まずこの花が咲いているかどうかを調べるんだ。咲いていたら飲める。この花は、竜王の毒に汚染《おせん》された水には生息《せいそく》しないからね」

「まあ、くわしいんですね」

ローラ姫は、頼もしそうに微笑んだ。

「いや、これは……」

アレフは、顔を曇《くも》らせた。

「ガルチラの受け売りなんだ。はじめてガルチラと会ったとき、教えてくれたんだ……」

「そう。そうでしたの……」

ローラ姫もガルチラのことを思い出して目をふせた。

一息《ひといき》つくと、アレフはローラ姫の足に薬草を塗りかえてやり、またローラ姫を背負って歩き出した。

それから三日もすると、ローラ姫の足はだいぶ回復してきていた。一日のうち半分は、背負わなくても歩けるようになった。

そして、魔界童子に襲われてから十日目の午後、森を抜けた二人は、

「あっ!?」

思わず目の前の風景を見て目を輝かせた。

真冬だというのに、紺碧《こんぺき》の美しい海が広がっていた。海の向こうに、美しい緑の島がある。あの島に聖なるほこらがあるのだ。ついにここまできたのだ——そう思うとアレフの胸の奥から熱いものが込みあげてきた。ラダトームを旅立ってからちょうど一年が経《た》っていた。

波打ち際《ぎわ》まで元気に駆けおりると、

「おーいっ!」

アレフは思いっきり島に向かって叫んだ。

海上からさわやかな潮風《しおかぜ》が吹いてくる。アレフとローラ姫は、深呼吸して潮風を思いっきり吸い込んだ。海がこんなに青くて穏《おだ》やかだということを、アレフは今はじめて知った。アレフの知っている海といえば、灰色の荒れ狂う海や、潮の流れの激しい海ばかりだからだ。

ちょうど干潮時《かんちょうじ》で幸運だった。海水から砂嘴《さし》が出ていて、島までつながっていた。二人はさっそく砂嘴をわたった。そして、一時ほどかかって島に着くと、聖なるほこらを探して、また歩き続けた。

島には魔物の気配すらなかった。冷たい風もなかった。やわらかな温かい日差しだけが降り注《そそ》いでいた。

島にわたって二日目の昼過ぎ、島のほぼ中央にある険《けわ》しい峠《とうげ》を越えて、

「あっ！」

ぱっと二人の顔が輝いた。

足元に緑豊かな広大な盆地《ぼんち》が広がっていた。そのほぼ中央に、森に囲まれた岩山があった。雲の切れ間から差し込んだやわらかな光が、まるで何かを啓示《けいじ》するかのように、その岩山を照らしていた。

「もしかしたらあの岩山は!?」

二人は顔を見合わせると、峠を駆けおりて岩山に向かった。

岩山の前に、きれいな泉《いずみ》が湧《わ》いていた。そのまわりには、美しい野の花が咲き乱れ、野生のりんごや野いちごがたわわに実をつけていた。まるで楽園そのものだ。

だが、二人はそれらには見向きもせず、泉の奥にある岩山の石段《いしだん》を駆けのぼった。石段をのぼると、道は複雑に入り組んでいた。岩の下をくぐり、小さな穴を這《は》い、急な岩場をのぼると、洞穴《どうけつ》の入り口があった。二人はそのなかに入って、

「あっ！」

その美しさに見惚《みと》れた。

鍾乳洞《しょうにゅうどう》だった。何万年もの年輪《ねんりん》を刻んだ美しい鍾乳石《しょうにゅうせき》が、天井のわずかな隙間《すきま》から差し込むやわらかな光を浴びてきらきら光り輝いている。ひんやりとした清々《すがすが》しい空気が気持ちを落ち着かせた。

まさに、聖なるほこらの名にふさわしいところだった。

5　虹のしずく

「ついにきたのですね！」

「ああ、ついにね！」

アレフはローラ姫と一緒に聖なるほこらを見わたしながら、『ロトのしるし』のことを考えていた。

『聖なるほこらに行く道すがら、おまえはきっとロトのしるしを見つけるはずじゃ。おまえの心のなかにな』——とガライがアレフにいった。

それは、どういう意味なんだろうか!? 心のなか、というのは!?

「ほんとうなら、ガルチラさんと三人でくるはずだったのですね……」

ローラ姫は、悲しそうな顔をした。

「でも?」

「ガルチラが旅していたのは、あの魔界童子を倒すためだったから……」

「そうなんですってね……」

魔界童子の生死は定《さだ》かではないが、もしあのまま、魔界童子と一緒に砂に埋もれて死んだのなら、ガルチラにとって本望《ほんもう》だったのかもしれない——ふと、アレフはそんなことを考えた。

「ローラ姫」

「はい?」

「ありがとう」

「え?」

「ぼくは……」

アレフはローラ姫の目をまっすぐ見つめた。

ローラ姫も、同じように澄んだ瞳で見つめた。

「ぼくはあなたがいたからこそここまでこれたんだ」

ローラ姫は、アレフを見つめたまま首を横に振った。

「あなたは、自分の力でここまできたのです。あなたの勇気と、正義と、平和を愛する心で……」

「いや、ほんとうなんだよ、ローラ姫」

アレフは、ローラ姫の手を握りしめて、じっとローラ姫の瞳を見つめた。

「ぼくは苦しくなったり、つらくなったりしたとき、いつもあなたのことを、あなたの笑顔《えがお》を思い出したんだ……。あなたの笑顔を思い出すと、いつも元気が出たんだ……。よーし、やるぞってね」

「あたしもです……」

「え？」

「あのまっ暗な闇《やみ》のなかで……何度死のうと思ったかわかりません……。だって、どっちを向いても、闇、闇、闇……闇ばっかり……。でもそんなとき、必ずあなたのことを思い出していたんです……。あなたは、竜王を倒すためにがんばってるんだ、って……。だから、こんなことに負けちゃいけない、って……。がんばって生きるんだ、って……。いつかきっと……きっと……」

ローラ姫は、キッと唇を噛んだ。その瞳に大きな涙が浮かんでいた。

「だから、ガライが現れてあなたが助けにくるって聞いたとき、とても嬉しかったんです。生きていてよかったって……。その日から、どんなにあなたがくるのを待ちわびていたか……」

「ローラ……！」

いとおしくなってアレフはローラ姫を抱《だ》きしめた。

「アレフ……」

抱き合ったまま二人はじっと熱い目で見つめ合った。

やがて、そっとローラ姫が瞳を閉《と》じた。その頬をすーっと大粒《おおつぶ》の涙が伝った。

「ローラ……」

アレフはその涙にそっと唇を当てた。

そのとき、ローラ姫の首飾《くびかざ》りの薄緑の宝石《ほうせき》が突然《とつぜん》まばゆい光を放った。

「あっ!?」

驚いてアレフとローラ姫は身を離した。

そのまばゆい光が一本の光線になって、アレフのロトの鎧《よろい》の左胸の『ロト』と刻まれている楔《せっ》形文字《けいもんじ》にすーっと吸《す》い込まれて消えたのだ。すると、その楔形文字が光り輝いて、やがてその文字の上に黄金色の美しい紋章《もんしょう》が浮かびあがってきた。不死鳥が翼を広げて飛翔《ひしょう》している紋章だ。ちょうど片手にすっぽり入るほどの大きさだった。

「こ、これは!?」

勇者ロトの紋章だった。

「こ、これがロトのしるしか!?」

アレフはあ然としてロトの鎧の胸に浮かびあがった紋章をみていた。

そうか！　そういう意味だったのか！　心のなかに見つけるということは——！

ローラ姫のことだったのか！　ローラ姫の愛だったのか——！

「ローラ姫！」

「はい？」

自分の首飾りを見ていたローラ姫が顔をあげた。

「やっぱりあなたが真のローラ姫だったのだ！　ガライがいったとおりにね！」

「！」

ローラ姫はうなずいた。

「この首飾りが証明してくれたのですね」

「ああ！　あとは虹のしずくだ！　虹のしずくを手に入れさえすれば、竜王のところへ行けるんだ！」

アレフとローラ姫は、さっそく聖なるほこらのなかを探した。

天井から地面まで伸びた美しい鍾乳石がたくさん柱のように立っている。その美しい鍾乳石の柱をくぐり抜けていくと、その奥に人間がやっと通れるくらいの細長い穴《あな》があいていた。そして、その奥に下におりる階段があったのだ。

アレフとローラ姫が階段をおりると、そこは広い空洞《くうどう》になっていて、中央に腰の高さほどの鍾乳石が突き出ていた。ちょうど台座《だいざ》のようになっている。アレフは、その鍾乳石を見て、

「あっ!?」

と、息をのんだ。

台座の平らな部分に鍾乳石の石板が埋められていて、金色のアレフガルド文字が刻んであった。

『この地は聖なるほこら
邪悪《じゃあく》の力及《およ》ばぬところ
勇者ロトのしるしを得し者よ
我《わ》が名の上にて
太陽と雨を合わせよ

精霊ルビス』

と書いてあった。

「精霊ルビスの言葉だ!?」

アレフはローラ姫と顔を見合わせると、

「太陽と雨……!? そうか!」

アレフは革袋から太陽の石と雨雲の杖を出すと、慎重《しんちょう》に石板の『精霊ルビス』と彫《ほ》ってある文字の上に置いた。と、石板がまっ白な光を発して太陽の石と雨雲の杖《つえ》を包んだかと思うと、突然まばゆい光を放った。目がくらむような七色の強い光が空洞いっぱいに広がった。

やがて、その光がすーっと消えると、太陽の石と雨雲の杖が七色に光り輝きしずくの形をした美しい石に変わっていた。

「あーっ⁉」

虹のしずくの上の部分には金の鎖《くさり》がついていた。

両手にすっぽり入るほどの美しい石だ。虹のしずくだ。

「こ、これが……⁉」

アレフはおもむろに金の鎖を持って、目の前に持ち上げてじっと見つめた。

そして、手のひらに載《の》せた。ずっしりと重かった。

「これが……虹のしずくか！　この虹のしずくがあれば、竜王の島にわたることができるのか！

よーし！　やるぞっ！」

アレフの胸の奥から熱い闘志《とうし》が込みあげてきて、まるで血のように体の隅々《すみずみ》まで広がった。

「ローラ姫！」

「はい」

「見ていてくれ！　必ずこの手で竜王を倒してみせる！　そして、このアレフガルドに平和を取り戻してみせる！」

ぎらぎらと燃えるその目に、あらたな決意と闘志がみなぎっていた——。

第七章　死闘・竜王の島

虹《にじ》のしずくを手に入れたアレフは、ローラ姫《ひめ》に見送られて聖《せい》なるほこらを出発した。

ローラ姫を聖なるほこらに残したのは、石板に刻《きざ》まれた「この地は聖なるほこら、邪悪《じゃあく》の力及《およ》ばぬところ――」という精霊《せいれい》ルビスの言葉どおり、この地が竜王《りゅうおう》の手のおよばない安全なところだったからだ。

リムルダール島にわたったアレフは、海沿《うみぞ》いをまっすぐ北上した。そして、聖なるほこらを出てから十八日目の朝、カリカドールの村があったという海辺を過ぎると、かつて勇者ロトが魔の島へわたるために虹の橋をかけたといい伝えられている西の岬《みさき》が見えてきた。

あと数日で王《キング》の月から一年の最初の月である不死鳥《フェニックス》の月に替《か》わり、アレフガルドは新しい年を迎《むか》えようとしていた。

竜王がアレフガルドを支配してから、ちょうど二〇〇年目にあたる竜《ドラゴン》の年を――。

1　竜王の城《しろ》

「うっ、血の匂《にお》いだ……！」

　断崖絶壁《だんがいぜっぺき》の岬の突端《とったん》にたどり着いたアレフは、あまりの生臭《なまぐさ》さに吐《は》きそうになって、慌《あわ》てて鼻と口を両手で押《お》さえた。海峡《かいきょう》からは生臭い血の匂いの風が吹《ふ》きつけてくるのだ。

　新年とともに春を迎えるというのに、空にはどんよりとした暗雲《あんうん》が低く垂《た》れこめ、海は真冬のように荒《あ》れ狂《くる》っていた。

　リムルダールの霊媒師《れいばいし》がいったように、かつてこの岬はなだらかな美しい岬だった。だが、今その面影《おもかげ》はまったくない。地層《ちそう》が浮《う》き出た切り立った崖《がけ》が連《つら》なり、地割《じわ》れの裂《さ》け目が大きく口を開けていた。

　一三四八年の天変地異《てんぺんちい》で、隆起《りゅうき》と陥没《かんぼつ》のために醜《みにく》い奇怪《きかい》な地形に変わってしまったのだ。岬の突端も大きくえぐられたあとがあり、地割れを起こしながら橋とともに崩《くず》れ落ちたことが容易に想像がついた。

　今アレフが立っているところは、かろうじて残った部分なのだ。

　濃霧《のうむ》と暗雲で竜王の島は見えない。だが、この生臭い血の匂う風が吹いてくる海峡の向こうに、間違いなく竜王の島があるのだ。

革袋《かわぶくろ》から虹のしずくを取り出すと、アレフは両手で大きく頭上にかざして、

「虹のしずくよ……！」

無心に祈《いの》りながら叫《さけ》んだ。

「精霊《せいれい》ルビスよーっ！　われを竜王の島に導《みちび》きたまえーっ！　勇者ロトのようにーっ！」

すると、ピカーっ――突然《とつぜん》虹のしずくが、まばゆい七色の光を放って岬の突端を包《つつ》んだ。

と、すーっと虹のしずくがアレフの手から消えると、岬の先端を包んでいた七色の光が一本の細い虹の帯《おび》になって、きらきら輝《かがや》きながら海峡の上をぐんぐんぐんいきおいよく延《の》びていった。

一瞬《いっしゅん》のうちに美しい虹の橋が海峡のかなたに姿《すがた》を隠《かく》している竜王の島までかかったのだ。

「やった！」

息をのんで見つめていたアレフの心が躍《おど》った。

新たな闘志《とうし》が胸《むね》の奥《おく》から湧《わ》き出て、全身を駆《か》けめぐった。

「気をつけてくださいね」

見送るとき、ローラ姫は心配そうにアレフの手を取って熱い瞳《ひとみ》で見た。

「待っててくれ、ローラ姫！　必ず竜王を倒《たお》してみせる！」

アレフはローラ姫の顔を思い出しながら心のなかで固く誓《ちか》い、荒れ狂う海峡のかなたをキッと睨《にら》みつけると、力強く虹の橋を歩き出した。

虹の橋は見かけによらず、まるで石のように固かった。

だが、ほんの少し、三十歩も行かないうちに、急に海の波が高くなった。

不思議に思って振《ふ》り向くと、

「あっ!?」

なんと、すぐ後ろにあるはずの岬の突端が、はるかかなたに遠ざかっていた。

「どうなってんだ!?　さっき歩き出したばかりなのにっ!?」

だが、何度見ても岬の突端がはるか遠くにある。

そのとき、アレフはリムルダールの霊媒師が、「勇者ロトは虹のしずくで七色の橋をかけ、あっという間に魔の島へわたった」という言葉を思い出した。「あっという間」というのはどういう意味だろうか？

「そ、それにしても……!?」

アレフには、まだ信じられなかった。

時間と空間を一気に飛び越《こ》えて、はるか遠くの海上まで来たのだろうか!?　もしそうなら、虹の橋に立ったときに時間と空間を飛び越えたのかもしれない。ということは、この虹の橋が時間と空間を飛び越す不思議な力を持っているということか!?

そんなことを考えながら、アレフは歩き出すと、前方から、ゴォォォォ――と、地響《じひび》きのような轟《とどろ》きが聞こえてきた。

「な、なんだ、あの音は!?」

その音のするところまで行って、

「あっ!?」

アレフは息をのんだ。

海が走る——! と霊媒師が呼《よ》んだ先祖《せんぞ》の霊《れい》が叫んだが、まさにそのとおりだった。波頭と波頭がぶつかり合い、無数の飛沫《しぶき》を飛び散《ち》らし、逆巻《さかま》く波と波が大きくうねりながら渦《うず》を巻き、ものすごい速度で南から北に向かって走っている。まさに地獄《じごく》のような、呪《のろ》われた魔の海峡だ。

いつの間にか、この激しい潮《しお》の流れのはるか海上に黒々とした島影《しまかげ》が姿を現していた。

「竜王の島だ!」

アレフは緊張《きんちょう》した。

竜王の島は、低く垂《た》れこめた暗雲と濃霧にすっぽりおおわれていて、その雲はたえず稲光《いなびかり》を発していた。

さらに強い風が島から吹いてきた。生臭い血の匂いがいっそう強烈《きょうれつ》になった。

おそらく、あの島のどこかで、竜王はアレフガルド全土に目を光らせているのだ。そして、海峡の潮流《ちょうりゅう》と渦巻は、休むことなくあの島のまわりを走り続け、近づく者を拒《こば》んでいるのだ。

「くそっ!」

アレフは島に向かって駆け出した。

虹の橋は島の東海岸の崖の上に続いていた。アレフは虹の橋から崖に飛びおりた。そのとたんにすーっと虹の橋が消えてしまった。西の岬を出てあっという間だった。やはり、虹の橋は時間と空間を飛び越える橋でもあったのだ。でなければ、海峡のかなたまで延びた虹の橋を、こんなに短時間でわたることは不可能だからだ。

目の前には岩肌《いわはだ》が露出《ろしゅつ》した急峻《きゅうしゅん》な崖がそそり立っている。暗雲と濃霧に隠れていて全貌《ぜんぼう》を見ることはできないが、想像を絶するような険《けわ》しい山脈であることは容易に察しがつく。

「さあ、来い！　竜王！」

アレフは、気を引きしめながら、平らな足場のいいところを探《さが》して、歩き始めた。

島は、昼だというのに夜のように暗かった。

天には、暗雲と稲光。地には、荒れ果てた岩肌と湿地《しっち》。そして、冷たい濃霧と血の匂いのする風。それしかなかった。荒涼《こうりょう》とした地獄の風景しかなかった。

両側に険しい山脈がそびえている岩場をアレフは南下した。岩場には、不気味な赤や黄の原色の苔《こけ》がいたるところに群生し、生臭い血の匂いを発していた。

アレフは二日かかってこの岩場を抜《ぬ》けると、今度は沼地《ぬまち》の森に入った。

沼地は、ガルチラと二人で越えたあのアレフガルド東部の沼地と同じように、一歩踏《ふ》み出すたびにずぼっすぼっと踝《くるぶし》まで沈《しず》んだ。

鬱蒼《うっそう》とした森の木々がおどろおどろした根や枝《えだ》を張っていた。その木々を縫《ぬ》うように、ぶくぶくと泡《あわ》を立てた血の色の底なし沼が、川のようにどこまでも続いていた。

アレフはガルチラのことを思い出しながらこの沼地の森を進んだ。

魔界童子《まかいどうじ》が生きているかどうか定《さだ》かではないが、生きていれば必ずまた現れるはずだ。そのときは、仇を討ってやる。そう心に誓《ちか》いながら――。

それに――、ガルチラを育ててくれた老人が魔界童子に殺されたのも、もとはといえば竜王がこのアレフガルドを支配したからなんだ。竜王さえいなければ、殺されることもなかったし、ガルチラが砂《すな》の城塁《じょうるい》に埋《う》もれて死ぬこともなかったのだ。竜王さえいなければ――。

この森の沼地に入って最初の夜、アレフが横に張り出した巨大《きょだい》な木の根っこにもたれて寝ようとしたときだった。低い咆哮《ほうこう》がして、アレフは剣《けん》を抜《ぬ》いて構えた。

暗がりで四つの眼が光ったかと思うと、飢《う》えた野獣《やじゅう》のように牙《きば》を剥《む》き出しにした二匹《ひき》の魔物が襲《おそ》いかかってきた。ドムドーラで群れをなして襲撃《しゅうげき》してきたキラーリカントだった。

「またおまえらかっ！」

アレフは攻撃をかわすと、背後《はいご》にまわって一匹の背中を斬った。

まっ赤な血飛沫《ちしぶき》が散った。と、手負いの敵はよろよろっと前に数歩よろけ、体勢を変えようとしたとたん、敵の体がいきなり沈んだ。そこはぶくぶく泡《あわ》立っている血の色の底なし沼だった。キラーリカントは悲鳴をあげ、もがきながら底なし沼に沈んでいった。

すかさずもう一匹が背後から襲いアレフは振り向きざま、ラリホーの呪文《じゅもん》を浴《あ》びせた。激しい睡《すい》魔《ま》が敵の全身をとらえ、敵は鋭《するど》い爪《つめ》を振りおろしたまま動かなくなった。鋭い爪がアレフの顔面に突き刺《さ》さるほんの一瞬前だった。横に跳《と》んで剣を振りおろすと、キラーリカントの首が血飛沫をあげて宙に跳《と》んだ――。

三日かかってアレフはこの沼地の森を越えると砂漠《さばく》に出た。

すると突然濃霧が晴れた。だが、両側にそそり立っている険しい山脈が見えたのも束《つか》の間《ま》だった。またすぐ濃霧におおわれてしまった。

アレフは黙々《もくもく》と荒涼とした砂漠を北上した。上空をたえず鋭い稲光が走っていた。

砂漠のいたるところに無数の髑髏《どくろ》や白骨《はっこつ》が転がっていた。おそらく、天変地異のとき、大津波から逃れてきた人々がこの砂漠で魔物たちに襲われたのだろう。

北上するほど稲光が激しくなった。そして二日目の夕方、やっと砂漠を抜けたと思ったときだった。ピカーッ――とひときわ激しい稲光が天を裂《さ》き、

「あっ!?」

思わずアレフは緊張した。

ほんの一瞬だが、前方の崖の上に、濃霧に包まれた異形《いぎょう》の城が稲光に照らされて見えた。

竜王の居城《きょじょう》だった。竜王の城は、断崖絶壁の北の岬に、アレフガルド中を威圧《いあつ》するかのようにそそり立っていた。目のくらむような断崖絶壁の下は、激しい波が打ち寄《よ》せる海だった。稲光がさらに激しく上空を走った。

かつてこの城のあったところに、精霊ルビスを祀《まつ》った荘厳華麗《そうごんかれい》な大理石の神殿《しんでん》がそびえていた。

そして、海岸にはアレフガルドの人々で賑《にぎ》わった門前町と港があった。

城に接近したアレフは、要塞《ようさい》のような石造りの城門をくぐり抜け、岩陰《いわかげ》から城内の様子を見た。中央の崖にはおどろおどろした古い石の建物がそびえていた。宮殿だ。

アレフは深呼吸して剣を抜くと、息を殺して宮殿に接近した。

鉄の扉《とびら》を開けてなかに忍《しの》び込もうとしたとき、頭上から魔物の群れが急襲《きゅうしゅう》してきた。キメラとメイジキメラの飛行部隊《ひこうぶたい》だった。キメラの編隊《へんたい》が襲い、すぐさまメイジキメラの編隊が続いた。

アレフは、キメラとメイジキメラを数匹ずつ斬り倒すと、隙を見て宮殿に飛び込んだ。

「うっ!?」

異様な殺気のうごめきに数歩退《しりぞ》いた。

と、ホールの巨大な円柱の陰から髑髏の魔物が次々に姿を現して、アレフの前に立ちはだかった。その数は一〇〇体、いやそれ以上いそうだ。アレフがラダトーム城で襲われたのと同じ魔物で、竜王の城の警備《けいび》をしている混合戦闘部隊《せんとうぶたい》の死霊《しりょう》の騎士《きし》の一団だった。

薄暗い宮殿のなかは、巨大な円柱がずらりと両側に並《なら》んで、奥の闇《やみ》へと続いていた。そして、その円柱や壁《かべ》や天井《てんじょう》にまで、おどろおどろしたいまにも襲いかかってきそうな、竜《りゅう》の浮き彫《ぼ》りがいくつもほどこされていた。

騎士たちは骨《ほね》の音をきしませながらにじり寄ると、雪崩《なだ》れ込むように襲撃してきた。アレフは数体を斬り裂きながら正面を突破して奥へ向かうと、斬り裂かれた騎士たちがばらばらになって乾《かわ》いた骨の音をたてながら崩れ落ちた。即座《そくざ》に騎士たちの群れが迫った。

アレフは振り向きざま先頭の騎士たちに強烈《きょうれつ》な火炎《かえん》を浴びせ、稲光の電撃《でんげき》でしとめて奥へ向かった。

また、ラリホーの呪文で騎士たちの動きをとめ、一体ずつ斬り倒してさらに奥へ向かった。

こうして、同じ戦法を何度も繰《く》り返しながら、アレフは奥へ奥へと向かった。

そして、最後の騎士を斬り倒したとき、いちばん奥の部屋の前まで来ていた。

扉の中央には天を翔《と》ぶ竜の紋章《もんしょう》があった。

額《ひたい》には玉のような汗《あせ》が流れ、肩《かた》で大きく息をしていた。アレフは呼吸を整えると、竜の紋章の扉をそっと開けた。

そこは不気味なほど静まり返っていた。柱や壁や天井のほかに、燭台《しょくだい》や飾《かざ》り棚《だな》にまで竜の彫り物がほどこしてあり、その正面の一段高いところに、やはり竜の彫り物がほどこされた立派《りっぱ》な玉《ぎょく》座《ざ》があった。

2　地下迷路《めいろ》

「ここが竜王の部屋《へや》か……!?」

アレフは緊張し、あたりの様子をうかがいながらそっと玉座に向かった。

突然、天井の巨大なシャンデリアがアレフの頭上に落下してきた。

「うわあっ!?」

とっさに飛び退《の》くと、大音響《だいおんきょう》をたててシャンデリアが床《ゆか》に砕《くだ》け散った。

アレフは息を殺して、じっと気配をうかがった。だが、魔物の気配はなかった。

ほっとしてアレフは玉座に近づいた。玉座の背もたれにほどこされた竜の眼にはまっ赤な宝石《ほうせき》が埋められていた。アレフがその背もたれに手をかけたとき、いきなり玉座が横に移動し、

「うわあっ!?」

アレフは体勢を崩した。

と、玉座が位置していた床にまっ暗な闇が口を開けていて、そこからぬっと手が伸びた。その手がアレフの右足をわしづかみにして、力任せになかに引っ張《ぱ》り込んだ。

「あーっ!?」

アレフは悲鳴をあげながら、闇のなかで一回転させられ、階段下の床に背中から思いっきり叩《たた》きつけられた。

「うっ!」

すばやく横に跳びながら起きあがって剣《けん》を構《かま》えたが、とたんにアレフは顔を歪《ゆが》めた。右足首に激《げき》痛《つう》が走ったのだ。足をつかまえられて投げられたとき、足をひねられてしまったのだ。

敵は死霊の騎士一体だった。

「くそっ、しぶといやつだ!」

アレフのかけたラリホーの波動が騎士を直撃し、騎士の動きが止まった。すかさずアレフは斬り倒すと、騎士の骸骨《がいこつ》がばらばらに音をたてて崩れ落ちた。

松明《たいまつ》をつけ、痛めた右足に薬草を塗《ぬ》ると、アレフは右足を引きずりながら奥へと向かった。

地下は複雑《ふくざつ》な迷路になっていた。迷路を奥へ奥へと進むと、また地下におりる階段があった。

アレフは、慎重《しんちょう》にその階段をおりて、さらに奥へと進むと、突如《とつじょ》闇のなかから紅蓮《ぐれん》の炎《ほのお》が轟音《ごうおん》をたてて襲ってきた。

「うわあっ！」

炎の先がアレフをかすめ、アレフは慌《あわ》てて後退した。

壁の陰《かげ》から巨大なドラゴンが姿を現した。悪魔の騎士が引き連れていたドラゴンよりひとまわり大きい、混合戦闘部隊のキースドラゴンだ。キースドラゴンは、容赦なく灼熱《しゃくねつ》の炎を吐いた。火力も威力《いりょく》もドラゴンのそれよりはるかに強力だった。

アレフはかろうじてかわすとキースドラゴンの足に斬りかかった。だが、

「あっ!?」

あっけなく跳《は》ね返された。

「く、くそーっ！」

アレフはふたたび足に剣を振りおろした。

と、血飛沫が飛び、キースドラゴンは苦しそうにのけぞった。

アレフははっとして剣の刃《は》を見た。ほんの少しだが刃がこぼれていた。

次の瞬間、アレフは怒り狂ったキースドラゴンの猛炎《もうえん》を浴びて、壁まで吹っ飛んで背中を強打した。

やっと立ちあがったアレフは呪文を唱《とな》えた。だがひと呼吸《こきゅう》遅《おそ》かった。アレフは再び猛炎に包まれ、吹っ飛んだ。

「く、くそっ！」

アレフは気力を振り絞《しぼ》ると、炎をかわして宙《ちゅう》に跳び、血が噴《ふ》き出ている足をめがけて剣を振りおろした。

「たーっ！」

また血飛沫が飛び散り、キースドラゴンはたまらず前のめりに倒れた。

その隙にアレフは右足の痛みをこらえながら逃げた。着地したときにまた激痛が走ったのだ。

数歩先に、また下におりる階段があった。アレフは転がるようにその階段をおりた。

さらに奥へと逃げて、やっと一息《ひといき》ついたとき、アレフは殺気を感じてはっと見あげた。

「あーっ!?」

恐怖《きょうふ》に顔が強張《こわば》った。最初は天井の壁が落下してきたのかと思った。だが、それは足だった。

巨大な足が目の前に迫って踏みつぶそうとしていた。

「うわっ！」

間一髪《かんいっぱつ》、横っ飛びに一回転してかわすと、ズシ～ン——すさまじい地響きをたてながら小山のような足が床にめり込んで、ビシビシビシッ——と地割れが走った。

石の化《ば》け物《もの》、大男のストーンマンだった。かつてメルキドで巨人ゴーレムと戦ったストーンマン部隊の唯一《ゆいいつ》の生き残りで、今では混合戦闘部隊の一員として竜王の城を守っているのだ。

ストーンマンはアレフの体よりも大きい拳《こぶし》を振りかざした。

アレフはストーンマンの股《また》の下にもぐると、拳がうなりをあげて空を斬った。

ストーンマンは表情ひとつ変えず拳を振り回してくる。まともに攻撃を食らったら、命はない。アレフはすばやく呪文をかけた。ラリホーの波動がストーンマンの顔面を包み、魔物は眠《ねむ》りに落ちた。

「たーっ！」

アレフはさらに攻撃の呪文をかけた。

ベギラマの電撃がストーンマンを直撃すると、稲光が全身を駆け抜け、無表情だったストーンマンが苦しそうにもがき、まるで狂ったように暴《あば》れた。

と、バシッ——ストーンマンの足が壁にめり込み、壁が崩れて大きな穴《あな》があいた。運よく別の通路につながっていたのだ。

「それっ！」

アレフはその穴に飛び込むと、ストーンマンもあとを追ってその穴に首を突っ込んだ。

だが、体が大きすぎて首から下が引っかかった。ストーンマンは強引《ごういん》にその穴を抜けようとし、力任せにもがいた。と、ズズ～ン——地響きと土煙《つちけむり》をあげて天井の岩盤《がんばん》が崩れ落ち、一瞬にしてストーンマンがその下に埋《う》まってしまった。

アレフは右足を引きずりながら奥へ進むと、また地下におりる階段があった。

どこまで行きゃいいんだ――と思ったとき、魔物の気配を感じて、はっと立ち止まった。

今まで経験したことがない、ぞっと背筋《せすじ》が凍《こお》るような気配だ。アレフはじっと様子をうかがった。

だが、とがった氷の矢のような鋭い気配がするだけで、どこにも姿はなかった。

「なにものだっ!?」

アレフが叫ぶと、

「おまえかロトの血をひく者とはっ！」

と声がして、前方の暗闇のなかにゆっくりと魔物が姿を現した。

真紅《しんく》の甲冑《かっちゅう》で身を固めた魔物だ。魔物は巨大な斧《おの》をかまえると、ゆっくりと近づいてきた。混合戦闘部隊を率《ひき》いる六魔将《ましょう》のひとり死神の騎士だ。

死神の騎士は鋭く睨みつけると、

「もはやこれ以上一歩も奥にやるわけにはいかん！ 影殿《かげどの》と悪魔殿の無念を晴らしてやるわっ！」

と叫んで、斧を構えた。

そのとき、アレフのかけたベギラマの電撃が炸裂《さくれつ》し、死神の騎士の全身を稲光が走った。

だが、鋼鉄の防具に阻《はば》まれ打撃を与えることができなかった。

「ふっふふふ。ひと振りのもとにその首をはねてやるわっ！」

死神の騎士は、じりっじりっと間合いをつめてにじり寄り、

「うっ！」

アレフは壁際《かべぎわ》まで追《お》い詰《つ》められた。

死神の騎士は残忍《ざんにん》な笑《わら》いを浮かべると、

「たーっ！」

斧を振りかざして宙に跳んだ。

同時にアレフも右足の痛みをこらて思いっきり宙に跳んでいた。

ガキン——と乾いた金属音が闇に響《ひび》きわたって、アレフと死神の騎士が互《たが》いに背を向けながら着地した。ぼろぼろっ——アレフの剣の両刃《りょうば》がこぼれ落ちた。次の瞬間、ガチャ——と金属音が暗闇のなかに響いた。

死神の騎士の斧が床に落ちたのだ。ほとんど同時に死神の騎士とアレフが斧と剣を振りおろしたが、ほんの一瞬アレフの剣が速かったのだ。

「ううっ——！」

死神の騎士の口許《くちもと》が大きく震《ふる》えた。

兜の額にビシビシビシッ——と、ひびが走ったかと思うと、兜がまっ二つに割れて床に転げ落ち、死霊の騎士と同じ髑髏が現れた。その眉間《みけん》がざっくりと大きく裂けていた。

もともと死神の騎士は死霊の騎士だった。だが、死霊の騎士のなかでは飛び抜けて高い能力を持っ

ていたのだ。それが竜王に認《みと》められ、真紅の防具を与えられて、それ以来自ら死神の騎士と名乗るようになったのだ。

「こ、こんな、ば、ばかな――」

魔物はまだ負けたことが信じられなかった。

無念そうにがっくりと膝をつくと、眉間の裂け目から鋭いひびが走り、乾いた音をたてて髑髏が砕《くだ》け散った。防具もばらばらになって崩れ落ち、そのなかから粉々になった骸骨《がいこつ》がこぼれ出た。

アレフは無残《むざん》に刃の欠けた剣を見て愕然《がくぜん》となった。もはや、まともに戦えそうにはなかった。無理もなかった。いくらラルス十六世秘宝《ひほう》の名剣とはいえ、斬り倒した魔物の数は数えきれないのだ。

「くそっ！」

アレフは無念そうに唇《くちびる》を噛《か》むと、右足を引きずりながら迷路の奥へと向かった。右足の痛みがさらに増した。しばらく行くと、また階段があった。

「どこまで行きゃ竜王のやつがいるんだ!?」

階段をおりて奥へ進むと、やがて明かりのもれている部屋に突き当たった。

アレフは剣を握《にぎ》り直してなかを覗《のぞ》くと、部屋の正面に祭壇《さいだん》があり、その前の台座《だいざ》の燭台で蠟燭《ろうそく》が燃えていた。

「な、なんだこの部屋は!?」

アレフは部屋を見まわしながら、慎重に祭壇に近づいて、

「あっ!?」

思わず目を見張った。

祭壇の横に長方形の透明な水晶《すいしょう》があり、そのなかに立派な美しい剣が埋《う》められていた。

その華麗《かれい》な鍔《つば》を見てアレフはさらに驚いた。

「こ、これはっ!?」

左胸にあるロトのしるしと同じ天を翔《と》ぶ不死鳥《フェニックス》の紋章《もんしょう》の鍔だった。

「ロ、ロトのっ!?」

そのとき背後から、

「ふっふふふふ」

不気味な男の笑い声がした。

振り向くと、闇のなかにまっ赤な鋭い眼がすーっと浮きあがった。

「な、なにものだ!?」

「いかにも、それはまさしくロトの剣……」

「な、なにっ!?」

闇のなかから音もなく黒マントの男が姿を現した。

「あっ!?」

アレフはあの魔界童子かと思った。だが、黒いマントをまとった老人だった。手には拳ほどの赤い水晶球《すいしょうきゅう》の飾りをつけた杖《つえ》を持っている。

大魔道《だいまどう》ザルトータンだった。

3 大魔道

「わしは大魔道ザルトータンだ！」

「大魔道!?　どうしてこんなところにロトの剣があるんだ!?」

「かつてここにあった精霊ルビスの神殿に奉納《ほうのう》されておったのだ！」

「なんでそんなことを知っているんだ!?」

「わしはかつてその神殿に仕《つか》える最高位の神官だったからだっ！」

「な、なにっ!?」

「一三四八年の天変地異のあと、わしは死に物狂いで竜王から神殿を守ろうとした！　だが、必死の抵抗《ていこう》もむなしく、わしも、わしの弟子《でし》であったひとり息子《むすこ》も、殺されてしまった！　その後、魔物としての命を吹き込まれ、わしは大魔道として、息子は魔界童子として、蘇《よみがえ》ったのだ！」

「な、なにっ!?　ま、魔界童子がおまえの息子だとっ!?」

「そして、わしは、神殿にあったロトの剣を封印《ふういん》したのだ！　わしが死なぬ限り解《と》けぬ封印をなっ！」

「うぬぬっ！　なんてやつだ！　もと人間が竜王の手下になるなんて！」

「命が蘇ってわしはさとったのだ。闇こそが永遠の安らぎを与えているのだ……となっ！　わしらにとって竜王陛下《へいか》は絶対なのだ！　ロトの血をひく者よ！」

ザルトータンは杖の先の水晶球を突き出して恐《おそ》ろしい形相《ぎょうそう》で睨みつけた。その眼は憎悪《ぞうお》に燃えていた。

「さあ、死んでもらおーっ！」

ザルトータンはすかさず杖をかまえた。

水晶球がピカーッと赤い光を発してアレフを直撃した。

「うわあっ！」

すさまじい衝撃が全身に走り、アレフは壁まで吹っ飛んだ。

ザルトータンは両手で杖を握りしめると、水晶球を顔の前にかざし、さらなる次の呪法をかけた。

水晶球からさらに強力な光線が発せられ、アレフの全身を稲光がとらえた。

「うわああああっ！」

アレフは悲鳴をあげながら、まるで何かに憑《つ》かれたように震え、苦しそうにのたうちまわった。

目に見えない磁力《じりょく》のようなもので、全身がしめつけられて呼吸もできないのだ。

「はっはははは！　さあ、苦しむがいい！」

そのときだった。魔道士やキラーリカントや死霊の騎士が雪崩《なだ》れ込んできてアレフに襲いかかった。

驚いたのはザルトータンだった。

「やめいっ！」

ザルトータンは呪法を解き慌《と》てて叫んだ。だが、魔物たちには聞こえなかった。

「ええいっ！　やめぬかっ！　こやつはわしが始末するっ！」

ザルトータンはあせって呪法をかけた。

と、さっきと同じ強力な鋭い光線がアレフと魔物たちを直撃し、魔物たちは悲鳴をあげながら次々に倒れた。

ザルトータンはさらに力を込めた。

「さあ、とどめだっ！　魔界童子の仇《かたき》だーっ！」

「ま、魔界童子の……!?」

アレフは朦朧《もうろう》とした意識のなかで、苦しそうに声を出した。

「そうだっ！　やつはわしのかけがえのないただひとりの肉親！　この怨《うら》み晴らさでかっ！」

ザルトータンは限りない怨念《おんねん》を込め、渾身《こんしん》の力で念じると、水晶球から発した光線がまたアレフを直撃した。

「うわあああっ！」

強烈な衝撃とともに骨がきしんだ。

「じゃあ、ま、魔界童子は、し、死んだのだなっ!?」

「とぼけるでないっ！」

威力を倍加した強烈な光線がアレフを直撃した。

「うわああああああーっ！」

アレフは全身を痙攣《けいれん》させながら暴れると、やがてばったりと倒れてそのまま動かなくなった。

「魔界童子よ……！」

ザルトータンの顔がほころんだ。額からは玉のような汗が流れていた。

「ついに討《う》ったぞ……！　ついにな……！」

だが、ザルトータンが呪法を解くと、なんと倒れているアレフの全身を不思議な青い光がやさしくおおっていた。

「うっ!?　こ、この光は!?」

ザルトータンは愕然《がくぜん》となった。

「うっ……！」

気がついたアレフが、気力を振り絞《しぼ》ってやっと起きあがった。

自分でも生きているのが信じられなかった。と、アレフを包んでいた光がすーっと腰の革袋に消えた。アレフはいったい自分に何が起こったのか理解しかねていると、革袋の破れ目から粉々《こなごな》に砕《くだ》け散った青い命の石がきらきら輝きながらこぼれ落ちた。

「そ、そうか！」

アレフはやっと命の石が助けてくれたことを理解した。

不思議な青い光は命の石が発した光だったのだ。

「お、おのれっ！」

ザルトータンがまた呪法をかけた。だが、同時にアレフも呪文を唱えていた。

水晶球から発した赤い光線がアレフに直撃したと思った瞬間、アレフの手のひらから発した光が
その光線を受け止めていた。

「うぬぬぬっ！」

ザルトータンはさらに杖を持つ手に力を込めた。

「く、くそーっ！」

アレフもまた、ありったけの力を集中させた。

と、アレフの光が赤い光線を徐々《じょじょ》に押し返して、ほぼ互角《ごかく》になった。

押したり押されたりの激しい戦いになった。

「うぬぬぬっ！」

ザルトータンはさらに力を込めた。その顔は汗でびっしょり濡《ぬ》れていた。

さっきまでにかなりの力を消耗《しょうもう》しているのだ。

アレフの額にもまた玉のような汗が光っていた。

アレフは鋭い目でザルトータンを睨みつけながら、

「うおおおっ！」

全身を震わせながら叫び、さらに力を込めた。

と、アレフの光線が徐々に速度をあげながらぐいぐい押し返すと、ザルトータンの光線が力尽きてスーッと水晶球のなかに消えた。

「うっ！」

ザルトータンの顔が蒼《あお》ざめた。

アレフの呪文がザルトータンの呪法を封《ふう》じたのだ。すかさずアレフがベギラマの呪文を唱えると、電撃の光が宙を斬り裂き、水晶球を直撃し、表面を鋭い稲光が走った。

パカッ――水晶球はまっ二つに割れ、杖から取れて床に転がり落ちた。

「うぬぬぬっ！」

ザルトータンは愕然として割れた水晶球を見ていた。

そのときすでに、アレフは最後の力を振り絞ってザルトータンに向かって突進していた。

「たーっ！」

気合いを込め、高々と宙に跳んで、両刃の欠けた剣を思いっきり振りおろした。

杖がまっ二つに切れて、青黒い血がいきおいよく宙に飛び散った。

ザルトータンの眉間から喉《のど》にかけてざっくり裂けていた。

「うおおおおっ！」

部屋じゅうにザルトータンの悲鳴が轟《とどろ》いた。

と、返す剣でアレフはザルトータンの心臓《しんぞう》をひと突きにした。

「うっっっ……！」

ザルトータンは苦しそうにぶるぶると全身を痙攣させた。やがてそのまま崩れ落ちると、

「うあああああああーっ！」

絶叫《ぜっきょう》しながら、全身が薄い紙切れのようないくつもの破片《はへん》にゆっくりと千切《ちぎ》れてあたり一面に飛び散り、やがていずこへともなく消えてしまった。

不気味なほどの静寂《せいじゃく》が戻った。

肩で息をしながら、アレフは、額の汗を拭《ぬぐ》うと、ぺたりとその場に座りこんでしまった。ぐったりと疲れきって動けなかった。しばらくアレフは呆然としながら休むと、気力を奮《ふる》い立たせてロトの剣の前に行った。

いつの間にかザルトータンの封印が解けていて、ロトの剣を埋めていた透明な水晶は粉々に割れていた。

アレフはおもむろにロトの剣を取って、鞘《さや》から抜いた。

鏡のような青々とした刃。いまにも油がしたたりそうなしっとりとしたその光沢《こうたく》。華麗なロトの紋章の鍔。美しい宝石がちりばめられた柄《つか》。ほどよい重さで、妙《みょう》にしっくりと手に合う。

「ああ。この美しい剣が、勇者ロトの剣か！　邪悪な魔物たちと戦い、魔王を倒した、あの勇者ロトの！」

アレフはぐっと力を込めて握りしめると、

「うっ!?」

ぶるぶるっ――と手が震えた。

一瞬、手が離れなくなってしまったのかと思うほど、ぴったりと柄に吸いついている。

と、剣から不思議な力が伝わってきた。その力がまるで血液のように、あっという間に全身を駆けめぐり、いまにも爆発《ばくはつ》しそうな闘志《とうし》と力が全身にみなぎった。

さっきまでの疲れが嘘《うそ》のように吹っ飛んでいた。一瞬、勇者ロトの闘志と魂《たましい》がそのまま自分に乗り移《うつ》ったのではないかと思った。その目はぎらぎら燃えていた。

と、また駆けつけてきた魔道士や死霊の騎士たちが、アレフに襲いかかろうとした。

だが、アレフがロトの剣を構え、鋭い目で睨みつけると、とたんに魔物たちの顔に脅《おび》えが走った。

アレフの全身にすさまじい気迫《きはく》と殺気がみなぎっていたのだ。

本能的に自分たちの死を嗅《か》ぎ取った魔物たちは、数歩退くと一目散《いちもくさん》に逃《に》げ去った。

アレフはロトの剣を握り直すと、右足を引きずりながら部屋を出て、さらに迷路の奥へと向かった。また下におりる長い階段があった。アレフはその階段をおりて、

「あっ!?」

思わず目を見張った。

巨大な地底に、大理石の宮殿がそびえ立っていた。

ラダトーム城の宮殿と同じぐらいの大きさだ。宮殿の門までは大きな大理石の橋がかかっている。その下をまっ赤な溶岩《ようがん》が、ボコッ、ボコッ、ボコッ——と恐ろしい大きな泡《あわ》を立てている。

溶岩が宮殿のまわりを囲んで、堀《ほり》の役目《やくめ》をしているのだ。

そして、この地底にはさらにいちだんとむっとするような生臭い血の匂いが充満《じゅうまん》していた。

竜王の宮殿だった——。

4　光の玉

地底にそびえ立つ竜王の宮殿は、異様なほど静まり返っていた。

ときどき、ボコッ、ボコッ、ボコッ——と、溶岩の泡の音がするだけだ。

息を殺して溶岩にかかった大理石の大橋をわたったアレフは、そっと宮殿に忍び込むと、様子をうかがいながら慎重に奥へ奥へと進んだ。

宮殿のなかも大理石でできていた。地上にある宮殿と同じように、巨大な円柱や壁や天井に、竜の彫り物がほどこしてあった。

さらに奥へ進んで角を曲がると、円柱《えんちゅう》の陰から、アレフめがけて強烈《きょうれつ》な紅蓮《ぐれん》の炎が轟音《ごうおん》をたてて飛来した。

「うっ！」

アレフがかわして飛び退くと、四方の円柱の陰から飛び出した二十匹あまりのドラゴンが容赦なく猛炎《もうえん》を浴びせた。悪魔の騎士配下のドラゴン部隊だ。

地獄の業火《ごうか》がアレフを包んだ。だが、アレフは敢然《かんぜん》として炎を受け止めた。ロトの鎧はロトの剣を得たためにさらに強力になり、この程度の炎ではびくともしなかった。ロトの剣を構えたアレフの姿には一分《いちぶ》の隙《すき》もなかった。アレフの全身にみなぎる殺気を嗅《か》ぎ取ったドラゴン部隊は一瞬ひるんだ。

「うおりゃあああーっ！　どけーっ！」

アレフが猛然《もうぜん》と斬りかかると、ロトの剣が閃光《せんこう》を放って——三度四度、宙を斬り裂いた。

ドラゴンの首が血飛沫を散らしながら次々に宙に舞った。

残ったドラゴン部隊はとたんに脅えて逃げた。

ドラゴンたちよりさらに巨大なドラゴンが一匹だけ残った。竜王直属《ちょくぞく》の部下で、アレフガルド侵略《しんりゃく》以来ずっとこの宮殿を守ってきたダースドラゴンだ。ダースドラゴンの炎は、火力も威力もドラゴンやキースドラゴンとは比較《ひかく》にならないほど強烈だった。

アレフはその灼熱《しゃくねつ》の炎の渦を浴びながら、キッと睨みつけると、

「うりゃあああーっ！」

宙に高々と跳んだ。

次の瞬間、ダースドラゴンの巨大な首が、大量の鮮血《せんけつ》を噴《ふ》き出して宙に飛び、ダースドラゴンは

地響きをたてて床に倒れると、その横に血まみれの首が落下した。

アレフは改《あらた》めてロトの剣のすごさを知った。そのときだった。

「ゼィゼィ……ゼィゼィ……」

かすれ声ともうなり声ともつかない不気味な音が、かすかに聞こえてきた。

「！」

アレフは緊張し、耳を澄《す》まして音の方向を探った。

音は、奥から聞こえる。よく聞くと、ぞっと鳥肌が立つような不快な音だ。

アレフは剣の柄を握りかえるとそっと音のする方へと、右足を引きずりながら向かった。音が、さらに大きくなると、生臭い血の匂いも強くなった。

アレフは溶岩にかかった大理石の小さな橋に出た。溶岩の堀は、宮殿のなかまで引き込まれているのだ。音は、橋の奥から聞こえてくる。橋をわたると、奥にもうひとつ溶岩にかかった大理石の小さな橋があった。

アレフはその橋もわたり、さらに奥に進んで、

「あっ!?」

息をのんで剣を構えた。

そこは豪華な竜王の間だった。

その正面の一段高いところで、玉座に座った恐ろしい顔の魔物が、

「ゼィゼィ……ゼィゼィ……」

と息をするたびに喉《のど》を鳴らしながら、アレフを睨んでいた。

口許にはかすかな笑《え》みを浮かべ、両手で杖をもてあそんでいた。アレフと同じくらいの大きさの魔物だ。だが、眼だけは異様に鋭くて冷たい。竜王だった。

気勢《きせい》をそがれ、アレフはあ然として竜王を見ていた。竜王がこんなに小さいとは想像もしていなかったからだ。だが、それもほんの一瞬だった。すぐさま、アレフの胸の奥から激しい怒《いか》りが込みあげてきた。この竜王のために、こんなやつのために、何十万もの人の命が奪《うば》われたのか――と思うと、怒りで胸が張り裂《さ》けそうになった。

「ゼィゼ……ゼィゼィ……」

竜王が喉を鳴らすたびに、血の匂いがさらに強くなる。

血の匂いは、竜王の吐《は》く息だったのだ。

「おまえが竜王かっ！」

アレフはキッと睨みつけた。

その目には限りない怒りと憎《にく》しみと恨《うら》みが込められていた。

「ロトの血をひく者か!?」

竜王は、喉を鳴らしながら、おどろおどろした声を発した。

「そうだ！　勇者ロトの血をひく者だ！　おまえを倒しにきた！　おまえが闇に閉《と》ざした光の玉を

奪い返しになっ！」

「はっははは！」

竜王は、喉を鳴らしながら声高《こわだか》に笑った。

「おまえごときに、このわしが倒せるというのか!?　はっははは！　もとはといえば、光の玉はわしの母上のものだったのだ！」

「な、なにーっ!?」

「わしはそれを奪い返しただけだっ！」


神々の一族である竜神《りゅうじん》の末裔《まつえい》として生まれた竜王は、人間を保護《ほご》する神として天上界に君臨《くんりん》するはずだった。

だが、竜王が誕生《たんじょう》したとき母である竜の女王はすでにこの世にはなく、竜王はいずことも知れぬ暗い洞窟《どうくつ》で、魔界の大魔神の配下の魔物により、悪の権化《ごんげ》として育てられたのだ。

ある日、若《わか》き竜王を呼んで大魔神はこう告げた。

「竜王よ、もはやこの世界におってもそなたの益《えき》するところはない。そなたの母上、竜の女王から地上界を奪《うば》い取った精霊ルビスの国に向かうがいい。今こそ、その地を征服《せいふく》し、竜の女王の仇を討《う》つがいい。そして、光の玉を奪い返すのだ。さすれば、そなたは本来の力を取り戻し、地上界のみならず、天上界をも支配できる絶対的な力を持つであろう」

こうして二〇〇年前、竜王は配下の魔物を率いてアレフガルドを侵略《しんりゃく》したのだ——。

「早い話が……！」

竜王は恐ろしい眼でアレフを睨みつけた。

「この地上界は本来わしの母上である竜の女王の世界であったのだ！　だが、あの憎き精霊ルビスがこの地上界を我《わ》がものとし、母上は失意《しつい》のうちにこの世を去ったのだっ！」

竜王は杖を握りしめ怒りに震えた。

その眼は精霊ルビスへの激しい憎悪に満ちていた。

「あまつさえやつは、おのが領土《りょうど》を広げるために、この地上界にアレフガルドという国まで創造《そうぞう》し、母上が命と引き換えにこの世に残した、たったひとつの光の玉までロトに命じて盗《ぬす》ませたのだっ！」

「うそだっ！」

アレフは大声で叫んだ。

「おまえは魔界のやつらにだまされているんだ！　アレフガルドの神話によれば、悪や魔物がはびこっているこの地上界を平和にするために精霊ルビスがやってきたんだ！　光の玉だってロトが盗んだんじゃない！　神から授《さず》かったんだ！」

「黙《だま》れいっ！」

低いが恐ろしい声だった。

「人間どもが勝手に作った神話なぞ、聞く耳を持たぬわっ！」

「うっ！」

「それにしても海峡をわたりこの城までくるとは見あげたやつ！　のぉ、ロトの血をひく者よ、ものは相談だが……」

じっとアレフを見た。

「どうだ、わしの味方になる気はないか!?」

「味方ーっ!?」

「わしは今年の竜《ドラゴン》の月の竜《ドラゴン》の日に、新たなる戦いを始める！　世界制覇《せいは》の戦いをなっ！」

「な、なにっ!?」

「わしの味方になったら、アレフガルドをおまえにやってもいい」

「ばかなことをいうなっ！」

「そうか。それは残念だな」

「だれがそんな手にのるかっ！」

「命は惜しくはないのか？」

「うるさいっ！　アレフガルドから平和を奪い、多くの命を奪ったにっくき竜王め！　覚悟《かくご》しろーっ！」

アレフは猛然と竜王に向かって突進した。足の痛みなど忘れていた。

「ターッ！」

大きく宙に跳んで、

「そりゃーっ！」

アレフは思いっきり竜王の頭上に剣を振りおろした。

ザクッ——玉座がまっ二つに割れた。だが、竜王の姿が忽然《こつぜん》と消えていた。

「あっ!?」

「はっははは！」

背後から竜王のあざ笑う声がした。

「うっ！」

振り向くと、後ろに竜王が悠然《ゆうぜん》と立っていた。

「く、くそーっ！」

アレフは再び剣をかざして突進した。

「はっははは！」

竜王はこともなげにアレフの剣先をかわすと、恐ろしい眼でアレフを睨みつけて杖を突き出した。

その杖の先から発した強烈な電光がアレフを直撃した。

「うわあっ！」

アレフは壁まで吹っ飛び、大理石に背中から激突してそのままずるずるっと床に崩れ落ちた。

全身に激痛が走り、骨がきしみ、思うように動けなかった。

宙に跳んだ竜王が杖をかざして攻撃してきた。

「うっ！」

アレフは横に転がりながら避けると、杖が肩をかすめた。

アレフは気力を振り絞って立ちあがると、身をひるがえして剣を振りおろした。

着地した竜王がちょうど振り向いたところだった。

「たーっ！」

たしかな手ごたえがあった。

「うっ……！」

竜王は額を押さえながらガクッと膝をついた。

アレフはすかさず剣を振りかざすと、竜王の首めがけて、

「死ねーっ！」

ロトの剣が閃光を発して宙を斬り裂いた。また、たしかな手ごたえがあった。

「うっ！」

竜王は全身を震わせながら、そのまま床に崩れ落ちた。

「やった！」

喜び勇《いさ》んでアレフは叫んだ。

だが、ダースドラゴンの首を一刀《いっとう》のもとにはねたロトの剣なのに、竜王の首をはねるどころか血すら出ていなかった。と、突然、

「ふっふふふふ」

竜王は顔をあげて不敵な笑いを浮かべた。

「あっ!?」

「はっははは!」

立ちあがると肩を揺らして声高に笑った。

「はっははははは!」

なおも笑い続けた。

と、竜王はみるみるうちにどんどん巨大化した。

巨大化しながら、笑い声がさらにそら恐ろしい声に変わった。

鋭い二本の角《つの》が生えた。眼がさらに鋭くなった。口が大きく裂けた。手の爪が鋭く伸びた。背中に翼《つばさ》が生え、鋭い背びれが生えた。

「あーっ!?」

アレフは息をのんで愕然となった。

なんと、一瞬のうちにアレフよりも二十倍もある、天を突くような巨大なドラゴンに変身し、本

性を現したのだ。

5　死闘《しとう》

「がぉぉぉ！」

竜王は宮殿の外まで轟くような声で吠《ほ》えると、ブォォォッ——紅蓮の炎を吐き、炎が渦を巻きながら目にもとまらぬ速さで飛んできた。

「うわっ！」

アレフは宙に跳んでかろうじてかわしたが、着地して、

「うっ！」

右足に激痛が走った。

竜王は再び猛炎《もうえん》を吐いた。

猛炎はアレフの体をかすめて後方の玉座に命中し、玉座は燃えながら粉々に砕け散った。

「……！」

アレフは竜王の炎の威力《いりょく》に底知れぬ恐怖《きょうふ》を覚えていた。

ダースドラゴンの数倍、いや数十倍の威力がある。破壊《はかい》力、火力、速度——すべてがけた違いだからだ。

「ゼィゼイ……ゼィゼイ……」

薄笑いを浮かべ弄《もてあそ》ぶように、さらに竜王は猛炎を吐いた。

アレフは足の痛みに耐《た》えながら、逃げまわった。だが、逃げるのが精一杯《せいいっぱい》で反撃する糸口さえつかめなかった。一定の距離《きょり》からなかに踏み込めないのだ。

間合いを測ろうとしたとき、不意討《ふいう》ちをくらった。いきなり、バシッ——顔面に痛烈な衝撃を受け、

「うわっ！」

吹っ飛んだ。顔の骨が歪《ゆが》んだかと思ったほどだ。

アレフが炎に気を取られている隙《すき》に、竜王の巨大な尻尾《しっぽ》が顔面を殴《なぐ》りつけたのだ。

アレフは大理石の壁に叩《たた》きつけられて床に転がり落ちた。叩きつけられたとき、ギシッと全身の骨がきしむ音がした。頬《ほお》は大きく腫《は》れあがり、口からは血が流れていた。

「く、くそっ！」

アレフは必死に起きあがろうとしたが、めまいがしてふたたび床に沈んだ。

尻尾で殴られたときに軽い脳震盪《のうしんとう》を起こしたのだ。何度か頭を振り、めまいも収まってやっと身を起こしたときだった。猛炎の渦をもろに浴び、

「うわっ！」

アレフは火だるまになって熱風に吹き飛ばされた。

それは激痛をはるかに越えた衝撃だった。胸が苦しくて息をするのもやっとだった。意識が朦朧《もうろう》

とし、目がかすんだ。ロトの鎧でなければ確実に即死《そくし》していたはずだ。

アレフは力を振り絞ってやっと立ちあがった。と、バシッ――また巨大な尻尾がうなりをあげて飛んできて、両足に命中した。アレフは反対側の壁まで吹っ飛んだ。

「く、くそっ！」

なんとか立ちあがろうとしたが、ガクッと膝《ひざ》が折れてまた倒れてしまった。

足の神経が麻痺《まひ》して、動けないのだ。

竜王は残忍《ざんにん》な笑みを浮かべながら、猛炎を吐き続けた。

「うわっ！」

アレフはごろごろ転がった。転がりながら猛炎をかわした。

だが、あっという間に部屋の隅に追い詰められていた。

「ゼィゼイ……ゼィゼィ……」

竜王の眼がさらに鋭くなった。そして、ひときわ強烈な炎の渦を浴びせた。

アレフはかろうじて横に避《よ》けると、熱風をくぐり抜けて竜王の懐《ふところ》に飛び込み、足に斬りかかった。だが、あっけなく跳ね返された。

今度はありったけの力で宙に跳び、剣を振りおろした。剣は竜王の肩口に当たった。だが、むなしく金属音が響いただけだった。アレフは愕然とした。

「くそっ！　どうなってんだこいつの体はっ！」

「ゼィゼイ……ゼィゼイ……」

竜王は肩を揺《ゆ》すりながら笑った。

「くそっ！」

アレフはまた斬りかかろうとして、

「うわあっ！」

顔面に激しい衝撃を受けて吹っ飛んだ。竜王が前足をあげて殴り飛ばしたのだ。

アレフは仰向《あおむ》けに倒れて一瞬気を失いかけた。顔面にざっくりと竜王の鋭い爪跡《つめあと》が残った。

「くそっ！」

アレフは起きあがろうとして、やっと頭をあげて、

「あっ!?」

まっ青になった。

頭のすぐ後方で、まっ赤な溶岩がボコッボコッと不気味な泡を立てていた。殴られて竜王の間から吹っ飛んできたのだ。手を伸ばせばなんとか届《とど》きそうなところに、いつの間に革袋から転がり出たのか、誕生祝《たんじょういわ》いにローラ姫からもらった鳳凰《ほうおう》の彫り物のお守りが落ちていた。

「うっ……！」

アレフは拾《ひろ》おうとして懸命《けんめい》に手を伸ばした。だが、体が思うように動かなかった。

すると、残忍な笑みを浮かべてアレフを見おろしていた竜王が、ビシッ――と、無残にもそのお

守りを踏みつぶした。

「あっ！」

と思った次の瞬間、アレフはふたたび猛炎の渦を浴びた。

「うっ！」

すーっと気が遠くなった。意識が薄れたのだ。

竜王は容赦《ようしゃ》なくアレフに猛炎を浴びせた。

そのたびにアレフの体は衝撃を受けて、まるで海老《えび》のように跳ねた。

アレフの目の前がかすんで、まっ白な世界になった。

と、父ガウルの顔が、母ジェシカの顔が、ラルス十六世の顔が、ガルチラの顔が、一〇〇〇年魔《ま》女《じょ》の顔が、旅の途中で出会った人たちの顔が――なつかしい人たちの顔が走馬燈《そうまとう》のように浮かんでは消えた。

「アレフ！　アレフ！」

という叫び声が聞こえてきた。ローラ姫の声だった。

「がんばって、アレフ！　最後まであきらめないで！　アレフ！　アレフ！」

ローラ姫の美しい顔が浮かんだ。

「そうだ！　負けてなんかいられるかっ！　負けてなんか！」

アレフは、ローラ姫に応《こた》えるように、薄れていく意識のなかで叫んだ。

すると、ローラ姫の顔が不思議なまばゆい光に包まれて光り輝いた。そのときすーっと意識が戻ってきた。うっすらと目を開いてぎょっとなった。目の前に恐ろしい竜王の顔があった。

竜王は、気を失いかけたアレフの首をつかんで、とどめを刺そうとしていたのだ。鋭利《えいり》な爪がアレフの肌に食い込んで、血がだらだら流れていた。おそらく、爪が食い込んだ痛みで、アレフの意識が戻ったのだろう。

「ゼィゼィ……ゼィゼィ……これまでだ……これで、遊びはしまいだ……！」

竜王は眼光《がんこう》鋭く睨みつけ、喉《のど》を鳴らしながらおどろおどろした声でいった。

「これでなっ……！」

だが、竜王が指に力を入れたのと同時だった。アレフが力を振り絞って、

「く、くそーっ！　負けてたまるかーっ！」

渾身《こんしん》の力を込めて竜王の左眼めがけ剣を突き刺したのだ。

剣は鍔の先まで眼に突き刺さり、おびただしい鮮血が飛んだ。

「がぉぉぉっ！」

不意をつかれた竜王は思わずのけぞって、アレフを床に叩きつけると、左眼を押さえて身もだえた。そして、再びアレフに猛炎の渦を吐いて襲いかかってきた。

だが、炎はアレフをかすめて床に炸裂《さくれつ》した。間一髪《かんいっぱつ》、アレフが竜王の懐に飛び込んだのだ。

竜王は憎々しげにアレフを見おろした。ここまで接近されれば、自分の体が邪魔して炎を浴びせ

ることができないからだ。

竜王は前足をかざして、アレフに殴《なぐ》りかかり、さらに後ろ足で踏みつぶそうとした。

アレフは右に左に跳んで必死にかわし、竜王の前足が何度も空を斬り、後ろ足がむなしく床を踏みつけた。そして、前足が何度目かの空を斬ったとき、

「たーっ！」

アレフは高々と宙に跳んだ。

突如《とつじょ》顔の前に現れたアレフを見て、竜王はぎょっとなった。

次の瞬間、アレフは渾身の力を込めて、竜王の心臓めがけてロトの剣を突き刺した。

「がぉぉぉぉっ！」

竜王の叫びとともに、おびただしい鮮血が宙に飛び散り、アレフもまた大量の返り血を浴びた。

運よくアレフのそばに竜王の前足があった。アレフはその上に両足を置くと、

「うりゃあああっ！」

再び渾身の力を込めて、心臓をえぐった。

竜王の顔に衝撃が走り、右眼がカッと見開いた。

アレフはさらに強く激しくえぐった。

「がぉぉぉぉ！」

竜王の悲鳴が宮殿に轟いた。

アレフはロトの剣を抜こうとした。だが、どうしても抜けなかった。

竜王は天を仰《あお》いで数歩よろけ、アレフは振り落とされた。

床に落ちたアレフは魂が抜けたような顔でその場に座りこんだ。体力も気力も、すべての力を使いきったのだ。

そして、竜王もまた天を仰いだまま動かなくなった。と、大木が倒れるように硬直したままゆっくりと倒れた。倒れながら竜王はアレフを振り向いて残った右眼で鋭く睨みつけた。

そのとき、アレフには一瞬竜王の動きが止まったように見えた。

竜王の眼は恐ろしさよりも、驚きと無念さに満ちていた。いいようのない哀《かな》しい眼をしていた。

「ゼ……ゼィ……」

竜王は何かいおうとしてかすかに喉を鳴らした。

だが、それまでだった。竜王の体が急に大きく傾くと、ロトの剣が心臓に突き刺さったまま、まっ赤などろどろの溶岩に落ちて、ぶくぶくと沈んで消えた。

アレフは呆然として見ていた。そして、いくらか体力が回復してくると、

「やった……！　ついに竜王を倒した……！　ついに……！」

苦しそうに声を出してつぶやいた。

「そ、そうだ！　光の玉だ！」

アレフはやっと立ち上がると、右足をひきずりながらふらふらと竜王の間に向かった。

立っているのさえ、やっとの状態だった。顔は醜《みにく》く腫《は》れあがり血まみれだった。全身に痛みが走った。

玉座の後ろの棚《たな》に、立派な装飾をした宝物箱があった。

頑丈《がんじょう》な錠《かぎ》がかかっていた。アレフは首飾りを握って印を結ぶと、

「あ、あれだ！」

「我が勇者ロトよ！　われに力を与え給《たま》え！　われに力を……！」

無心に祈《いの》った。と、指先から発した光が錠を直撃し、その光が箱全体を包んだ。

やがて光が消えると、カチャッと音をたてて錠がはずれた。アレフは蓋をあけて宝物箱のなかを見た。朱の絹の布に包まれたまるいものがひとつあった。

「あった！」

目を輝かせてそっと取り出した。両手にすっぽり入るほどの大きさだ。

そっと絹の布を取ると、美しい光の玉が現れた。

「これが光の玉か……！　これが……！」

アレフはじっと光の玉を見つめた。胸の奥から熱いものが込みあげてきた。

そのときだった。突然、ドドドドドドドッ――地響きがして、床が大きく揺れた。

「うわあっ!?」

倒れそうになって、アレフは宝物箱のある棚につかまった。

地震《じしん》だった。地震はさらに激しくなった。

大理石の壁や柱に、ビシビシッ――と、鋭いひびが入ったかと思うと、ガラガラガラッ――音をたてて壁や柱が崩れ落ちてきた。

「あっ!?」

アレフは慌てて光の玉を革袋に入れて逃げた。

その直後、ズズズズーン――竜王の間が無残《むざん》に崩壊《ほうかい》した。

6 夜明け

アレフは必死に逃げた。

右足の痛みとか体の痛みを気にしている余裕《よゆう》などなかった。

溶岩も躍るように波打っていた。波頭と波頭がぶつかり合い、溶岩の飛沫《しぶき》が飛び散っている。

宮殿前の大きな大理石の階段をやっとわたったとき、ズズズズズーン――背後で轟音《ごうおん》がした。

あっと振り向くと、高くそびえていた宮殿が、大音響をたてて崩壊していた。

さらに、巨大な地底の天井の岩盤《がんばん》も、溶岩や崩れ始めた宮殿の上に落ちてきた。

アレフは上の階にあがって逃げた。地響きがし、壁や天井が土煙《つちけむり》をあげて崩れ落ちる。

アレフはそれらの落下物をかわしながら、逃げた。

さらに上の階、上の階、上の階へと逃げた。

だが、もう少しで地下通路から脱出できるというとき、突然前方の天井が崩れ落ちて通路をふさいでしまった。アレフが思わず立ち止まると、今度は背後の天井も崩れ、さらに頭上の天井も崩れ始めた。

アレフは呪文を、脱出の呪文リレミトを唱えた。同時に崩れ落ちた岩盤がアレフを埋めた――。


気がつくと、アレフは竜王の城の外に立っていた。

真夜中だというのに、空をおおった雲はまっ赤に染《そ》まっていた。

そのとき、轟音が聞こえてきた。はっとなってアレフが海の方向を見て、

「あーっ!?」

愕然となった。

ゴォォォォォ――と音をたてて、荒れ狂う海がそばまで迫っていたのだ。

岬の上まで波があがってきていたのだ。

アレフは必死に砂漠に向かって逃げた。やがて、後方ですさまじい音が轟いた。

はっとなって見ると、岬にそびえていた城が崩れ落ちていた。

次の瞬間、崩壊した城は恐ろしい怒濤《どとう》にのみ込まれて姿を消した。

アレフは逃げた。地面が大きく波打って揺れる。後ろから怒濤が襲ってくる。

「くそーっ！」

怒濤は背後に迫った。

アレフは観念《かんねん》した。そして、竜王を倒して自分の使命を果たしたのだから、このまま死んでも悔《く》いはない。――ふと、そんなことを考えたときだった。

「あっ！」

アレフはつまずいて転んだ。

「ローラ姫っ！」

アレフはローラ姫の名を叫んだ。今一度ローラ姫に会いたいと思ったのだ。

と、ドドドドッ――荒れ狂う波が襲った。

「うわあああああっ！」

一瞬にしてアレフは怒濤にのみ込まれ、全身に衝撃が走り、骨がきしんだ。

アレフは反射的に光の玉の入っている革袋を抱きかかえていた。そのとき、アレフは怒濤にもまれながら、薄れゆく意識のなかでほんの一瞬不思議な光景を見た。

手にしていた光の玉が、ピカーッと閃光《せんこう》を発すると、目の前に立ちはだかっていたそら恐ろしい巨大な魔物がその光を浴びて、苦しそうに暴れた。

どうやらそこはどこかの宮殿の一室らしかった。

すると、アレフの後方から仲間《なかま》とおぼしきひとりの戦士が、猛然と魔物に斬りかかった。

戦士は誰だかわからないが、見覚えのあるなつかしい顔をしていた。

アレフは光の玉を持つ手に力を込めると、さらに強烈な光が魔物を直撃した。魔物はいきおいよく爆発《ばくはつ》すると、まっ黒な血があたり一面をおおい、まっ暗な闇になった。

と、その奥にまっ白に光り輝く神殿が見えた。だが、よく見るとそれは神殿ではなかった。一羽《わ》の巨大な鳥だった。まっ白な翼《つばさ》を広げた美しい鳥だった。

戦っていた相手は大魔王ゾーマであり、白い美しい鳥は伝説の鳥だった。そして、アレフは勇者ロトだったのだ。

アレフが光の玉の入っている革袋を抱きかかえたとき、アレフの体に流れている勇者ロトの血の記憶《きおく》が、ほんの一瞬の夢として蘇《よみがえ》ったのだ。

だが、アレフには理解できるはずもなかった——。

まっ白な美しい鳥はアレフに向かって飛んでくると一面まばゆい光に包まれ、気がつくとアレフはその鳥の背に乗っていた。

白い鳥は翼をはばたかせながら急上昇し、アレフは軽いめまいを覚えていた。すると、不思議なことに、はっと意識が戻った。

ドドドドドッ——と、怒濤が下を走り抜けていった。

一瞬何が起きたのか、アレフには理解できなかった。

「あっ!?　お、おまえは!?」

アレフは上を見て驚いた。

大鷲《おおわし》だった。ガルチラの大鷲がアレフの背中を両足でしっかりとつかみ、上空に向かって急上昇していたのだ。アレフが怒濤にのみ込まれたとき、間一髪助けてくれたのだ。

大鷲はさらに急上昇した。

すぐ下に津波に襲われている島が見えた。

だが、しばらくすると津波が引き、再び島は全貌《ぜんぼう》を現した。

そして、竜王の城は跡形《あとかた》もなく消えていた。

アレフガルドを支配してから二〇〇年、世界制覇《せいは》への新たなる戦いを開始しようとした竜王の野望は、城とともに消えてしまったのだ。

と、アレフの体が急に落下した。大鷲がアレフを放したのだ。

「うわーっ!?」

下は、広大な海だ。一瞬、目がくらんだ。だが、大鷲は上空で一回転すると、落下するアレフの下に飛来《ひらい》して、アレフを背中に乗せたのだった。

「お、驚いたぜ!」

アレフはほっとした。

そのとき、新しい時代を告げるかのように、東の空からゆっくりと太陽がのぼってきた。

みるみるうちに一面の海原《うなばら》が太陽の光にキラキラ反射し、紺碧《こんぺき》の海へと姿を変えた。

いつの間にか、澄んだ青空が広がっていた。アレフは目を輝かせて空を見た。

どこまでも青く澄んだ空だった。

こんな美しい空を見たのは、もちろん生まれてはじめてだった。

眼下に見える海も、空と同じように、どこまでも青く澄んでいた。聖なるほこらにわたるとき見た海と同じような、美しい穏やかな海だった。

アレフは、深呼吸した。生臭《なまぐさ》い血の匂《にお》いはどこにもなかった。

「やったんだ！」

アレフは大声で叫んだ。

「ついに竜王を倒したんだ！」

やっとアレフの胸に実感として込みあげてきた。晴れやかな気持ちだった。

「ついに光の玉を取り返したんだ！」

アレフは革袋の上からそっと光の玉に触ってみた。

と、急に、怒濤にのみ込まれたとき見た不思議な光景を思い出した。魔物と戦っていたとき持っていたのは、この光の玉ではなかったのか、と思ったのだ。

そして、ふと竜王が倒れるときの、あの哀しい眼を思い出した。

人間を保護する神として生まれてきた竜王が、魔物に育てられ、魔物の王として二〇〇年もの長い間、このアレフガルドを支配してきたのだ。

光の玉は、自分の母の竜の女王が命と引き換えにこの世に残したものだ、と竜王がアレフにいった。それはどういうことなのかアレフにはわからない。

だが、運命とはなんて不思議で皮肉なものだろう――アレフはそう思った。そして、

「光ある限り、闇もまたある……」

精霊ルビスが勇者ロトにいったという、ロトの洞窟《どうくつ》に刻《きざ》まれていた言葉を思い出してアレフはつぶやいた。

「それにしても……」

竜王が哀しい眼で振り向いたあのとき、竜王は何かをいおうとして喉を鳴らした。いったい、何をいおうとしたのだろう。何がいいたかったのだろう。何が――ふと、気になった。

アレフを乗せた大鷲は、まっすぐ南へ向かって飛んだ。

竜王の島を襲った地震はアレフガルド全土をも揺るがせた。

新年を迎えたばかりの真夜中の一時《いっとき》にもおよぶ地震に、アレフガルドの人々は二〇〇年前の天変地異を思い起こし、不安と恐怖《きょうふ》に脅《おび》えながら朝を迎えたのだ。

ローラ姫の残った聖なるほこらも激しく揺れた。その地震以来、ローラ姫は不安に脅えながら、竜王の島のある北の空をじっと祈るように見つめていた。

だが、二日目の朝。大鷲に乗って飛んできたアレフの姿を見つけて、ローラ姫はぱっと顔を輝か

せた。そして、すべてをさとった。

「アレフ！」

ローラ姫は思わず両手を振った。

「ローラ姫！」

アレフも手を振って応えた。

大鷲は急降下すると、聖なるほこらの入り口でアレフをおろし、大きな翼をはばたかせながら大空へ戻っていった。

「ローラ姫！」

アレフとローラ姫は一瞬見つめ合った。

「やったのですね!?　ついに竜王を倒したのですね!?」

「ああ！」

アレフは大きくうなずいた。

ローラ姫の瞳《ひとみ》に大きな涙が浮かんでいた。ローラ姫はためらうことなくアレフの胸に飛び込んだ。

「やっと、アレフガルドに平和が戻ったんだ！　やっとね！」

そういってアレフはローラ姫を強く抱きしめた。

アレフの胸に顔をうずめたローラ姫は、涙を流しながらうなずいた。

そのとき、美しい笛《ふえ》の音が聞こえてきた。なつかしい笛の音だった。

アレフは顔を輝かせて叫んだ。

「ガルチラ!?」

いつの間にかすぐそばの岩に座って横笛を吹いていたガルチラが白い歯を見せて微笑《ほほえ》むと岩から飛びおりた。

「ガルチラ！」

たまらずアレフは抱きついた。

「生きていたのかっ！　て、てっきりぼくは……！」

アレフの目頭が熱くなった。それ以上言葉にならなかった。

「あんなところで死んでたまるか。あいつが助けてくれたのさ」

ガルチラはそういって、上空をゆっくり舞っている大鷲を見た。

「仇《かたき》もちゃんと討《う》った」

そういってガルチラは、砂に埋《う》もれたあとのことを話した。

「あいつが、倒れたおれを森のせせらぎまで運んで、薬草を探してきてくれたのさ。まだ、完全じゃないが、なんとかここまではこれた」

「そうか！　そうだったのか！」

「さてと！」

ガルチラは、大きく背伸びすると深呼吸した。

「まっすぐ帰るんだろ？　ラダトームへ」

「そのつもりだけど。ガルチラは？　よかったら一緒にラダトームへ行こうよ！」

「いや、行かなきゃならないところがある」

「えっ？」

「じいさんの墓《はか》さ。おまえとはじめて会ったあの砂漠のそばにあるんだ」

「じゃあ、途中まで一緒だ！　そのあとぜひラダトームにきてよ！」

「気が向いたらな」

そういってガルチラは笑った。

「よし、さっそく出発しよう！」

アレフは、歩こうとして、

「うっ！」

顔を歪《ゆが》めた。右足に激痛が走ったのだ。ガルチラは心配そうに見た。だが、

「大丈夫さ」

笑いながらアレフは右足を引きずって歩き出した。

痛くても自分の足で歩きたかったのだ。竜王の魔力から解放されたこのアレフガルドの大地を、しっかりと自分の足で踏みしめながら——。

上空には、大鷲が美しい翼を広げて優雅《ゆうが》に舞《ま》っていた。

青く澄んだ空は、どこまでも高かった――。

終章

地震《じしん》のあと、アレフガルドに春が駆《か》け足でやってきた。

風はやわらぎ、水はぬるみ、木の芽《め》が吹《ふ》き出し、花のつぼみが開いたのだ。

竜王《りゅうおう》に支配されてからは、春とは名のみだった。

だが、やっと二〇〇年ぶりに本来の春がアレフガルドに訪《おとず》れたのだ。

人々に笑顔《えがお》が戻り、町は活気づいてきた。

そして、ラダトーム城《じょう》には旅人たちによって各地の様子があいついで報告された。

北の荒《あ》れた灰《はい》色の海は、穏《おだ》やかな青い海に変わったという。

荒涼《こうりょう》とした砂漠《さばく》には、草が芽を出したという。

竜王の毒《どく》に汚染《おせん》された川にはきれいな水が蘇《よみがえ》り、涸《か》れていた川には水が戻ったという。

そして、砂漠や平原や森から魔物《まもの》が姿《すがた》を消したという。

アレフとローラ姫《ひめ》がラダトーム城に凱旋《がいせん》したのは、春たけなわの女神《イシュタル》の月の中旬だった。竜王を倒《たお》しにラダトームを旅立ってから、すでに四五〇日が経《た》っていた。

美しく晴れわたった空に、花火の音が轟《とどろ》いた。

ラダトーム城の巨大《きょだい》な尖塔《せんとう》の見張り番の兵が、西のなだらかな丘陵《きゅうりょう》にアレフとローラ姫の姿を見つけると、いきおいよく花火を打ちあげたのだ。

その花火の音を聞いて、ラダトームの町のほとんどの人たちがラダトーム城の城門に駆けつけ、ラルス十六世や近衛隊《このえたい》、大勢の兵士たちとともに、若《わか》き勇者と美しい姫を歓呼《かんこ》の声で迎《むか》えたのだ。

父のガウル、母のジェシカ、幼友達《おさなともだち》、老祈禱師《ろうきとうし》メルセル、蠟燭《ろうそく》屋や、肉屋や、道具屋や、食堂の主人やおかみさんたち——町の人たちのなつかしい顔がたくさんあった。

「勇者よ！」

ラルス十六世は目をうるませながら、万感《ばんかん》を込めてアレフを見つめた。

「約束《やくそく》どおり竜王を倒してきました。これが、光の玉です」

アレフはラルス十六世に絹の包《つつ》みを丁重《ていちょう》に差し出した。

「これが光の玉か！　これが！」

ラルス十六世は布を取ってじっと美しい光の玉を見つめると、光の玉を近衛隊長にわたし、

「よくやった、よくやったぞ、アレフ！」

アレフの手を両手で強く握《にぎ》りしめた。その目から大きな涙《なみだ》がこぼれていた。

「王さま。ローラ姫です。十六年前に別れたままの」

ラルス十六世はアレフの一歩後ろにひかえていたローラ姫をじっと見た。と、大粒《おおつぶ》の涙をぼろぼ

ろ流しながらしきりに大きくうなずくと、

「よ、よく生きておった！」

ひしと抱き寄《だよ》せた。ローラ姫の目からもとめどもなく涙が流れていた。

「話はガライから聞いておった」

涙を拭《ぬぐ》うとラルス十六世はアレフを見た。

「ガライ？」

「三カ月ほど前の夜のことじゃ。わしがなかなか寝つけなくて起きておったら、ガライの像が現れていったんじゃよ。ローラ姫は生きておられます。勇者ロトの血をひく者が竜王を倒し、姫を連れて凱旋するでしょう、とな」

そういうと、ラルス十六世はまたローラ姫を抱きしめた。

アレフはガウルとジェシカのところに駆け寄った。二人ともじっと涙をこらえていた。

「ただいま。とうさん、かあさん」

「よく無事《ぶじ》で帰ってきてくれたな」

ガウルは両手でぎゅっと強くアレフの手を握りしめ、

「こんなに大きく、たくましくなって！」

ジェシカは、眩《まぶ》しそうに見あげた。すると、ジェシカの目から、こらえていた涙がせきを切ったように流れた。あとは言葉にならなかった。アレフはたまらずジェシカを抱きしめた。アレフの目にも涙が浮いていた。

「ところで、勇者よ」

ラルス十六世はアレフを見ていった。

「そちこそ、平和になったこのアレフガルドを治《おさ》めるにふさわしい。わしにかわってこの国を治めてくれまいか」

「えっ!?」

「どうじゃ？」

「申《もう》し訳《わけ》ありません。お言葉はありがたいのですが、ぼくはドムドーラに行ってこの手で町を再建《さいけん》したいんです」

「ドムドーラを!?」

「はい。ドムドーラを昔《むかし》のような美しい町にしたら、また旅に出るつもりです」

「なに!?　旅に!?」

「はい。ぼくに治める国があるなら、ぼく自身の手で探したいのです。ローラ姫」

アレフはじっとローラ姫を見た。

「ついてきてくれるね」

「はい……」

ローラ姫は、熱い瞳《ひとみ》でうなずいた。

その日、ラダトームの町は凱旋のお祝《いわ》いで沸《わ》き、賑《にぎ》やかなお祝いの行事が、夜がふけるまで続いた。

そして、ラルス十六世と町の代表が、この日を「凱旋平和記念日」と定め、毎年祝うことに決めたのだ。

平和――この大切さをいつまでも忘《わす》れないために。若き勇者アレフの「勇気」と「正義」と「平和を愛する心」を、永久《えいきゅう》に讃《たた》えるために――。

その後、ラダトームを旅立ったアレフとローラ姫はドムドーラの町を再建すると、新天地を求めてはるか遠い大陸へわたったという。そして、その地に美しい理想の国を築《きず》いたという――。

――完――

〈本書は一九八九年四月に発行された『小説ドラゴンクエスト』を加筆訂正したものです〉

あとがき

「昭和」が「平成」になり、「竹下首相辞任」のあと「宇野首相がピンク・スキャンダルで二カ月で降板」、「参議院選挙のマドンナ旋風」が吹きましたが、なんとか「海部内閣が成立」。「オバタリアン」と「おやじギャル」。「セクシャル・ハラスメント」という言葉が上陸し、キケン、キタナイ、キツイの「3K」が嫌われ、男は「アッシー君」から「ほたる族」を経て「濡れ落ち葉」。「宮崎勤」と「オタク族」。「一杯のかけそば」なんてものもありました。「川の流れのように」が巷に流れ、「セイコ伝説が崩壊」し、「中森明菜が自殺未遂」、「プリンセス・プリンセスのDiamonds」が売り上げNo.1。洋画は「インディ・ジョーンズ／最後の聖戦」「レインマン」「ツインズ」「ダイ・ハード」、邦画は「魔女の宅急便」のみ？　テレビでは「ちびまる子ちゃん」が「二十四時間戦えますか」を片手に「朝まで生テレビ」。

スポーツ界では「伊藤みどりが三回転半ジャンプ」を決め、王監督辞任のあとを受けた「藤田巨人が近鉄を破って日本一」に。その近鉄に「野茂がドラフトで入団」。「横綱千代の富士が角界初の国民栄誉賞」を受け、「貴花田（現横綱貴乃花）が最年少関取」になりました。

しかし、わたしにとって一番の衝撃は「手塚治虫先生の死（二月九日）」。一ファンとして、また虫プロダクションの元スタッフとして、ほんとうにショックでした。

以上がこの「小説ドラゴンクエスト」のハードカバー版が発売された一九八九年、平成元年の世相、できごと。今から十一年前のことです。「小説ドラゴンクエスト」はその後一九九一年に文庫化され、今回が九年ぶり三度目。

それにしても、時の流れは速いものです。そんななかでドラクエ・シリーズは常に新たな物語の伝説を生み、壮大な感動のロマンの世界を築きあげてきました。そして十年後も、世の中がどのように変化しているのか想像もつきませんが、まちがいなくドラクエ・シリーズはⅠからの物語伝説の流れの上に新たな伝説を生み続けていることでしょう。

その意味では今年発売されるⅦは十年前と十年後をつなぐ重要な作品で、それに先立って発売されたこの小説シリーズは、もう一度シリーズのⅠからの物語伝説を確認したいあなたに、またⅠからの物語伝説を知りたいあなたに、とてもタイムリーな企画です。ほんとうによかったですね。

二〇〇〇年四月　高屋敷英夫

高屋敷《たかやしき》 英夫《ひでお》

岩手県生まれ。虫プロを経てシナリオライターに。『ガンバの冒険』『ルパン三世』『あしたのジョー』『めぞん一刻』『マスター・キートン』、映画『火の鳥』シリーズ、『がんばれ!!タブチくん!!』シリーズ、『はだしのゲン』など数多くの人気アニメ、映画、アイドルドラマの脚本、『小説スケバン刑事』『小説ファイアーエムブレム』『小説キャッツ・アイ』などを手がける。93年春から98年夏まで盛岡三高野球部監督。

小説 ドラゴンクエスト

2000年9月15日　初版第1刷発行

著　　者　高屋敷英夫
設定協力　横倉　廣
原　　作　ゲーム『ドラゴンクエスト』
　　　　　シナリオ　堀井雄二
発 行 人　福嶋康博
発 行 所　ENIX 株式会社エニックス
　　　　　東京都新宿区西新宿4-15-7
　　　　　後楽園新宿ビル3F　〒160-0023
　　　　　営　　業　03(5352)6441
　　　　　書籍編集　03(5352)6433
印 刷 所　加藤製版印刷株式会社

乱丁・落丁はお取り替え致します。
定価はカバーに表示してあります。

ISBN4-7575-0243-5 C0293